W0352683

CIRCLES OF FATE

Ohne Schicksal bringt die Welt zu Fall.
Der Tod kommt zu den Lebenden.
Leben ist Gift,
es besiegelt das Schicksal.
Aleph bringt das Ende.
Die Zeit springt,
denn was immer war,
ist nicht mehr.

Alle Bände in der Miniserie »Circles of Fate« im Arena Verlag:
Schicksalsfluch (Band 1)
Schicksalssturm (Band 2)
Schicksalserwachen (Band 4)

Weitere Bücher von Marion Meister (alias June Perry)
im Arena Verlag:
White Maze. Du bist längst mittendrin
LifeHack. Dein Leben gehört mir

Marion Meister
denkt sich bereits seit Kindertagen fantasievolle Welten aus, die parallel zu unserer existieren. Ihre Liebe gilt dabei besonders den Sagen und Legenden über Magie und Götter. Inzwischen ist sie hauptberuflich Schriftstellerin und schreibt Fantasy für Kinder und junge Erwachsene. Ihre Near-Future-Jugendbücher unter dem Pseudonym June Perry sind preisgekrönt. Offiziell lebt sie mit ihrer Familie in der Nähe von Hannover, ist aber meist in ihren Geschichten unterwegs und selten im Hier und Jetzt anzutreffen.

Mehr Infos und Austausch mit Marion Meister unter
www.marionmeister.info und bei Instagram:
marionmeister.autorin

Arena

Marion Meister

CIRCLES OF FATE

Schicksalskampf

BAND 3

Ein Verlag in der Westermann Gruppe

MIX
Papier aus verantwortungsvollen Quellen
FSC® C110508

1. Auflage 2022
© 2022 Arena Verlag GmbH
Rottendorfer Str. 16, 97074 Würzburg
Alle Rechte vorbehalten
Dieses Werk wurde von der Literatur Agentur Hanauer vermittelt.

Covergestaltung: Jaqueline Kropmanns
Lektorat: Antonia Thiel
Umschlaggestaltung: Juliane Lindemann

Gesamtherstellung: Westermann Druck Zwickau GmbH
Printed in Germany

ISBN 978-3-401-60593-7

Besuche den Arena Verlag im Netz:
www.arena-verlag.de

1
JIN

Jin betrat pfeifend den Blumenladen nahe Covent Garden und sah sich um. Das Geschäft war in einem dieser altmodischen Häuser untergebracht, deren bunt gestrichene Holzfassaden und große Schaufenster zur Straße zeigten. Sah man von außen hinein, glich der Innenraum einer Fototapete von einem Dschungel.

Jin hielt nicht viel von diesen menschlichen Riten, sich zu allen möglichen und unmöglichen Gelegenheiten Blumen hinzustellen. Aber irgendwie wollte er doch ein Zeichen setzen. Eine letzte große Geste, bevor er die Welt in ihren Untergang schickte.

Außerdem konnte er Misano durchaus diesen Gefallen tun, denn ohne ihn wäre der Weltuntergang kaum möglich gewesen. Mit hochgeschobenen Sakkoärmeln, die Hände in den Taschen, schlenderte Jin durch die überwucherten Regalreihen. Der Laden war nicht gerade geräumig und ziemlich altmodisch mit all den hölzernen Regalen und Anrichten, auf denen Topfpflanzen und Schnittblumen untergebracht waren. Ein kleiner Urwald, eine wahre Explosion aus Farben und Formen. Der aufdringliche Geruch von Kräutern oder Heu, oder was auch immer es war, nervte ihn schon nach wenigen Sekunden.

Aber dieser Laden war ihm empfohlen worden, da der Inhaber ein besonders gutes Händchen für erlesene Blumenarrangements hatte. Und genau das suchte er. Er wollte protzen. Er wollte, dass Misanos Heim in Blumen ertrank.

Misano hatte ihn gebeten, für Zara einen kleinen Empfang vorzubereiten. Vermutlich hatte er sich etwas anderes vorgestellt: romantischer, intimer. Doch es war der Vorabend des Weltuntergangs! Jin fand, da durfte man sich nicht lumpen lassen. Zara hatte Opulenz verdient, schließlich war sie Teil des großen Finales.

Denn *der Tod kommt zu den Lebenden.* Dieser Teil des Orakels war bereits erfüllt. *Aleph bringt das Ende …* – war dies vielleicht ein Friedensangebot von Äon? Es hatte seine Erstgeborenen so schändlich vernachlässigt. Immerhin erlaubte es ihnen nun, diesen Zirkus hier zu beenden. *Leben ist Gift, es besiegelt das Schicksal.* Genau so war es! *Die Zeit springt, denn was immer war, ist nicht mehr.* Zwar hatte Jin sich vorgestellt, dass die Welt gleich nach dem Einflechten von Zaras Totenfaden mit einem Paukenschlag endete, aber auf ein paar Stunden mehr oder weniger kam es auch nicht mehr an. Der Countdown lief. Das war alles, was jetzt noch zählte.

Jin schlenderte an den Pflanzen entlang Richtung Verkaufstresen, der irgendwo tief in diesem Dickicht verborgen sein musste.

Äon hat sich in Sachen Artenvielfalt durchaus etwas einfallen lassen, dachte er beim Anblick der Blattformen und Grünschattierungen. *Aber es hat versagt.* Das allmächtige Wesen, der Ursprung von allem, hatte seine Schöpfung verlassen. Davon war Jin inzwischen felsenfest überzeugt.

Es hatte sie alleingelassen, vergessen … gestraft mit Geschenken wie der Unsterblichkeit, die er und seinesgleichen in dieser unendlichen Langeweile zu fristen hatten. Was hatten die Unsterblichen Äon getan, dass es sie so verdammte? Jin schnaubte.

»Kann ich Ihnen helfen?« Ein junger Mann trat aus dem Blätterwald auf ihn zu. Jin zuckte zusammen. Er war so sehr in seine bitteren Gedanken vertieft gewesen, dass er den Ladenbesitzer gar nicht bemerkt hatte. Mit seinem grünen Samtsakko trug er nicht gerade dazu bei, in all diesem Grün aufzufallen. Selbst sein rotes Haar stach optisch nicht hervor, sondern schien bei einem flüchtigen Blick auch nur eine der vielen Blüten zu sein.

Der junge Mann verbeugte sich leicht. »Es ist mir eine Ehre, Jin. Was führt Sie in meinen bescheidenen Laden?«

Verdutzt musterte Jin den Mann. »Du bist ein Kami«, stellte er überrascht fest.

»Mein Name ist Faine. Ich habe ein ausgesprochen gutes Händchen für die Schöpfung in all ihren Formen und Farben.« Lächelnd deutete er auf den Urwald um ihn herum. »Einen grünen Daumen, wie die Menschen sagen.«

»Na wunderbar.« Jin seufzte. Ein Kami! Davor hatte ihn keiner gewarnt. Aber vielleicht war er sogar hilfreich, denn Menschen waren noch schwerer von Begriff als diese unnützen guten Geister. »Ich brauche Blumen.«

Faine nickte mit einem feinen Lächeln. »Es ist möglich, dass ich Ihnen bei Ihrer Suche helfen kann.«

»Schön. Es sollen viele sein. Ich will ein ganzes Wohnzimmer damit vollstopfen.«

»Eine wunderbare Idee. Zu welchem Anlass?«

Unschlüssig sah sich Jin um. »Das ist das Knifflige daran. Der Hausherr möchte die Unsterblichkeit feiern, die Wiederkehr von den Toten. Aber ich, ich will das Ende zelebrieren.«

»Das Ende?«

Der Kami klang unsicher und Jin verdrehte genervt die Augen. »Ja, *das Ende.* Das Ende von Leid und Erbärmlichkeit.«

Für einen Moment kam Jin der Gedanke, der Kami könnte zickig werden, denn er warf ihm einen strafenden Blick zu. Doch dann neigte er gehorsam den Kopf und winkte Jin, ihm zu folgen.

»Also feiern Sie Anfang und Ende zugleich?« Faine führte ihn zu einigen Vasen, in denen puschelige, orangefarbene Blumen blühten. »Für diese besondere Situation schlage ich Ihnen Tagetes vor. Bei manchen Völkern werden die Blumen verwendet, um den Seelen der Toten den Weg nach Hause zu zeigen. Eine passende Symbolik, oder? Das eine Leben hat geendet und eine neue Lebensform beginnt.«

Missmutig starrte Jin die fröhlich wirkenden orangefarbenen Blüten an. Nichts da mit neuer Lebensform. Er würde Äon persönlich heimsuchen, wenn dieses Mistdings sich ein Leben nach dem Tod ausgedacht hatte. Dennoch gefiel ihm die Idee, den Toten den Weg zu weisen. Er grinste in sich hinein. Dank Hannas Leichtsinnigkeit hatte er eine detaillierte Wegbeschreibung, wie er sich endlich selbst von der Unerträglichkeit seiner Existenz befreien konnte. Er hatte sie Schritt für Schritt befolgt und konnte nun entspannt dem Untergang zusehen. Und das musste gefeiert werden. Diese Blümchen schienen ihm allerdings zu gewöhnlich, um das große Ende gebührend zu feiern! »Ich hatte an etwas Dramatischeres gedacht. Schwarz zum Beispiel.«

Faine runzelte die Stirn. »Mit reinem Schwarz kann ich nicht dienen. Allenfalls tiefes Purpurviolett. Aber das wird nicht Ihrer Vision entsprechen.«

»Und wieder eine Lücke in dieser ach so wunderbaren Schöpfung.« Grummelig zupfte Jin eine der orangefarbenen Blüten aus dem Strauß. »Wie ist das eigentlich, Kami, redet ihr über euren Schöpfer? Oder ist er euch genauso egal, wie ihr *ihm* egal seid?«

Verwundert zog Faine die Augenbrauen hoch. »Sprechen Sie über Äon?«

Jin schnippte die Blume weg, sie landete irgendwo im grünen Dickicht. »Gibt es noch ein anderes überhebliches Trottelwesen, das sich Welten ausdenkt und sie dann vergisst?«

Offensichtlich nahm ihm der Kami die respektlose Behandlung der Pflanzen übel, denn er bedachte ihn mit einem finsteren Seitenblick. »Nun, ob es uns vergessen hat, ist nicht bewiesen ...«

»Ach? Kaffeekränzchen mit seiner Obrigkeit gehabt? Wohl kaum. Es lässt sich ja nicht mal bei uns, seinen Erstgeborenen und Erben, blicken.« Nachdenklich starrte Jin die orangefarbenen Blumen an. Sie waren ihm viel zu fröhlich. Andererseits hatte er ja durchaus etwas zu feiern. Seine Laune war so gut wie seit hundert Jahren nicht mehr. Er zupfte eine zweite Blume aus der Vase und drehte sie zwischen den Fingern.

»Wen wollen Sie denn mit den Blumen beglücken? Äon? Sich selbst?« Der Kami versuchte, sachlich und geschäftig zu wirken.

»Ich will meine große Freude über die Wiederkehr einer ganz reizenden Frau ausdrücken. Die Lady mochte Blumen immer sehr. Es wäre eine letzte, nette Geste. Sie hat sie verdient.« *Ohne sie würden wir schließlich alle hier auf ewig verrotten.* Er hob die Blume an, um an ihr zu riechen. »Die stinkt!«, bemerkte er freudig überrascht.

»Nun, diesen Ausdruck würde ich nicht verwenden, doch Sie haben recht. Tagetes gehört nicht zu den lieblich duftenden Sorten.«

Wie wunderbar! Ein Haufen stinkender Blumen, die den Toten den Weg nach Hause zeigten. »Perfekt!« Jin steckte sich die Blüte in ein Knopfloch seines Jacketts. Damit hatte sich dieses Gewächs endgültig als Willkommensgruß für Zara und Deko seiner Weltuntergangsfeier qualifiziert. »Liefer eine Wagenladung der Dinger in Misanos Loft!«

Der Kami verbeugte sich. »Sehr wohl. Die Rechnung stelle ich Ihnen zu.«

Jin, der sich schon abgewandt hatte, hielt inne. »Die Rechnung …« Er verkniff sich ein Lachen. Er würde wohl keine Gelegenheit mehr haben, sie zu begleichen. Und dem Kami bliebe auch keine Zeit, sich etwas von dem Geld zu kaufen. Denn bis dahin lag die Welt schon in Asche und dieser dumme Zirkus hatte geendet.

»Wo bekomme ich eigentlich den besten Champagner?«, murmelte er zu sich selbst und schlug ein paar Palmenblätter zur Seite, um den Ausgang zu finden.

2
RUKAR

Rukars Körper fühlte sich steif an und sein Kopf dröhnte. Nur mit Mühe konnte er seine Augen dazu bringen, sich zu öffnen. Eisiges Weiß blendete ihn und hinter seiner Stirn explodierte Schmerz. Ein Schmerz, der jedes Nervenende in seinem Körper erfasste.

Stöhnend ließ er sich zurückfallen. Er versuchte, sich zu erinnern, was geschehen war.

Noch einmal blinzelte er in das Weiß.

Wo war er?

Nur langsam konnte er den Blick fokussieren und nahm seine Umgebung wahr. Ein Stück von ihm entfernt türmte sich Eis. Wie eine erstarrte Flutwelle steckte es in einem Durchgang zu – *Misano!*, durchfuhr es ihn. Der Unsterbliche war im Turm und hatte die Weberinnen angegriffen!

Stöhnend richtete Rukar sich auf. Misano hatte ihn mit einer Eiswelle aus dem Raum geschleudert, in dem sich die Schicksalsfäden befanden. Er war gegen den Baum gekracht und bewusstlos geworden.

Jeder Herzschlag pumpte Schmerz durch seinen Kopf.

Rukar zwang sich, zum Weltenraum zu sehen. Die dicke Eisschicht verschloss noch immer den Durchgang. Wie lange war er weg gewesen? Und wo war – Lita! Sie hatte sich Misano gestellt, der ihre Großmutter Elaine in seiner Gewalt hatte.

Scharf sog Rukar Luft ein und ballte die Fäuste. Er musste etwas tun. Es war alles seine Schuld!

Geschäft ist Geschäft! Es war nicht seine Verantwortung, was der Auftraggeber mit der Ware machte, die er ihm brachte ... So war sein Geschäftscredo gewesen – bis heute.

Rukar! Du bist ein Idiot!

Er wollte zur Kuppel, unter der sich der Raum mit den Schicksalsfäden der Menschen verbarg, jedoch war er zu schwer verletzt. Er musste sich am Stamm des Baums festhalten, damit er nicht erneut zu Boden ging.

Konzentrier dich! Aber da waren nur Wellen von dröhnendem Schmerz, der seine Sinne vernebelte.

Mit zittrigen Fingern tastete Rukar nach seinem Gürtel. *Du bist doch auf alles vorbereitet!* An dem breiten Lederriemen befanden sich einige Säckchen und Schlaufen, an denen Phiolen befestigt waren. Eine dünne Frostschicht bedeckte sie. Er zog einen winzigen Beutel ab und fischte eine dunkelrote Pille daraus hervor. Dehydriertes Mantikorblut. Dieses starke Schmerzmittel hatte er vor Jahren aus Wooks Vorrat geklaut, allerdings bisher nie gebraucht. Hoffentlich hatte es nichts von seiner Heilkraft eingebüßt. Zitternd warf er sich eine Pille in den Mund und begann, sie wie Kaugummi zu kauen. Sofort breitete sich ein ekelhafter Geschmack auf seiner Zunge aus, der ihn an Eisen erinnerte. Der lähmende Schmerz lichtete sich.

Erleichtert atmete er durch und richtete sich auf – als ihn ein harter Tritt in die Seite traf und umwarf.

3
HANNA

Äon?« Hannas Stimme hallte in der Leere des Raums wider. Sie blinzelte gegen die blendende Helligkeit an, die den Orakelraum erfüllte. »Bitte! Wir brauchen deine Hilfe!«

Wie oft hatte sie nun schon nach dem Wesen gerufen? In dem runden Raum, der wie die Quelle des Lichts war, in dem man jegliche räumliche Orientierung verlor, schien auch Zeit nicht zu existieren. War sie eben erst durch die versteckte Tür hereingekommen? Oder verschwendete sie schon Stunden darauf, Äon zu rufen? Vermutlich würde sie nie eine Antwort erhalten.

Mit geschlossenen Augen verharrte sie und wartete auf irgendetwas. Ein Geräusch, eine Bewegung, eine Veränderung des Lichts ... eine Stimme.

Doch immer noch geschah nichts.

»Äon! Wir werden angegriffen!«, brüllte sie in das Licht. »Du hast uns keine Fähigkeiten gegeben, um uns gegen die Angriffe der Unsterblichen zu verteidigen! Hilf uns!«

Die Stille verschluckte ihr Flehen.

Wieso antwortete es nicht? Es musste wissen, was vor sich ging! Manche behaupteten, Äon hätte seine Schöpfung schon vor Hunderten von Jahren im Stich gelassen. Hatten sie etwa recht?

Nein, niemals. Äon kannte jeden Faden seiner Schöpfung. Es wusste, was hier gerade passierte.

Äon bestimmte, was geschehen sollte. Nicht nur in den einzelnen Leben der Menschen – auch mit der gesamten Welt.

»Hast du uns satt?«, brüllte Hanna in das Licht. »Willst du uns so aus deiner Schöpfung löschen?«

Es war sinnlos, hier weiter um Hilfe zu betteln. Lita, Elaine und all die anderen Weberinnen waren da draußen. Schutzlos dem Wahnsinn eines Unsterblichen ausgeliefert. Sie musste zu ihnen.

Hastig wandte Hanna sich um und tastete blind nach der Tür, die in der Wand des Orakelraums verborgen war. Es dauerte, bis sie die Stelle erreicht hatte. Die Tür glitt zur Seite und Hanna taumelte hinaus.

Die Luft im Turm war schneidend kalt und unter ihren Sohlen knirschte es. Raureif. Angst schlich sich in ihr Herz. Was hatte Misano Lita und Elaine angetan?

Hastig stolperte sie vorwärts, doch sie konnte nichts sehen. Ihre Augen waren noch immer von der Helligkeit geblendet, die im Orakelraum geherrscht hatte. Es schmerzte wie Messerstiche, sobald sie sie öffnete, und Tränen verschleierten ihren Blick.

Wie hatte sie nur eine Sekunde lang glauben können, Hilfe vom Weltenschöpfer zu erhalten. Alles, was geschah, war sein Werk!

Es hatte Elaine gesagt, dass das Ende bevorstand. Und Elaine hatte geglaubt, es wäre seine Strafe für sie. Für ihren Ungehorsam. Doch Äons Schweigen war mehr als deutlich: Es hatte genug von den Weberinnen, von den

Menschen und den Unsterblichen. Selbst von den gutmütigen Kami. Es wollte seine gesamte Schöpfung beenden! Warum sonst hüllte es sich in Schweigen und ließ die Dinge einfach so geschehen?

Der Angriff auf den Turm war sein Wille! Dies war Hanna nun schmerzlich klar geworden.

Sie biss die Zähne zusammen gegen den Schmerz in ihrem Herzen. Blinzelnd versuchte sie, den Weg zu erkennen.

Der Raum des Orakels befand sich einige Stockwerke über dem Weltenraum. Er hing wie ein Nest, das Webervögel in die Zweige gewoben hatten, in den Ästen des Schicksalsbaums.

Sie atmete tief ein und bekämpfte die in ihr aufkommende Verzweiflung. Tränen liefen über ihre Wangen, während sie halb blind den Weg suchte.

Warum hatte Äon diesen brutalen Überfall geschehen lassen? Es hätte die Welt mit einem Fingerschnippen verschwinden lassen können. Genauso, wie es sie vor Millionen Jahren erschaffen hatte.

Warum wollte es, dass seine Kinder Schmerz und Angst litten?

Es ist sinnlos.

Gegen das von Äon vorgegebene Schicksal waren sie alle machtlos. Es hatte Elaine das Ende der Welt vorhergesagt. Und Schritt für Schritt bewegten sie sich darauf zu. Hanna selbst hatte Jin gezeigt, wie auch er seinen Teil dazu beitragen konnte.

Schluchzend sackte Hanna auf die Knie und begann, hemmungslos zu weinen. Durch den Tränenschleier verschwand die Welt um sie herum immer mehr.

Nach Atem ringend setzte sie sich auf und blickte in den Baum. Seine grünen Blätter waren von Eis überzogen. Alles im Turm funkelte wie Kristall. Schön anzusehen, doch kalt und hart und schneidend. Bevor Misano in den Turm eingedrungen war, war ihre Heimat weich, luftig und von Wärme durchflutet gewesen.

Hier war sie aufgewachsen. Und obwohl sie freiwillig den Turm verlassen hatte, war der Geruch und Klang des Schicksalsbaums in ihren Erinnerungen nie verblichen. Wann immer sie die Augen schloss, hatte sie ihn gespürt. Seine Macht verband sie alle miteinander. Nicht nur die Menschen, auch die Weberinnen waren Teil seiner Gemeinschaft. Zwölf Bäume wurzelten auf der Welt, verbunden durch ein dichtes Flechtwerk aus Wurzeln, entsprungen aus dem einen Weltenbaum, der noch immer in der jenseitigen Welt stand und seine Abkömmlinge mit seiner Kraft nährte.

Äon selbst hatte diesen Urbaum geboren, erzählten die Legenden. Und mit ihm all das Leben, das nun auf dieser Welt existierte.

All die Menschen, Tiere, Pflanzen, Kami, Unsterblichen und Weberinnen. Selbst jene Wesen, die in der Dunkelheit hausten.

Ein weiterer Krampf schnürte Hannas Brust zu. Allein der Gedanke, dass ihre Tochter von Misano gefangen war! Dass sie unter seinen grausamen Attacken Schmerzen litt. Sie musste zu Lita, bevor alles vorbei war. Entschlossen wischte Hanna sich die Tränen fort. Zittrig erhob sie sich.

Erst jetzt fiel ihr auf, wie totenstill es im Turm war. Die

Blätter des Schicksalsbaums schwiegen. Die Melodie, die die Blätter stets flüsterten, war verstummt. Misanos Frost hatte sie erstarren lassen. Aber nicht nur das Wispern des Baums war verklungen, auch die fröhlichen Stimmen der Früchte erntenden Weberinnen. Kälte kroch Hanna unter die Haut.

Eilig betrat sie den Astweg und lief in Richtung der Treppe, die sich um den Stamm wand.

Egal, ob Äon die Welt enden lassen will – ich lasse Lita nicht allein!

Als sie die Treppe betrat, spähte sie den Stamm hinab in die Eingangshalle. Dort unten war alles weiß. Dickes Eis ummantelte Äste und Treppe. Ihre Schuhe quietschten leise, als sie die Stufen hinunterlief. Je näher sie dem Weltenraum kam, umso mehr Eiszapfen glitzerten an den Ästen. Die Stufen der Spindeltreppe waren glatt. Sie musste vorsichtig sein, denn auch das vereiste Geländer, an dem sie sich festhalten wollte, bot kaum Halt. Der Frost brannte sich in ihre Haut.

Würde sich der Baum von den Erfrierungen erholen? Besorgt musterte sie die Zweige, während sie weiter hinablief.

Plötzlich rutschte sie weg. Die Sohle fand keinen Halt auf der Eiskruste. Hanna fiel nach hinten und landete hart auf dem Eis, das sie die Treppe hinabschlittern ließ. Panisch versuchte sie, sich festzuhalten, aber die Stufen waren so glatt, dass ihre Finger jedes Mal abglitten.

Fast zu spät bemerkte sie die Weberin, auf die sie zurutschte. Mitten auf den Stufen, in der Bewegung eingefroren, stand sie auf der Treppe. Offensichtlich war sie vor

Misano geflohen, doch er hatte sie nicht entkommen lassen. Hektisch warf sich Hanna herum, damit sie die vereiste Frau nicht traf, begann zu trudeln und schaffte es endlich, ihre Rutschpartie zu stoppen, indem sie sich mit dem Fuß gegen eine Strebe des Geländers stemmte.

Vorsichtig, als balancierte sie auf rohen Eiern, zog sie sich auf die Füße und schob sich zur Weberin hinüber.

»Serena«, wisperte Hanna geschockt, als sie der Frau ins Gesicht sah. Es war eindeutig Serena, die unter einer zentimeterdicken Eisschicht erstarrt war. Die Augen weit aufgerissen, den Mund zu einem Schrei verzerrt, schien sie Hanna direkt anzusehen.

Ihr stockte der Atem. Konnte Serena etwa noch am Leben sein? Zögerlich trat sie näher an die Eingefrorene heran. Serena war damals eine enge Freundin gewesen.

Auch wenn der Blick an Hanna vorbeiging, beschlich sie das Gefühl, dass ihre Freundin unter dieser eisigen Schale gerade um ihr Leben kämpfte.

Hanna musste sich zusammenreißen, um nicht erneut loszuheulen.

4
LITA

Lita kletterte aus dem Spindelwerk hinunter zu Misano, der ihr skeptisch entgegensah. Der Raum dröhnte von all dem Sirren und Klackern der Fäden, Spindeln und Rollen. Ihre Hände klebten vor Schweiß und sie wischte sie an der Jeans trocken. Hatte sie das Richtige getan? Würde Faines Glück ihr helfen? Unauffällig warf sie einen Blick zurück zu der Weberin, die sich versteckt hielt. Diese trug in einer Tasche jede Menge Spulen mit neuen Fäden bei sich. Die Schicksale Hunderter Babys, die heute geboren worden waren. Es war die Aufgabe der Weberin, die Schicksalsfäden an die Neugeborenen zu knüpfen. Doch Misanos Überfall auf den Turm hatte sie aufgehalten. Immerhin war sie nicht von Misano zu Eis verwandelt worden.

Der Unsterbliche hatte Lita versprochen, die Frauen wieder aufzutauen, sobald sie den Totenfaden in das Weltengeflecht gefädelt hatte. Und sie hoffte sehr, dass Misano sich an sein Wort halten würde. Denn sie hatte ihren Teil erfüllt.

Lita nickte der Weberin aufmunternd zu. Sobald sie mit Misano den Raum verlassen hatte, musste die Frau sich aus ihrem Versteck trauen, um die Fäden in das Spindelwerk einzulegen. Jeder Mensch brauchte seinen Faden, das hatte Lita in den vergangenen Tagen gelernt. Das Leben stand darauf geschrieben.

Ihr Blick huschte über die Abertausend Spulen und Rollen, die die Lebensfäden transportierten und durch einen Durchlass knapp unter der Zimmerdecke in den dahinterliegenden Weltenraum führten.

Bis vor Kurzem war Lita der Meinung gewesen, sie wäre selbst für ihr Leben verantwortlich. Doch es war Äon, das die Welt erschaffen hatte und für jeden Einzelnen einen Lebenslauf schrieb. Und es gab kein Entrinnen. Das Schicksal war erbarmungslos. Ohne Faden war man allerdings raus aus dem Spiel. So wie sie. Aber Lita war sich nicht sicher, ob es gut war, keinen Faden zu besitzen. Ihr hatte die Schicksalslosigkeit jede Menge Ärger eingebracht. Vor allem gab es keinen Lebensfaden, den man abschneiden konnte. Nicht auszudenken, wenn es plötzlich Hunderte von Schicksalslosen geben würde. Nicht nur, dass ihre Taten nicht vorhersehbar wären – sie wären alle unsterblich.

Elaine würde ausrasten. Für einen Wimpernschlag grinste Lita, als ihr jedoch bewusst wurde, dass sie ihre Großmutter schwer verwundet im Weltenraum zurückgelassen hatte, beschleunigte sie ihre Schritte.

Hastig sprang sie von dem untersten Metallsteg auf den Boden und landete direkt vor Misano. »Ich habe meinen Teil der Abmachung eingelöst«, sagte sie. »Nun sind Sie dran.«

Unsicher beobachtete Misano das Spindelwerk. Die verschachtelte Anlage schien ihm nicht geheuer zu sein. »Wo ist er?«

Lita folgte seinem Blick. Sie hatte keine Ahnung, wo der

Totenfaden von Zara abgeblieben war. Die Spule hatte ihn fortgerissen. Aber mit Sicherheit war er bereits im Weltenraum. Und Faines Glück würde ihr helfen, ihn wiederzufinden, sobald Misano den Turm verlassen hatte.

Er packte ihr Handgelenk. »Was ist mit Zaras Faden passiert?« Sein Blick irrte umher, auf der Suche nach dem Schnipsel, das von Zaras Lebensfaden übrig gewesen war.

»Was glauben Sie denn! Es ist zurück im Weltengeflecht!« Sauer versuchte sie, sich aus seinem Griff zu befreien. Seine Haut fühlte sich eisig an. Angst, er könne sie jeden Augenblick einfrieren, überfiel sie. »Ich hab getan, was Sie wollten. Ich habe den Faden zurück in das Gespinst gebracht!« Endlich ließ er sie los, fuhr herum und eilte in den Weltenraum, der gleich hinter dem Raum mit dem Spindelwerk lag.

Lita nickte abermals der Weberin zu, die sich versteckt hielt, und folgte Misano. Als sie sich noch einmal umsah, beobachtete sie erleichtert, wie die Frau emsig Fäden in das Spindelwerk einlegte.

Das Dröhnen der monströsen Maschine war im Weltenraum nicht mehr wahrzunehmen. Hier war es still wie in einer Kirche. Die Schicksalsfäden, die wie dünne schillernde Lichtstrahlen den Raum durchkreuzten, trugen mit ihrem farbigen Schimmer zu dem sakralen Eindruck bei.

Elaine kauerte noch immer am Boden. Sie sah fürchterlich aus. Ihre Nase hatte geblutet, ein Auge war geschwollen und offenbar hatte Misano ihr eine Schulter ausgerenkt. Sie musste schreckliche Schmerzen haben.

Lita ging auf Elaine zu. Unauffällig glitt ihr Blick zum Eingang, der noch immer durch eine Eiswand blockiert war. Misano hatte mit dieser Welle aus Eis Rukar aus dem Weltenraum geschleudert. Wo er jetzt wohl war? Hatte er sich aus dem Staub gemacht, weil das hier keiner seiner *Aufträge* war?

»Zeig ihn mir!«, rief Misano. Gehetzt blickte er sich in dem flirrenden Netz aus Licht um.

»Den Faden?« Lita lachte nervös. Auch sie wollte den Faden der Toten finden, allerdings um ihn wieder aus dem Geflecht zu entfernen. Misano durfte nichts davon mitbekommen. Es war besser, wenn er den Faden nicht fand. So konnte sie behaupten, dass seine Idee eben nicht funktioniert hatte. Jeder hatte sich mit dem Tod abzufinden. Auch Unsterbliche, wenn sie sich in Sterbliche verliebten.

Ihr Blick glitt über das endlose Gespinst aus Schicksalsfäden. Es schien unmöglich, dieses kurze Stückchen darin wiederzufinden. Misano machte allerdings nicht den Eindruck, als wollte er das akzeptieren. Er stapfte mitten hinein. Doch die Fäden waren wie Laserlicht für ihn. Nur Weberinnen konnten die Fäden berühren. Seine Bewegungen verwirbelten die bunt schimmernden Lichtfäden. Hilflos ruderte er in dem flirrenden Gespinst herum, ohne auch nur einen Faden berühren zu können.

Lita suchte Elaines Blick, aber die Oberste Weberin wandte sich von ihr ab. Pure Missbilligung spiegelte sich in ihrem Gesicht. Fast hätte Lita sie angeblafft. Elaine hatte seit siebzehn Jahren gewusst, dass dieser schreckliche Tag kommen würde. Es war ihr nicht gelungen, die Geschehnisse abzuwenden. Lita hatte den Faden einer Toten in das Gespinst eingeflochten und laut Äons Orakelspruch war dies der Beginn des Weltuntergangs. Zumindest interpretierte Elaine das Orakel so, dass Lita dadurch die Welt in Asche verwandelte.

Bisher war keine Asche zu sehen.

Noch immer ruhte ihr Blick auf Elaine. Sie gab ein Bild des Jammers ab. Lita merkte, wie sie eine Faust ballte. Elaine hätte lieber eine Weberin nach der anderen Misanos Zorn geopfert, als den Faden einzuflechten. Und das, wo sie doch Äon hatte Folge leisten wollen. Vermutlich war es ihr wieder nur um ihren Stolz gegangen. Elaine war der Meinung gewesen, Äon würde die Welt allein wegen ihres Vergehens enden lassen wollen, als Strafe für Elaine.

Aber nun war Misano hier und hatte den Tod zu den Lebenden gebracht.

Lita war sich sicher, sie hatte die richtige Entscheidung getroffen. Denn sobald Misano nun endlich das Eis schmolz und mit seiner Toten verschwand, würde sie den Faden wieder entfernen.

Sie war ohne Faden geboren worden. Kein Schicksal. Sie war frei von Äons Willen. Sie existierte in Äons Plan schlichtweg nicht. Elaine hatte sich in allem geirrt. Nach Elaines abweisenden und wütenden Blicken zu urteilen, war es ihr inzwischen selbst klar geworden, dass sie ihre Tochter Hanna völlig umsonst ins Exil genötigt hatte.

Im Gespinst waren Millionen von Leben miteinander verwoben, die sich gegenseitig beeinflussten. Eigentlich war ihre Idee, Zaras Fadenschnipsel darin wiederzufinden, bescheuert. In hundert Tagen würde ihr das nicht gelingen! Allerdings hatte sie der Glückskami Faine ein zweites Mal gesegnet. Hielt der Glückssegen des Kami lange genug an, dann fand sie den Faden im Handumdrehen. Sie hatte mit diesem Segen einen Unsterblichen aufgespürt und sie würde auch Zaras Faden finden. Nur Misano musste endlich verschwinden!

»Ich habe keine Ahnung, wo Zaras Faden ist«, sagte sie zu Misano, der mit seinem schweren Mantel ziellos zwischen den Fäden herumwirbelte. »Nur das Schicksal selbst weiß, welchen Weg er nehmen wird.«

Er kam drohend auf sie zu. »Wenn du mich betrogen hast …! Wo ist ihr Faden? Euch Weberinnen ist nicht zu trauen! Zeig ihn mir oder du wirst es bereuen!« Er ballte eine Faust und eisige Blitze zuckten darauf.

Ungeachtet der Gefahr, dass er sie jederzeit schlagen oder, schlimmer noch, vereisen konnte, trat sie auf ihn zu. »Gehen Sie zu Ihrer Zara. Sie haben ihren Leichnam mitgeschleppt, oder nicht? Gucken Sie in die Sänfte, ob dort Ihr Zombie sitzt und auf Frühstück wartet!«

Seine Ohrfeige traf sie unvorbereitet und sie taumelte zur Seite. »Sprich nicht so über Zara!«, donnerte er.

Ihre Wange brannte wie Feuer, doch Lita wollte sich nichts anmerken lassen. »Verschwinden Sie, bevor ich Ihrer Zara das Leben wieder nehme. Sie haben geschworen, den Turm zu verlassen, zusammen mit Ihrem Eis!«

Um seine geballte Faust zuckten weitere Eisblitze. Lita blickte ihn entschlossen an. »Sie haben auf Zaras Faden geschworen, dass Sie den Turm verlassen und die Weberinnen erlösen!«

Er zögerte, schien abzuwägen, ob er tatsächlich zu Zara gehen oder sich lieber den Faden zeigen lassen sollte. Da rührte sich plötzlich Elaine. Sie atmete schwer, hustete und versuchte, auf die Beine zu kommen.

Es schnürte Lita das Herz zu, sie so zu sehen. Auch wenn sie wütend auf sie war, auf ihren Starrsinn und ihre Rechthaberei. Sie war trotz allem ihre Großmutter. Jedoch widerstand Lita dem Impuls, zu ihr zu eilen, um ihr zu helfen. Stattdessen fixierte sie Misano. »Verschwinden Sie endlich!«, zischte sie.

Er warf einen Blick auf die Fäden, dann wirbelte er herum, sein bodenlanger Mantel knisterte, als die Eiskruste unter seinen Füßen aufplatzte. Mit einer ungeduldigen Geste schoss ein glühender Ball aus seiner Hand auf den Eingang zu. Das Eis schmolz zischend, verdampfte in einer dicken Wolke und Misano eilte aus dem Raum.

»Wie konntest du nur!«, stöhnte Elaine hinter Lita. Sie stützte sich mit ihrem gesunden Arm ab und hievte sich auf die Beine. Es kostete sie große Anstrengung, sich aufrecht zu halten.

Lita ging zu ihr und stützte sie. »Ich bring dich hier raus, du brauchst einen Arzt.«

Zwar ließ Elaine die Hilfe zu, doch ihr Gesichtsausdruck sprach Bände. »Du hast die Welt zerstört!«

Lita schnaubte. Die Welt war noch da. Allerdings musste sie sich beeilen, den Faden zu finden, bevor Faines Glück sie verließ.

»Du hast deinen Teil der Prophezeiung erfüllt!«, jammerte Elaine weiter.

Lita griff fester zu. Auf keinen Fall würde sie sich jetzt auf einen Streit mit Elaine einlassen. Es war vorbei. Sie wusste, was sie tun musste. Faine hatte ihr den Mut gegeben und das Werkzeug. Und irgendwelche dämlichen Verse konnten sie mal!

Schritt für Schritt brachte Lita die alte Frau zum Ausgang. Hoffentlich hatte ihre Mutter Äon erreicht. Misano musste bestraft werden für seine Tat!

»Du bist das Ende der Welt! Du hast sie alle ermordet, sehenden Auges!« Obwohl Elaine zu schwach war, um selbstständig zu laufen, hatte sie genügend Atem, um Lita zu beschimpfen. Ihr Tonfall klang gehässig und Lita verlor die Geduld mit ihrer starrsinnigen Großmutter.

»Ich bin keine Mörderin! Weder lasse ich meine Großmutter erschlagen noch die Weberinnen ausrotten.« Und wenn Misano nicht Wort hielt und die Frauen, die er in Eis verwandelt hatte, wieder zurückholte, würde sie zur Furie werden und ihn bis ans Ende der Welt verfolgen.

Er war vielleicht unsterblich, sie jedoch auch und ihr würde sicher etwas einfallen, wie sie ihn wieder und wieder dafür bestrafen konnte, was er den Weberinnen angetan hatte.

5
RUKAR

Rukar taumelte nach vorne, verlor das Gleichgewicht und krachte auf den Boden. Der Tritt hatte ihn überrascht und er war davon so benommen, dass er seine Fähigkeit, in die Zukunft zu sehen, nicht wie ein Echolot laufen ließ.

Die Fliesen waren von einer dünnen Eisschicht bedeckt, die es unmöglich machte, einen festen Stand zu finden. *Verdammt!* Bevor er wieder auf den Beinen war, traf ihn erneut ein Schlag. Er spürte die Treffer nicht, denn das Mantikorblut betäubte sein Schmerzempfinden. Aber es machte ihn wütend, dass er die Schläge nicht kommen sah.

Er fuhr zu seinem Angreifer herum. Das Eis, das den Boden bedeckte, brachte ihn erneut aus dem Gleichgewicht und er ärgerte sich über seine fehlende Abwehr.

Wieder schoss eine Faust auf ihn zu. Er duckte sich und sie streifte seine Schulter. Im selben Augenblick erkannte er, wer ihn angriff. »Du?« Er war zu überrascht, um zu reagieren.

»Das ist mein Haus! Du wagst es, erneut hier einzudringen? Mit einem tollwütigen Unsterblichen?« Tegan starrte ihn wütend an. Ihr lila gesträhntes Haar war zerzaust, den Mantel hatte sie nach hinten geworfen, damit er sie bei ihren Attacken nicht behinderte. Darunter trug sie nur ein

Tanktop, was ihr in diesem Moment einen ziemlich toughen Look verlieh. Mit einem Wutschrei holte sie aus und ließ ihre Faust auf sein Gesicht zuschießen. Er sprang zur Seite.

Das Gift der Mantikorbluts leistete endlich ganze Arbeit. Er fühlte sich wieder stark und sicher. Selbst seine Zeitleserfähigkeiten kehrten zurück.

Erneut stürmte Tegan ihm entgegen. Aber sie konnte keinen weiteren Schlag mehr platzieren. Rukar blickte schlicht ein paar Sekunden voraus und kannte Tegans nächsten Angriff. Elegant ließ er sich auf dem Eis zur Seite schlittern und Tegan stolperte in die Leere.

»Lass es«, mahnte er sie, als sie ihn zum x-ten Mal mit aller Kraft verfehlte. »Es tut mir leid! Es war ein Auftrag. Ich konnte nicht ahnen, welche Ereignisse er nach sich ziehen würde.« Oder doch? Er hätte sich die Mühe machen können nachzusehen. Aber er hatte strikt nach seinem Kodex gehandelt.

»Es tut dir *leid?«*, keuchte sie. »Du bist mit Misano hier eingedrungen und hast meine Familie umgebracht!«

»Nein! Nein! Ich –« Er wich einem Tritt von ihr aus. »Hör auf! Ich habe nichts mit Misanos Überfall zu tun!«

»Das ist eine Lüge – du hast mich ausgeknockt, um dich als mich auszugeben und so in den Turm zu gelangen! Du hast Misano die Tür geöffnet!«

»Nein! Ich bin mit Lita hier!« Dass er allerdings Elaine entführt und Misano den Schlüssel damit geliefert hatte, verschwieg er ihr lieber. Denn es stimmte, was sie sagte: Er war verantwortlich. Er hätte nicht so naiv sein dürfen. Entführung! Was hatte er gedacht, das Misano plante?

Für eine Millisekunde hielt Tegan inne, denn hinter ihr

sprang eine Weberin aus dem Baum. »Lass ihn, Tegan. Das Schicksal wird seinen Weg gehen.« Die Weberin war fast noch ein Kind. Ihr rotes Haar stand ihr wirr vom Kopf ab und sie musterte Rukar scharf.

Das Schicksal wird seinen Weg gehen? Unwillkürlich tastete er nach dem Stück Teppich unter seiner Jacke. Ein Stück seines Schicksals. Wusste dieses Mädchen, wie die Zukunft aussah?

Tegan versuchte, noch einen Schlag zu landen, doch Rukar trat nur lässig einen Schritt zur Seite, ohne den Blick von dem rothaarigen Mädchen zu nehmen.

Tegan stieß einen derben Fluch aus. »Das Schicksal? Winnie! Ich scheiß auf mein Schicksal! Er hat es verdient!«

»Tegan!« Ihre Umhängetasche umklammert, warf die Kleine Tegan einen strafenden Blick zu. Zu Rukars Überraschung zog die nun die Schultern hoch, wickelte sich in den Mantel und verschränkte trotzig die Arme vor der Brust.

Anscheinend war diese Winnie Tegans Boss. Er unterdrückte ein Grinsen. »Es tut mir ehrlich leid. Ich werde versuchen, meinen Fehler wiedergutzumachen. Wirklich.« Er nickte zu dem Durchgang, der mit Eis verschlossen war. »Misano hat Lita und Elaine in seiner Gewalt. Ich wollte Lita da rausholen, doch Misano hat mich … kaltgestellt.«

Winnie trat neben Tegan und legte ihr beschwichtigend eine Hand auf den Arm. Die beiden tauschten einen Blick und Rukar bemerkte, wie Tegan flüchtig den Stoff musterte, der aus Winnies Tasche lugte. Es war eindeutig eine Prophezeiung. Sie hatte die gleichen Farben wie das Stück in seiner Jacke. Hatten alle Teppiche diese Farben?

»Was will Misano hier?«, fragte Winnie ihn.

Rukar schluckte. Der Orakelspruch, den Lita ihm in der Bar zitiert hatte, ging ihm nicht mehr aus dem Sinn. *Der Tod kommt zu den Lebenden.* Als er Elaine zu Misano gebracht hatte, war er von einem Streit zwischen den beiden ausgegangen. Dass es um Zara ging, war ihm bewusst gewesen, aber was Misano tatsächlich geplant hatte ... »Dort unten am Fuß des Schicksalsbaums steht eine Sänfte«, sagte er. »Er hat seine tote Geliebte mitgebracht.«

»Er hat *was?«,* riefen beide wie aus einem Mund. Er konnte ihnen ansehen, dass sie nichts begriffen. Kannten sie Litas Orakelspruch nicht?

»Zara, eine Menschenfrau –« Rukar deutete die Treppe hinunter, als plötzlich seine Sinne auf Alarm sprangen. In wenigen Augenblicken würde ... Sofort hechtete er auf Winnie und Tegan zu und riss sie zu Boden. »Festhalten!«, schrie er.

Tegan stieß einen Wutschrei aus und schlug auf ihn ein, aber da erschütterte bereits eine Detonation den Turm. Eis regnete auf sie herab. Rukar drückte beide auf den Boden, versuchte, sie mit seinem Körper zu schützen, als eine Wolke heißen Wasserdampfs über sie hinwegfegte.

»Was –«, begann Tegan, doch weiter kam sie nicht, denn da wurden sie schon vom Wasser erfasst. Das Eis, das eben noch den Durchgang zum Weltenraum versperrt hatte, verwandelte sich in eine riesige Flutwelle.

»Haltet euch am Seil fest!«, befahl Rukar. Er hatte es bereits von seinem Gürtel gelöst und das Ende mit dem Widerhaken zum Baum geschleudert. Der Haken wirbelte um einen Ast und verhakte sich keinen Augenblick zu früh, denn da spülte das Wasser die drei auch schon von der Plattform.

Er schlang seinen freien Arm um Winnie, bevor ein heftiger Ruck im Seil ihren Fall stoppte.

Winnie kreischte auf und klammerte sich schmerzhaft an seinen Arm. Tegan packte das Mädchen ebenfalls und ihr Blick traf den seinen. Sie war wütend, zugleich auch erstaunt und geschockt. Aber vor allem wütend.

Mit aller Kraft umklammerte er das Seil. Doch das Gewicht der beiden Weberinnen zerrte an ihm. Ihre Umhänge waren vollgesogen mit Schmelzwasser und das machte die beiden nicht gerade leichter. Unter ihnen ging es sicherlich dreißig oder vierzig Meter in die Tiefe. Lange würde er sich mit einer Hand nicht mehr halten können. Mit einem entschuldigenden Grinsen holte er Schwung und sie pendelten auf einen Ast zu.

»Kannst du in den Baum springen?«, fragte er Winnie, die wie ein Klammeraffe an ihm hing.

Sie starrte ihn nur mit offenem Mund an und nickte.

Aufmunternd lächelnd gab er ihr ein Zeichen, als sie auf den Ast zuschwangen, und Winnie ließ ihn los, drehte sich in der Luft und landete geschickt auf dem Ast. Sofort lief sie tiefer in das Geäst zu einer geschützten Position und sah sich um.

Das Seil mit ihm und Tegan schwang zurück.

Er hielt sie noch immer umschlungen, doch inzwischen hatte sie ebenfalls das Seil umfasst.

»Traust du dich zu springen?«, wollte er von ihr wissen.

In ihren Augen blitzte noch immer Wut. »Damit sind wir nicht quitt«, zischte sie zur Antwort und als sie erneut auf den Ast zupendelten, sprang auch sie. Tegan landete ebenfalls im Baum, wenn auch nicht mit der gleichen Eleganz wie Winnie. Kaum war sie in Sicherheit, kletterte Rukar am Seil hinauf und zog sich auf den Ast, um den sich der Widerhaken geschlungen hatte. Er gönnte sich keine Verschnaufpause, um seine Muskeln auszuschütteln. Das Mantikorblut dämpfte zum Glück noch immer sein Schmerzempfinden. Eilig löste er das Seil und verstaute es wieder an seinem Gürtel, bevor er zu den Mädchen hinabstieg.

Die Explosion hatte den Durchgang zum Weltenraum freigesprengt. Das Blutrot von Misanos Mantel leuchtete durch den Dampf, der sich in der kalten Luft in Schnee verwandelte. War das dort neben ihm Lita?

Rukar sprang direkt auf die Plattform und ging Misano entgegen, der mit energischen Schritten den Raum verließ.

»Misano!«, rief er ihm hinterher. Doch der Unsterbliche blieb nicht stehen. Er marschierte eilig zur Treppe und warf Rukar nur einen flüchtigen Blick zu.

Erleichtert stellte Rukar fest, dass der Zorn aus Misanos Zügen gewichen war. Eine zerbrechliche Hoffnung glomm in seinen Augen. Was immer er von Elaine gefordert hatte, er hatte offensichtlich sein Ziel erreicht.

»Ich hab einen Auftrag für dich!«, rief Misano ihm zu. »Halte Elaine zurück. Sperr sie irgendwo ein. Und diese Göre ebenfalls.«

Ohne Rukars Antwort abzuwarten, wandte er sich der Treppe zu. Sein Mantel wehte wie eine Kriegsflagge hinter ihm her und verwirbelte den sanften Schnee, der in der Luft tanzte.

Rukar starrte ihm nach. Misano wollte zu Zara. *Der Tod kommt zu den Lebenden.* Hatte Elaine tatsächlich die Frau zurück ins Leben geholt?

Er duckte sich, denn seine Sinne warnten ihn, dass Tegan ihn angreifen wollte.

»Du bist zu laut. Er hört dich jedes Mal, bevor du angreifen kannst«, kommentierte Winnie Tegans nutzlosen Schlag. »Und bitte lass es endlich sein. Er hat uns gerettet.«

»Er hat uns überhaupt erst in Gefahr gebracht!«

Genervt verdrehte er die Augen und ließ die beiden stehen. Er musste nach Lita sehen. Hoffentlich hatte Misano ihr nichts getan.

6

MISANO

Misano rannte die Stufen der breiten Treppe hinunter, die sich um den Schicksalsbaum wand. War es der Weberin gelungen, Zara wiederzuerwecken?

Hastig stürmte er an den Weberinnen vorbei, die mitten in ihren Fluchtversuchen eingefroren waren.

Zwar hatte er diesem Mädchen versprochen, er würde die Frauen wieder auftauen, wenn sie Zaras Faden zurückwebte. Aber ... nein. Er hatte es nicht *geschworen.* Ihm waren die Weberinnen ein Dorn im Auge. Schon immer gewesen. Es war nicht nachzuvollziehen, weshalb Äon ihnen die Macht über das Leben geschenkt hatte. Auf keinen Fall würde er diese Frauen erlösen. Für die meisten käme die Hilfe sowieso zu spät. Auch wenn sie unter seinem magischen Eispanzer nicht erstickten, so erfroren sie allmählich. Er hatte diese Art der Folter vor Jahrhunderten bis zur Perfektion ausgelotet, als die Unsterblichen sich noch in die Kriege der Menschen eingemischt hatten. Ein paar Weberinnen weniger würden der Welt nicht schaden.

Er beugte sich im Laufen über das Geländer und erhaschte einen Blick auf die Sänfte. Sie stand unverändert am Fuß des Baums. Bewegte sich der Vorhang? Sein Herz hämmerte. Wartete dort unten Zara auf ihn? War sie zurückgekommen?

Seine Gedanken nur auf die Sänfte fokussiert, achtete er auf nichts anderes. Nicht auf die gefrorenen Früchte des Baums, die Eiszapfen an den Ästen oder die erstarrten Weberinnen.

Sein schwerer roter Mantel verfing sich an einer der Eisstatuen, aber es kümmerte ihn nicht, dass die Statue ins Wanken geriet, dass sie kippte und die Weberin auf den Stufen in tausend funkelnde Eissplitter zerbrach. Nicht schlimm. Die Welt brauchte keine Weberinnen, die Lebensfäden kappten, wie es ihnen gefiel!

Nach dem Klirren legte sich absolute Stille über die Halle und den gigantischen Baum. Kurz kam es ihm vor, als wäre er das einzig Lebendige in dieser Welt. Doch das konnte nicht sein. Er war nicht in den Turm eingedrungen, um ihn allein zu verlassen.

Er hatte das Ende der Treppe erreicht und näherte sich der Sänfte. Und wenn Jin sich geirrt hatte? Wenn es gar nicht möglich war, einen Verstorbenen mit seinem Totenfaden zurück ins Leben zu holen? Für einen Augenblick verharrte Misano vor der Sänfte. Fast hätte er den Schöpfer Äon um Beistand gebeten. *Bring mir Zara zurück!* Dieses Wesen hatte jedoch nicht nur die Menschen an die Weberinnen verraten, es hatte auch seine Erstgeborenen, die Unsterblichen, im Stich gelassen. Jin hatte vollkommen recht. Sie, die Unsterblichen, mussten ihr Schicksal von nun an selbst in die Hand nehmen. Und Misano hatte genau dies getan. Er hatte sich die Liebe seines Lebens zurückgeholt.

»Zara?«, flüsterte er. Sein Atem gefror, sein Herz hielt an. Die zarten weißen Seidenvorhänge, die das Innere der Sänfte verhüllten, schimmerten bläulich durch das vom Eis reflektierte Sonnenlicht. Selbst das Wasser der Quelle, in dem der Baum wurzelte, war von einer zarten Eisschicht bedeckt.

»Zara?«, wisperte er erneut. Er wagte es nicht, sich zu rühren. Wenn in der Sänfte noch immer eine Tote ruhte, dann ... dann würde der Turm brennen!

Der Hauch seines Atemzugs bewegte den Vorhang. Sanft, als könnten seine ungeschickten Finger das Wunder zerstören, auf das er hinter der Seide hoffte, schob Misano den Stoff beiseite.

Dort lag sie in ihrem weißen Totengewand, auf weiche Kissen gebettet. Ein Blitz zuckte über seine geballte Faust. Zara! Zartes Rosa lag auf ihren Wangen und ihre bernsteinfarbenen Augen funkelten ihn überrascht an.

Misano starrte sie an. Unfähig, sich zu rühren oder Worte zu finden, stand er nur und sah seine Zara an. Sie war es. Seine Liebe! Atmend. Rosig.

»Wo bin ich?« Fröstelnd zog sie das Laken zu sich, um sich darin einzuhüllen.

Er spürte die Kälte nicht mehr, die er in den Turm gebracht hatte. Ein helles, wärmendes Glühen stieg in ihm auf, je länger er sie ansah. Und sie ihn.

Sie war zurück! Seine Zara, die Liebe seiner unendlichen Jahre! Die wunderbarste Frau, die je auf dieser Welt gewandelt war.

»Wo bin ich?«, wiederholte sie und berührte stirnrunzelnd die seidenen Vorhänge der Sänfte.

»Du bist bei mir.« Noch nie in seiner ewigen Existenz hatte er ein solches Gefühl in sich getragen. Eine Explosion aus unfassbarem Glück – es fühlte sich an, als wäre die Sonne in all ihrer Strahlkraft in seinem Inneren, würde ihn erleuchten, verbrennen, vollkommen erfüllen. »Du bist bei mir!«, wiederholte er lauter. »Zara!« Lachend griff er nach ihren Händen. Ihre Haut war noch kalt. Er zog sie zu sich, schlang seine Arme um sie. »Ich werde dich nie wieder gehen lassen!« Seine Lippen küssten ihren schlanken Nacken, ihre rosigen Wangen.

»Oh, Misano!« Den Kopf an seine Schulter geschmiegt, atmete sie erleichtert durch. »Ich habe seltsam geträumt. Der Traum fühlte sich so real an.«

»Er ist nun vorbei. Du bist zurück!« Er hob sie aus der Sänfte. »Du lebst!«

Die Hände um seinen Nacken geschlungen, ließ sie sich von ihm herumwirbeln. Er konnte es nicht fassen. Jin hatte recht behalten! In dem kleinen Fädchen hatte noch all das gesteckt, was es brauchte, damit Zara wieder bei ihm war. Er wollte gar nicht mehr aufhören, sie zu küssen und an sich zu drücken.

Zara begann zu lachen. »Misano! Was ist los mit dir. Wo sind wir?«

»Kein Ort, der noch irgendeine Bedeutung hätte!« Er wirbelte sie herum und tanzte mit ihr in den Armen über den vereisten Boden. »Lass uns hier verschwinden!«

Er würde sie bis zum Himmelspalast tragen, an das Ende der Welt und weiter. Niemals wieder würde er seine Zara loslassen!

7
LITA

Lita hatte einen Arm um Elaine gelegt und trug sie inzwischen mehr, als dass sie sie stützte. Ihre Verletzungen mussten schwerer sein, als Lita vermutet hatte. Denn die Oberste Weberin hörte nicht auf zu klagen, in einem nicht endenden Strom spuckte sie anklagende Worte aus.

»Ich habe zu lange gezögert. Dabei hatte ich die Schere schon in der Hand! Wie habe ich nur so schwach sein können? Hanna hätte sterben müssen!«, jammerte die alte Frau. »Und dann habe ich dich auch noch mitgenommen, obwohl Äon mich gewarnt hat. Und wieder war mein Herz zu schwach! Nur damit Hanna sich von dir verabschieden kann.«

Lita blieb stehen und fasste einen Entschluss: Es kostete sie eine Unmenge an Zeit, ihre Großmutter vorwärtszuschleppen. Dabei musste sie nach dem Faden suchen! Jeden Augenblick konnte sie Faines Glück verlassen.

»Du bist der Untergang! Die Strafe für meinen Egoismus. Ich habe Hanna über Äons Schöpfung gestellt«, schimpfte Elaine. »Äon hat mich Nacht für Nacht gewarnt!«

Als sie den Eingang zum Weltenraum erreichten, wand sich Lita mit einem Ächzen unter ihrer Großmutter hervor. Elaine hatte sich mit ihrem gesunden Arm an Lita geklammert und ihr sicher einige blaue Flecken zugefügt.

»Was tust du?« Zittrig versuchte Elaine, alleine zu stehen, doch ihre Kraft reichte dafür nicht aus. Sie stolperte gegen den verzierten Säulenbogen und lehnte sich erschöpft dagegen.

»Es reicht«, sagte Lita entschlossen. »Misano ist fort. Du bist nicht mehr in Gefahr. Setz dich einfach.« Sie bemerkte, dass es außerhalb des Weltenraums schneite. Winzige Flocken trudelten durch die Luft. Einige Schritte von ihr entfernt entdeckte sie Tegan und Winnie, die Rukar folgten. Er kam auf sie zu und lächelte Lita erleichtert an. Für einen kurzen Augenblick erwiderte sie es. Was hätte sie darum gegeben, jetzt zu ihm zu laufen. Ihn mit einem Kommentar zum Grinsen zu bringen und einen Moment lang die grausame Realität zu vergessen.

Sie schob den Gedanken beiseite und sah zu Tegan und Winnie. In dieser Welt waren die drei neben ihrer Mutter die wichtigsten Menschen für sie geworden. Doch sie hatte keine Zeit, zu ihnen zu gehen und sie in die Arme zu schließen. Sie musste Zaras Faden holen.

Sie wandte sich um und rannte zurück in den Weltenraum.

»Was soll das! Wo willst du hin! Dein Werk ist getan!«, blaffte Elaine sie an. »Bleib hier!«

»Es reicht, Elaine! Es ist noch nicht vorbei! Mach deine Augen auf und versuch, ausnahmsweise mal nicht nur dich zu sehen!«, rief Lita. Sie blieb am Rand des schimmernden Geflechts stehen und versuchte einzuschätzen, wie viel Zeit vergangen war und auf welcher Höhe sich

Zaras Faden inzwischen befinden musste. *Komm schon, Faine! Jetzt brauche ich all dein Glück!*

»Du hast den Tod zu den Lebenden gebracht!«, kreischte Elaine hinter ihr her.

Lita ignorierte sie. Sollte sich Tegan um sie kümmern. Entschlossen betrat sie das Gespinst und begann, die leuchtenden Fäden nach dem dunklen Ende abzusuchen. Schritt für Schritt schob sie sich tiefer hinein. Ihre Finger glitten über die Fäden, sie spürte sie vibrieren und pulsieren. Immer wieder duckte sie sich unter Fäden, stieg über sie hinweg und zwischen ihnen hindurch. Kaum merklich bewegten sich die Fäden vorwärts in die Vergangenheit. Dabei wogten und veränderten sich ihre Farben. Es war magisch. Das Licht der Fäden hüllte Lita ein. Sie fühlte sich, als stünde sie inmitten eines in allen Regenbogenfarben schimmernden Nordlichts.

Allerdings hatte sie das Gefühl, dass sich die Oberfläche der Fäden anders anfühlte als bei ihrem ersten Besuch im Gespinst. Sie waren rauer und warm ... fast heiß. Unsicher blickte Lita sich um.

Das graue Fadenschnipsel konnte sie nirgends entdecken. Es waren einfach zu viele! Unruhig drehte sie sich um, blickte nach allen Seiten. Der Faden war fast schwarz gewesen. In all dem Licht musste er ihr doch auffallen.

Aus der Ferne konnte sie noch immer Elaine zetern hören. Lita ignorierte die Beschimpfungen ihrer Großmutter und drang immer tiefer in das Geflecht vor.

Hatte sie einen Fehler gemacht? War der Kami-Segen schon abgelaufen? Oder gar nicht stark genug für so eine Aufgabe?

Nein! Du hast den Weberinnen Zeit verschafft. Gib nicht auf! Der Faden ist hier!

Immer wieder drehte sie sich um die eigene Achse, aus Angst, den Faden übersehen zu haben. Und bald war sie so tief in die Lebensfäden der Menschen vorgedrungen, dass sie den Eingang zum Weltenraum nicht mehr erkennen konnte. Eine leichte Panik überkam sie, als sie versuchte, sich zu orientieren. Aus welcher Richtung war sie gekommen?

Lita musste sich eingestehen, dass sie sich im Gespinst verirrt hatte. Sie hätte damit rechnen müssen. Schließlich verlief sie sich ja sogar auf dem Nachhauseweg!

Für einen Moment schloss sie die Augen und schluckte die Verzweiflung hinunter. Es spielte keine Rolle, ob sie den Ausgang fand. Elaine hatte unrecht. Sie war nicht das Ende der Welt! Sie musste nur diesen Faden finden und entfernen.

Lita öffnete die Augen und sah sich erneut um. Um sie herum war nichts als das Geflecht. Die Fäden strahlten gleißend in allen Farben. Nirgends war ein Schatten zu erkennen. Benommenheit legte sich wie ein schwerer Mantel auf ihre Schultern. Ihr war, als wäre sie der letzte Mensch. Kein Laut war zu hören, nicht mal Stille, es klang wie das Nichts. Oder wie Leere. Noch nicht mal sie selbst warf einen Schatten, denn um sie herum war nur Licht.

Schweiß stand ihr auf der Stirn. Kam er von ihrer Angst oder der Wärme, die von den Fäden ausging?

Entschlossen ballte Lita die Faust. Und wenn sie hier drin verdurstete. Sie verließ diesen Ort nicht ohne den Totenfaden.

Hilf mir, Faine!

8
HANNA

Noch immer standen ihr Tränen in den Augen, als sie sich von Serena abwandte und den Blick durch den Eispalast gleiten ließ. Das Orakel erfüllte sich – auch wenn der Untergang der Welt nicht damit begann, dass alles zu Asche wurde, sondern zu Eis. Schon jetzt war es bei Weitem schlimmer, als sie es sich in ihren düstersten Albträumen jemals vorgestellt hatte.

Bitte lass es Lita gut gehen!, schickte sie in Gedanken ein Stoßgebet an Faine. Seit sie die Weberinnen verlassen hatte, stand er ihr hilfreich zur Seite. Er machte ihr Mut, hatte ihr aber auch schon oft den Kopf zurechtgerückt, wenn er meinte, ihre Paranoia wegen dem Orakel ginge zu weit.

Plötzlich erschütterte ein heftiger Knall den Turm. Eine Explosion! Sie war so stark, dass die Druckwelle die eisigen Blätter klirren ließ und Eiszapfen von den Ästen brachen und in die Tiefe stürzten, wo sie auf dem Boden zerschellten. Serena schwankte durch die Wucht der Erschütterung. Misano hatte sie mitten im Laufen auf den Stufen eingefroren und nun drohte sie zu kippen. Hanna selbst verlor ebenfalls das Gleichgewicht und mit rudernden Armen versuchte sie, nicht zu fallen, und in derselben Sekunde wurde ihr bewusst, dass Serena kippte.

»Nein!«, schrie sie, warf sich vor und bekam die Eisstatue gerade noch zu fassen. Mit Serena im Arm klammerte sie sich ans Geländer. Von unten drang eine riesige Dampfwolke zu ihr herauf. Die winzigen Wassertröpfchen verwandelten sich in der Luft in Schneekristalle und schwebten als funkelnde Flocken zu Boden.

Hanna konnte durch die Schneewolke nicht erkennen, was unter ihr vorging, doch ... irgendetwas Grauenvolles war passiert. Ihr Herz verkrampfte sich bei der Vorstellung, dass Lita etwas zugestoßen war.

Vorsichtig bettete sie Serena auf die Stufen, in der Hoffnung, dass es keine weitere Explosion gab und Serena nicht wieder ins Rutschen kam. Sie wollte sich gar nicht vorstellen, was mit ihrem gefrorenen Körper passieren würde, wenn er einen heftigen Schlag bekäme.

Fröstelnd zog sie den Mantel enger um sich. Die Kälte war ihr bis in die Knochen gekrochen. »Ich komme wieder«, flüsterte sie Serena zu und eilte hinunter zum Weltenraum.

»Du fackelst nicht unseren Turm ab, Misano!«, murmelte sie wütend. Sie schlitterte mehr, als dass sie lief, und ihr Herz galoppierte um sein Leben vor lauter Sorge um Lita.

Am liebsten hätte sie nach Lita gebrüllt. Aber ihre Angst, Misano könnte Eis auf sie feuern, war zu groß.

Als sie die Plattform erreichte, watete sie durch knöcheltiefen Schneematsch. Misano musste mit dieser Explosion jede Menge Eis geschmolzen haben. Durch den feinen Schneefall erkannte sie drei Schemen.

»Er hat uns überhaupt erst in Gefahr gebracht!«, brüllte eine Weberin.

Hanna ging auf sie zu und erkannte Rukar unter den dreien. Die Weberin, die ihn angeschrien hatte, schien kurz davor, ihn angreifen zu wollen, doch er wandte sich ab und schritt auf den Weltenraum zu.

»Warte!« Hanna eilte zu ihm. Die junge Frau, die so wütend auf ihn war, kam Hanna bekannt vor. Vermutlich war sie ein paar Jahre älter als Lita. Das glatte schwarze Haar, durch das sich eine breite lila Strähne zog, die schmalen Augen ... das musste Tegan sein. Die Ähnlichkeit mit ihrer Mutter Sumi war unverkennbar. Hanna hatte oft mit Sumi in den Zweigen gewesen und Früchte geerntet. Sie war gestorben, als Lita noch nicht ganz ein Jahr alt war. Tegan musste damals drei oder vier Jahre alt gewesen sein.

»Einen Moment.« Hanna hielt Tegan zurück, die Rukar nachsetzen wollte. Die zweite Weberin – Hanna schätzte sie auf vierzehn oder fünfzehn – wirkte ziemlich verängstigt. Sie nickte Hanna kurz zu. »Er ist auf unserer Seite«, sagte sie zu Hanna mit einem bittenden Unterton.

Vermutlich, dachte Hanna und warf Rukar einen prüfenden Blick zu. Immerhin hatte er Lita und ihr geholfen, als sie von Misano bewusstlos geschlagen worden war. Und er war ... Hanna maß ihn erneut mit Blicken. Das musste warten.

Aufgebracht gestikulierte Tegan. »Er ist an all dem hier schuld! Er hat Misano reingelassen.«

»Wie kommst du darauf?«, fragte Hanna überrascht.

»Er hat mich betäubt, ausgeraubt und sich mithilfe meiner Klamotten und meinem Spiegelschlüssel Zutritt zum Turm verschafft.«

Skeptisch hob Hanna die Augenbrauen. So leicht konnte

man nicht in den Turm kommen. Es brauchte mehr als nur den Mantel einer Weberin und einen gestohlenen Schlüssel. Sie wandte sich Rukar zu. »Du hast dich als Tegan verkleidet, um in den Turm zu gelangen?«

»War 'n Auftrag«, nuschelte er und vergrub die Hände tief in den Jackentaschen.

Ein Auftrag also. Langsam setzten sich für Hanna die Puzzlestücke zusammen. Faine hatte ihr einmal von einem Halbblut erzählt, das für die Unsterblichen illegale *Jobs* erledigte. Sie betrachtete Rukars schwarzes Haar, das widerspenstig in alle Richtungen stand. *Aber … Nein. Das war unmöglich.*

»Rukar hat uns gerettet. Das Schmelzwasser hätte uns sonst in die Tiefe gerissen.« Nervös klammerte sich das Mädchen an ihre Tasche.

Tegan verdrehte genervt die Augen. Es war unverkennbar, dass sie Rukar am liebsten sofort in der Luft zerfetzt hätte. Rukar selbst reagierte nicht. Stattdessen beobachtete er besorgt den Weltenraum. Was beunruhigte ihn so sehr?

Seinem Blick folgend, bemerkte Hanna Elaine im Durchgang. Ihre Mutter lehnte an einer der Säulen. Jede Faser in Hanna versteifte sich und ihr wurde bewusst, dass sie nicht bereit war, Elaine gegenüberzutreten. Vor wenigen Stunden hatte ihre eigene Mutter ihr noch nach dem Leben getrachtet. Hatte sie sich Misano entgegengestellt? Sie schien verletzt zu sein. Nervös blickte Hanna zu den Schicksalsfäden. Wo war Lita? Hatte Elaine sie an Misano verraten? Sie geopfert, um sich selbst zu retten und zugleich Äons Strafe abzuwenden?

Bei jedem Atemzug stach ihr Herz. Wenn Lita zu Eis erstarrt war … Sie musste sicher sein, dass ihre Tochter am Leben war. »Ist Lita im Weltenraum?«, fragte sie Rukar.

»Ich wollte sie da rausholen.« Leise Verzweiflung schwang in seiner Stimme. »Aber sie hat sich geweigert. Und nach Misanos Abgang hat sie Elaine zum Tor gebracht und ist dann zurück.«

Alarmiert blickte Hanna sich um. »Ist Misano noch hier?«

Rukar nickte Richtung Treppenabgang. »Was immer er erreichen wollte, es scheint ihm gelungen zu sein. Er ist unten.«

Unwillkürlich atmete Hanna auf. Dennoch hielt sich ihr Verdacht, dass Rukar mehr wusste, als er preisgab, denn er wich ihrem Blick aus. Aber wenn der Unsterbliche den Baum bereits verlassen hatte, waren sie vorerst sicher.

»Haben Sie Äon gesprochen?«, wollte er wissen.

Tegan und die junge Weberin kamen näher.

»Sie haben Äon kontaktiert?«, fragte das Mädchen beeindruckt.

»Ich habe es versucht. Es hat mir nicht geantwortet.« Ihre Stimme klang verletzter, als sie wollte. Mit großen Augen sah das Mädchen sie an. Hanna wurde bewusst, dass die Weberinnen keine Ahnung hatten, was los war. Und … dass es kein Happy End gab. »Es ist weg«, sagte sie leise. »Dieses Chaos ist alles, was es uns hinterlassen hat.«

Das Mädchen zuckte zusammen und presste die Tasche, aus der eine Prophezeiung herauslugte, noch fester an sich. In ihrem Blick lag Entsetzen und doch schien sie nicht überrascht, dass Äon Misanos Angriff gewollt hatte.

»Ich bin übrigens Hanna. Und du ...?« Sie streckte ihr die Hand hin.

Das Mädchen hielt ihre Tasche weiterhin umklammert. »Ich weiß. Sie sind Elaines Tochter und Litas Mutter. Jemand hat Sie entführt. Und es war nicht Rukar, sonst wären Sie nicht so nett zu ihm.« Für einen Augenblick hielt das Mädchen ihren Blick fest, so als wollte sie ihr etwas sagen, das niemand hören durfte. »Ich bin Winnie«, murmelte sie schließlich.

Tegan hatte sich neben Winnie gestellt und damit Abstand zwischen sich und Rukar gebracht.

Der wartete angespannt, die Hände noch immer tief in die Taschen seiner altmodischen Marinejacke vergraben, und spähte immer wieder in Richtung Weltenraum. »Sie meinen, diese Prophezeiung wird eintreten?«

Warum klang er so beunruhigt? Sorgte er sich tatsächlich um das Schicksal der Menschen? »Lita hat dir davon erzählt?« Wieso hatte sie das getan? Einem Halbblut! Lita hatte keine Ahnung von den Regeln der Weberinnen, sie kannte nur die Welt der Menschen. Sie hätte niemals mit jemand anderem als einer Weberin darüber reden dürfen. Noch einmal musterte sie ihn. Echte Angst spiegelte sich auf seinen Zügen, sein ganzer Körper war angespannt, als warte er nur auf ein Zeichen, um loszustürmen ...

»Klingt übel«, murmelte er.

»Welche Prophezeiung?«, fragte Winnie zittrig.

»Äon hat das Ende der Welt beschrieben. Und es sieht ganz so aus, als würde sein Orakel sich gerade erfüllen.« Sie wandte sich ab, zum Weltenraum. »Ich muss zu Lita.« Es gab nichts weiter zu besprechen. Das Ende war gekommen. Und das Einzige, das für Hanna noch Bedeutung hatte, war Lita.

Plötzlich versperrte ihr Tegan den Weg. »Ich weiß, dass Ihnen die Regeln der Weberinnen nicht viel bedeuten.«

Erstaunt hielt Hanna inne. Was wollte Tegan damit andeuten?

»Aber Sie dürfen ihn nicht mit zu den Fäden nehmen. Er ist ein Halbblut.« Mit abgrundtiefer Verachtung sah Tegan über Hannas Schulter.

Rukar war ihr gefolgt. Noch immer die Hände tief in die Taschen gestemmt, als würde er so einen Panzer erschaffen, der ihn vor allem beschützte. Doch sie konnte auch sehen, dass er sich zur Ruhe zwang, obwohl in ihm ein Sturm tobte. Etwas machte ihm Angst. Etwas, das im Weltenraum ... Lita. Hanna schnappte nach Luft, als ihr die Tragik bewusst wurde. Seine einzige Sorge galt Lita! Er hatte Gefühle für Lita! Am Tag des Weltuntergangs. Und Lita ... Hanna versuchte, die Tränen zurückzudrängen. Ihre Tochter hatte diesem Halbblut nicht nur das Orakel anvertraut. Sie hatte ihn in den Turm gebracht. Sie vertraute ihm. *Er ist ein Freund.*

»Er hat ... Fähigkeiten«, meinte sie schließlich leise zu Tegan. »Falls uns noch irgendetwas helfen kann, dann vielleicht er.«

»Das ist nicht Ihr Ernst! Halbblutfähigkeiten?«, brauste Tegan auf. »Er ist Misanos Handlanger! Er wird uns mit seiner Unsterblichenmagie niemals helfen.«

»Wir alle sind Äons Handlanger.« Damit schob sie sich an Tegan vorbei. Sie spürte Rukars forschenden Blick in ihrem Rücken und sah sich zu ihm um. Schon als sie den

Turm betreten hatten, meinte sie, sein wahres Geheimnis erkannt zu haben. Auch wenn sie es kaum glauben konnte ... schließlich war es wider die Natur der Dinge. Hanna war bisher keine andere Erklärung eingefallen, um das Rätsel zu beantworten, das Rukar umgab. Wusste Äon von ihm?

Hanna nickte ihm zu und sofort setzte er sich in Bewegung, um ihr zu Lita zu folgen. Sie trat an den Torbogen. Die Fäden leuchteten wie immer. Ihr Blick glitt durch den Raum: keine Eisstatue ihrer Tochter! Für einen Moment fühlte sie sich leicht und glücklich. Aber wo war Lita? Vielleicht im Spindelwerk?

»Wo ist sie?«, wandte sie sich an Elaine. Sie erschrak, als sie nun sah, wie stark deren Verletzungen waren. »Was hat Misano dir angetan!« Elaines Gesicht war geschwollen, getrocknetes Blut bedeckte die Stirn und war über Wange und Kinn den Hals hinabgelaufen.

Elaine hielt die Augen geschlossen. Ihr Atem ging flach und schnell.

»Mutter?« Obwohl sie Elaine noch vor wenigen Stunden die Krätze an den Hals gewünscht hatte, standen ihr nun Tränen in den Augen. Was, wenn Elaine starb? Die Weberinnen brauchten die Oberste Weberin. Und sie selbst?

Zitternd kniete sie sich neben sie und legte ihre Hand auf Elaines. »Halte durch.« Sie konnte ihr nicht verzeihen, dass sie beabsichtigt hatte, Lita umzubringen. Doch ihre Mutter so zu sehen, brach ihr das Herz. Elaine war in ihrer Kindheit für sie da gewesen, auch als sie erwachsen geworden war und sich verliebt hatte. Bis zu jenem verdammten Tag, an dem Hanna hätte sterben sollen.

»Lita hat den Tod zu den Lebenden gebracht.« Elaines Stimme war nur ein Hauch.

»So war es Äons Wille.« Hannas Blick glitt wieder zum Gespinst. Keine Spur von Lita. Alles wie immer. »Du hast all die Jahre gewusst, dass dieser Tag kommen würde. Niemand entrinnt dem Schicksal.«

Elaine öffnete die Augen und starrte über Hannas Schulter hinweg zu Rukar. *»Er!* Er hat uns alle auf dem Gewissen!«, zischte sie.

Hanna erhob sich seufzend. Tegan, die ihnen zusammen mit Winnie zu Elaine gefolgt war, murmelte etwas Unverständliches. Offensichtlich war sie mit Elaine einer Meinung, während Winnie sich am liebsten in ihrer Umhängetasche verkrochen hätte.

»Dieser Junge?« Abschätzend wandte Hanna sich ihm zu. »Ich glaube nicht, Elaine. Wir alle sind nur unserem Schicksal gefolgt.«

Elaine versuchte zu lachen, allerdings brachte sie nur ein Husten zustande. »Er hat mich an Misano ausgeliefert. Wäre ich hier gewesen, hätte ich all das hier verhindert!«

Wütend blickte Hanna auf ihre Mutter herab. »Natürlich. Du hättest Lita und mich aus dem Gespinst entfernt.« Sie hörte, wie Winnie erschrocken die Luft einsog. Sie hatten keine Ahnung gehabt. Geheimnisse waren jetzt nicht mehr von Bedeutung. Äon hatte beschlossen, dass alles endete. »Aber Überraschung, Mutter: Offensichtlich hat Äon nie gewollt, dass du deinen angeblichen Fehler wiedergutmachst. Misano wäre trotzdem hier aufgetaucht!« Sie ignorierte den wutentbrannten Blick von Elaine und wandte sich an Rukar. »Misano hat dich benutzt, um sich an Elaine zu rächen?«

Irgendwie gelang es ihm, die Hände noch tiefer in die Taschen seiner Spezialjacke zu vergraben. Er stand wie ein Schulkind da, das man an der Keksdose erwischt hatte. »Ich wusste nichts davon. Ich hatte auch keine Ahnung, was er mit dem Totenfaden vorhatte.«

Hannas Blick glitt zu den Schicksalsfäden. »Dann hat es sich also wirklich erfüllt«, murmelte sie. *»Ohne Schicksal bringt die Welt zu Fall. Der Tod kommt zu den Lebenden.«* Jetzt wusste sie, wo ihre Tochter war. Sie hatte Misano gehorcht und den Faden der Toten, die unten in der Sänfte lag, zurück in das Gespinst gebracht. Und vermutlich dachte Lita – naiv, wie sie in Bezug auf die Mechanismen des Schicksals war –, dass sie den Faden nun einfach wieder herauszupfen konnte.

»Lita hat uns verraten!«, zischte Elaine. »Sie hat sich Misano gefügt.«

Hanna zog scharf die Luft ein. *Gefügt.* Wohl kaum. Weder Misano noch Äon – Lita war niemand, die sich Angst machen ließ und sich *fügte.* Lita glaubte auch nicht daran, ein Schicksal zu haben. Vermutlich hatte sie gedacht, einen Ausweg zu sehen. »Ich gehe sie suchen. Winnie? Kümmerst du dich um Elaine?«

Die Weberin nickte und wollte Elaine aufhelfen, doch die schlug ihre Hand weg. Unsicher sah Winnie zu Hanna. Sie wagte es nicht, Elaine ein weiteres Mal Hilfe anzubieten.

Noch immer wirbelten kleine Flocken durch die Luft. Hinter ihr stand der mit dickem Eis bedeckte Baum. Die Weberinnen, die zu funkelnden Statuen erstarrt waren, starben in ihrer eisigen Hülle. Hanna sog tief Luft ein. Sie hatte keine Zeit für Elaines Machtspielchen, den Weberinnen lief die Zeit davon. Sie musste Lita finden und wissen, dass es ihr gut ging. Und irgendwie mussten sie dem Schicksalsbaum helfen. Es gab niemanden, der Elaines Platz einnehmen konnte. Hanna betrachtete den Trupp, der sich um sie geschart hatte. Wie viel konnte sie Winnie zumuten? Sie war angehende Archivarin, wie Hanna an ihrer lilafarbenen Kleidung erkannte. Tegan würde bei nächster Gelegenheit versuchen, Rukar auszuschalten. Sie konnte sie nicht mit ihm allein lassen und Rukar selbst … Er war erstaunlich. Hanna musterte ihn. Er war etwas, das niemand auf dem Plan hatte. Weder Elaine noch Äon. Und vermutlich nicht mal Jin, der wahrscheinlich gerade alles daransetzte, die Prophezeiung vollends zu erfüllen. Aber vielleicht konnte sie Rukars Talente für sich nutzen.

Diese drei mussten nun den Turm wieder in Gang bringen.

»Elaine! Du lässt dich von Winnie zu den Heilerinnen bringen«, befahl Hanna. Dann sah sie zu Tegan und zögerte. Sie musste wissen, dass es Lita gut ging. Sie in die Arme schließen und bei ihr sein, wenn die Welt zu Ende ging. Noch einmal sah sie Rukar an.

Lita hatte keinen Faden und er war jemand, der gar nicht existieren konnte. Vielleicht gab es doch eine Chance, Äons Willen zu untergraben.

»Tegan«, befahl Hanna, »geh und such Lita! Hol sie aus den Fäden raus. Sag ihr, es ist sinnlos. Sie kann den Totenfaden nicht mehr finden. Er hat keinen Pfad. Er ist wie ein Fussel im Wind.« Zu ihrer eigenen Überraschung klang sie wie ein Marschall. Tegan wirkte zwar von ihrem harschen Befehlston überrumpelt, dennoch nickte sie. Ihr Blick glitt zu Rukar, der noch immer wie das personifizierte schlechte Gewissen bei ihnen stand.

»Und er? Er ist verantwortlich für den Überfall«, sagte Tegan mit Nachdruck.

»Keine Sorge. Ich kümmere mich darum.« Hanna wandte sich an die junge Weberin. »Winnie, wenn du Elaine zu den Heilerinnen gebracht hast, dann such nach Überlebenden. Kontrollier das Spindelwerk und ob die Neugeborenen ihre Fäden erhalten haben.«

»Wird gemacht.« Winnie schob ihre Tasche nach hinten und trat auf Elaine zu. Erneut hielt sie ihr die Hand hin, um sie auf die Füße zu bringen.

»Kannst du laufen?« Hanna half mit, Elaine hochzuziehen. Doch die entwand sich ihr ruppig und stützte sich nur auf Winnie.

»Was hast du vor, Hanna? Verstehst du immer noch nicht, dass es zu Ende ist?«

»Ich streite nicht mehr mit dir, Mutter! Und bitte sei nett zu Winnie!« Sie sah sie mahnend an. Elaine begegnete ihrem Blick mit Starrsinn, Hochmut und Zurechtweisung. Aber Hanna trotzte ihrer Mutter. Sie trotzte der Obersten Weberin. *Elaine, du bist schwach. Verletzt. Und du siehst nur, was du sehen willst.* »Geh und werde gesund«, flüsterte sie ihr zu. »Ich bringe das Chaos in Ordnung.«

Elaine wollte auflachen, doch stattdessen krümmte sie sich unter Schmerzen. Winnie legte sich Elaines gesunden Arm um die Schulter.

»Schaffst du das?«, fragte Hanna besorgt.

»Natürlich.« Winnie pustete sich eine ihrer roten Haarsträhnen aus der Stirn und bugsierte die Oberste Weberin sanft, aber nachdrücklich in Richtung der Unterkünfte.

Elaine wandte sich noch mal zu Hanna um. »Du bist keine Weberin mehr. Du hast uns verlassen.« Ihre Stimme klang wie Gift.

»Ich wurde vertrieben, Elaine, aber nun bin ich zurück. Und der Turm hat seine Führung verloren.« Sie straffte die Schultern und gab dem drohenden Blick ihrer Mutter nicht nach. Hanna wollte nicht urteilen, ob und wie es zu diesem schrecklichen Tag gekommen wäre, wenn Elaine nicht davon ausgegangen wäre, selbst der Mittelpunkt der Prophezeiung zu sein. Vielleicht war es sogar ihre eigene Schuld, weil sie als besorgte Mutter Lita ihre Abstammung und die Wahrheit verschwiegen hatte. Genau wie Elaine hatte sie nur ihre Tochter schützen und sie aus Äons Plänen raushalten wollen.

Doch so wie es aussah, hatte Äon all ihre Schachzüge geplant.

Schließlich senkte Elaine den Blick, wandte sich ab und ließ sich von Winnie führen.

»Gut.« Mit einem Seufzen drehte sich Hanna zu Rukar um.

»Sind Sie jetzt die Chefin?«, fragte er.

»Es ist momentan niemand anderes da. Außerdem hat Elaine die Prophezeiung vor den Weberinnen geheim gehalten, sie wissen nicht, was der Welt bevorsteht. Also, ja, das bin ich. Und ich habe einen Auftrag für dich.«

9
RUKAR

Fröstelnd knetete sich Rukar die Finger warm. Seine Stiefel hatten sich mit Schmelzwasser vollgesogen und die Kälte kroch ihm in die Knochen.

»Ich habe gesehen, wie du in den Turm gelangt bist«, sagte Hanna zu ihm. Ihrem durchdringenden Blick konnte er nicht standhalten und er blickte ertappt auf seine nassen Stiefel.

Immerhin konnte er wieder klar denken, das Mantikorblut hatte ganze Arbeit geleistet. Die Vorwürfe, die er sich selbst machte, schnürten ihm jedoch die Luft ab.

»Es tut mir leid.« Er meinte es ehrlich. Aber es half nicht, sich Tausende Male zu entschuldigen. Misano hatte Elaine fürchterlich zugerichtet. Und den Turm erst! Wie hatte er so blind sein können? Nur um selbst endlich frei zu sein, hatte er es in Kauf genommen, dass Misano seinen Zorn über Zaras Tod an den Weberinnen ausließ.

»Das ist zwar gut zu hören, ändert aber nichts.« Sie kam auf ihn zu und zog ihn mit sich. Fort vom Weltenraum, in dem irgendwo Lita war.

Die Zeilen, die Lita ihm gesagt hatte, hallten in Endlosschleife durch seinen Kopf. *Ohne Schicksal bringt die Welt zu Fall. Der Tod kommt zu den Lebenden. Leben ist Gift, es besiegelt das Schicksal. Aleph bringt das Ende. Die Zeit springt, denn was immer war, ist nicht mehr.*

Lita hatte kein Schicksal. Und sie hatte Zaras Totenfaden zu den lebenden Fäden gebracht.

»Was wird nun passieren?«, fragte er Hanna.

»Was immer war, ist nicht mehr«, zitierte sie den Orakelspruch.

Rukar versteifte sich. »Sind Sie sicher?«

»Warum sollte ich zweifeln? Äon hat die Geschichte dieser Welt geschrieben, für jedes einzelne Leben. Und die Schicksale erfüllen sich *immer.* Warum sollte der letzte Akt dieses Theaterstücks nicht auch genauso stattfinden, wie Äon es geplant hat?«

»Weil ich das nicht wollte«, platzte er heraus und wusste, dass es absurd war. Das Schicksal fragte nie danach, ob es willkommen war.

»Jeder von uns hat ein Rädchen zu dieser Mechanik beigetragen. Wissentlich oder unwissentlich.« Sie strich sich ihre schulterlangen Haare nach hinten und zupfte die Strickjacke unter dem Weberinnenmantel gerade.

Offenbar schrieb sie sich selbst ebenfalls Schuld zu. Sie hatte Lita geboren, das Mädchen ohne Schicksalsfaden. Ohne Lita wäre die Welt nicht in Gefahr. *Ohne Lita wäre die Welt aber auch nicht so lebenswert.*

»Du bist der Läufer zwischen den Welten, von dem mir Faine berichtet hat«, stellte Hanna nachdenklich fest.

»Wer ist Faine?« Den Namen hörte er zum ersten Mal. Und was erzählte dieser Typ über ihn herum?

»Du kennst ihn nicht? Lebst du nicht bei den Kami?«, fragte sie verwundert.

»Ein Kami?« Hatte sie eine Ahnung, wie viele Kami es gab? Als die Menschen begonnen hatten, nicht mehr an die Schutzgeister zu glauben, hatten einige von ihnen sich selbstständig gemacht. Sie waren in die Menschenwelt gezogen, um sich dort eine Existenz aufzubauen. Kami konnten auch ohne Einkommen und Menschennahrung überleben. Doch vieles in der Menschenwelt war einfach zu wunderbar, um darauf zu verzichten. So wie Kaffee. »Ich hause bei Wook. Die Kami sind aber nicht meine Freunde«, stellte er klar.

»Nun, mag sein. Aber man kennt dich. Sogar ich habe von deinem Geschäft gehört. Und ich war die letzten siebzehn Jahre nicht einmal Teil dieser Welt.«

Noch immer konnte er ihr nicht in die Augen sehen. Sie hatte große Ähnlichkeit mit ihrer Tochter. Das gleiche energische Kinn, die schmale Nase und den durchdringenden Blick. Wieder schielte er über die Schulter zu den Fäden, konnte in diesem Geflecht jedoch weder Tegan noch Lita entdecken.

»Du hast dich sicher gefragt, wieso du nicht wie die anderen Halbblutkinder bei den Unsterblichen aufwachsen durftest«, redete Hanna weiter. »Weißt du denn, warum sie dich zu den Kami abgeschoben haben?«

Überrascht sah Rukar sie an. Er konnte Hannas Blick nicht richtig deuten, aber sie wusste etwas über ihn. »Kann sein«, antwortete er vorsichtig. Sofort war er hellwach. Worauf war sie aus? Unwillkürlich tastete er nach seinem Stück Teppich, das in einer der Jackentaschen steckte. Er konnte ihr die Prophezeiung nicht zeigen. Nicht jetzt. Das hätte ihm nur noch mehr Ärger eingebracht.

Sie musterte ihn. Vermutlich versuchte sie, seinen Faden zu lesen. Genau wie Tegan. Aber sie würde nichts finden. Denn Tegan war es ebenfalls nicht gelungen, seinen Faden zu sehen. Wahrscheinlich besaß er gar keinen. Schließlich war er zur Hälfte ein Unsterblicher.

Falls sie sein Schicksal nicht gesehen hatte, ließ Hanna sich nichts anmerken. »Was willst du von Lita?«

Diese Frage brachte ihn ins Straucheln. Wurde das hier ein Verhör ... oder etwa so ein Halt-dich-von-meiner-Tochter-fern-Gespräch? »Wie bitte? Wie – nein. Also ... ich hab sie nur durch Zufall –«

Hanna zog die Augenbrauen hoch.

Durch Zufall ... Er wurde blass. Sein Blick huschte hinüber zu dem Gespinst. *Willst du ernsthaft einer Weberin etwas von Zufällen erzählen?* Er räusperte sich. »Also ich meine, ich hab sie nicht ... wie Tegan. Also Tegan habe ich ...« Verdammt. Sie hatte ihn kalt erwischt.

»Pass auf. Wir machen es so«, unterbrach sie ihn. »Ich habe keine Zeit für Pokerspielchen. Dank dir liegt hier alles in Schutt und Eis. Ich muss meine Weberinnen wieder auftauen – keine Ahnung, wie. Aber eines weiß ich: Lita ist Teil einer schrecklichen Prophezeiung.«

Er nickte aus Reflex. Er konnte nicht mehr genau sagen, womit er gerechnet hatte, als Hanna ihn zur Seite genommen hatte. Mit einer Standpauke, einer Strafe oder dem Verbot, Lita jemals wiederzusehen? Doch sie wollte etwas anderes von ihm. Sie wollte, dass er einen Job für sie erledigte.

»Lita denkt, sie hat das Ende der Welt verursacht.« Hanna hatte die Stimme gesenkt. »Du trägst eine Mitschuld, denn du hast Misano den Faden besorgt. Deshalb wirst du nun etwas für mich tun. Und wenn du erfolgreich warst, werde ich dir sagen, wer du bist.«

Geschockt starrte er sie an. Was hatte sie gerade gesagt? »Wer ich bin?« Seine Hand umklammerte das Teppichstück. Ein Auftrag und als Bezahlung die Wahrheit über sich? Genau das wollte er doch – die Wahrheit. Dennoch trat er instinktiv einen Schritt zurück. Genau diesen Deal war er schon einmal eingegangen, ohne nach den Konsequenzen zu fragen. Auch da hatte er nur sich und seine Sehnsucht im Kopf gehabt. Und nun war der Turm der Weberinnen ein eisiges Schlachtfeld.

Sie lächelte. »O ja. Du hast mich richtig verstanden. Ich weiß, wer du bist. Ich kenne deine Familie.«

Stumm schüttelte er den Kopf. Hanna hatte seinen Faden gelesen! Woher sonst sollte sie wissen, wer sein Vater war und wer seine Mutter? Er rieb sich die Hände an seiner Jacke trocken und versuchte, seine Gedanken zu sortieren. Sie war Litas Mutter. Wenn er Lita wiedersehen wollte, sollte er wohl nett und hilfsbereit sein. Und er hatte echt was gutzumachen. Sie war nicht Misano, er konnte ihr sicher vertrauen.

Hanna zog etwas aus einer Tasche ihres Mantels. Es war ein kleines Fläschchen, in dem eine braune Flüssigkeit schwappte. »Du wirst das hier Lita einflößen.«

»Was?« Voller Entsetzen wich er vor ihr zurück. »Niemals!« Er kannte solche Fläschchen vom Schwarzmarkt. Sie enthielten immer Zauber. Bösartige Zauber. Hanna wollte, dass er Lita umbrachte? Damit diese dämliche Prophezeiung gestoppt würde? Waren denn alle Weberinnen völlig herzlose, skrupellose Wesen? *Und ich dachte, die Unsterblichen wären das Schrecklichste, das Äon hervorgebracht hat.*

»O doch!«, zischte Hanna, packte seinen Arm und drückte ihm die Flasche in die Hand. »Du bist uns was schuldig. Und du wirst tun, was ich sage! Schütt es Lita in den Kaffee, mir egal, wohinein, und sorg dafür, dass sie ihn austrinkt! Und zwar schnell. Wir haben nicht mehr viel Zeit. Sobald du das erledigt hast, erfährst du von mir alles über deine Herkunft.«

Das Fläschchen fühlte sich schwer wie Blei an. Rukars Hand zitterte, als sich seine Finger darum schlossen. Goldschimmernd schwappte die Flüssigkeit darin. In der Innentasche seiner Jacke spürte er förmlich den Stoff seiner Prophezeiung. Lita hatte die Menschen darauf nicht erkannt. Sie hatte Nebel gesehen. Weil er sie umbringen würde – mit diesem Trank? »Nein«, stammelte er. *Ich werde den gleichen Fehler nicht ein zweites Mal begehen!*

Sein Blick flog zu den Fäden. Lita war nicht in Sicht. Er erinnerte sich, wie sie ihn in der Rooftop-Bar überrumpelt hatte, wie er jedes Mal in ihrer Gegenwart die Zeit verlor. Ihr Gesichtsausdruck, als sie seinen Teppich las … Hatte sie noch mehr gesehen?

Sein Blick streifte über zwei vereiste Frauen und über Schnee und Eis, die den Turm in eine Winterlandschaft verwandelt hatten.

»Ich werde Lita nicht vergiften!« Er versuchte, Hanna das Gift zurückzugeben, doch sie ließ es nicht zu.

»Du sollst sie nicht vergiften!«, fuhr Hanna ihn an. »Was glaubst du denn! Ich bin ihre Mutter! Du sollst sie retten!«

Retten? Mit diesem Gebräu? Irritiert musterte er die Flasche. Eindeutig vom Schwarzmarkt in den Vaults. »Was ist dadrin? Wie soll es Lita retten? Und wovor?«

»Sobald sie das getrunken hat, wird sie alles vergessen.« Hanna straffte ihre Schultern. Anscheinend fiel es ihr nicht leicht, ihm zu sagen, was sie Lita antun wollte.

Ein Vergessenstrank? Warum? »Was meinen Sie mit *alles?«*

»Sie wird nichts mehr von den Weberinnen und dem Turm wissen. Nichts mehr von Elaine und mir. Und vor allem nichts von dem, was sie getan hat.« Hannas Stimme versagte. Hastig wischte sie sich eine Träne von der Wange.

Mit offenem Mund starrte er sie an. Sie wollte, dass Lita alles vergaß, was mit ihrer wahren Herkunft zu tun hatte? Das war schrecklich! Es würde sie verrückt machen, nicht zu wissen, wer sie war. Ihn hatte dieses Unwissen über die eigene Herkunft an manchen Tagen sehr nah an den Abgrund gebracht. »Warum wollen Sie Lita das antun? Ich dachte, Sie sorgen sich um sie!«

»Genau deshalb. Und nun los. Die Zeit läuft. Das Orakel erfüllt sich.«

Ungläubig wog er die Flasche in der Hand. »Sie glauben, die Welt wird enden. Und weil Lita keinen Faden hat, wird sie bleiben.«

Hanna legte den Kopf in den Nacken, um die Tränen zurückzuhalten. »Ich gehe davon aus, dass die Welt nur für diejenigen endet, deren Faden zu Asche zerfällt. So hat es Elaine in ihren Visionen gesehen. Ich will nicht, dass Lita bis in alle Ewigkeit leidet. Sie soll sich nicht erinnern, was durch sie verloren ging.«

Das war … Rukar schluckte. Seine Hand mit der Phiole schlüpfte in seine Jackentasche. »Sie lieben Lita über alles.«

Hanna lächelte gequält. »Alles, was ich getan habe, habe ich immer nur für sie getan. Damit sie überlebt und glücklich ist.«

»Und Sie denken, sie wird glücklich werden, wenn sie nicht mehr weiß, wer sie ist?«

»Wenn sie nicht erinnert, dass sie die Welt zerstört hat.«

Rukar nickte. Er verstand Hanna. Aber die Vorstellung, dass Lita alles vergaß … dass sie ihn vergaß … »Können Sie mir noch eins sagen? Habe ich einen Schicksalsfaden?«

Ein Schmunzeln huschte über Hannas Lippen. »Es tut mir leid, Rukar. Ich kann deinen Faden nicht sehen. Das muss aber nicht heißen, dass du die Unsterblichkeit deines Vaters geerbt hast. Vermutlich sind unsere Schicksale einfach zu eng miteinander verbunden.«

Enttäuscht wandte er sich ab. Natürlich. Das Schicksal ließ ja auch keine Gelegenheit aus, ihm übel mitzuspielen. Vermutlich hatte er die Sterblichkeit von seiner Mutter geerbt. »Also gut. Ich mache es«, murmelte er. Er würde nicht mehr da sein, um Lita zu trösten. Auch sein Faden würde zu Asche verpuffen. Die Vorstellung, Lita bis in alle Ewigkeit mit der Schuld leben zu lassen, ertrug er ebenso wenig wie Hanna.

Rukars Hand krampfte sich um das Teppichstück. Er hatte Lita gerade erst kennengelernt. Und doch hatte er eine Hoffnung gehabt. Ein vages Gefühl, dass sie und er … dass sie etwas gemeinsam hatten. Auch wenn ihre Unberechenbarkeit ihn wahnsinnig machte – es war schön gewesen, mit jemandem zu reden, von dem er nicht wusste, was er in zwei Minuten tun würde.

»Hanna!«, rief jemand.

Rukar und sie fuhren herum. Es war Tegan. Sie hatte Lita gefunden.

Rukar wurde bewusst, dass er bei Litas Anblick ebenso aufgeatmet hatte wie ihre Mutter. Und er lächelte. Erleichtert. Glücklich. Zumindest für diesen Augenblick.

Als Lita ihre Mutter sah, rannte sie zu ihr und warf sich in ihre Arme. »Es ist alles gut!«, jubelte sie. »Es wird nichts passieren!«

Hanna drückte ihre Tochter an sich. »Sag bloß, du hast den Faden gefunden?«

Litas Blick begegnete dem von Rukar und er sah ihre Verzweiflung für einen Wimpernschlag aufblitzen. »Das wäre zwar auch klasse, aber nein. Ich habe ihn nicht wiedergefunden. Aber ganz ehrlich, Mum –« Sie deutete zum Gespinst. »– es ist nichts passiert. Den Fäden geht es prächtig. Keine Asche!«

Lita log. Er konnte es in ihren Gesten sehen und an ihrer Stimme hören. Zu laut und zu aufgesetzt war ihre gute Laune. Ihre Augen waren gerötet. Sie hatte sicher geweint. Das Wissen, den Tod zu den Lebenden gebracht und damit den Beginn des Endes angestoßen zu haben, lastete jetzt schon schwer auf ihren Schultern.

Langsam nickte Hanna, die Lita noch immer an sich drückte und ihr übers Haar strich. »Ich bin froh, Lita. Besonders, dass Misano dir nichts getan hat.«

»Dieser ganze dämliche Orakelspruch ist nichts weiter

als heiße Luft.« Lita löste sich von ihrer Mutter und reckte das Kinn.

Rukar tastete nach dem Fläschchen. Hanna lag richtig. Lita hatte Angst vor dem, was kommen würde. Und sie würde an ihrer vermeintlichen Schuld zerbrechen. Auch wenn sie gerade versuchte, ihre Furcht zu überspielen, sie belog sich selbst, um den Gedanken, dass sie die Welt zu Fall gebracht hatte, fortschieben zu können.

»Elaine hat gesagt, ich bringe die Welt zu Fall. Sie hat gesagt, die Fäden werden zu Asche zerfallen, wenn ich sie berühre. Aber sie hat nur schlecht geträumt. Nichts wird passieren. Denn ich war dadrin!« Sie deutete auf das Gespinst. »Ich war in den Fäden. Ich habe in ihnen gewühlt! Und nichts ist passiert.« Ihr Atem flog, so sehr regte sie sich auf.

»Aber der Tod ...« Unsicher sah Tegan zu Hanna. »Zwischen den Lebenden ist nun irgendwo ein Totenfaden ...«

»Da ist keine Asche!«, fuhr Lita Tegan derart schroff an, dass Hanna sie erneut sanft in den Arm nahm.

»Schon gut, Lita. Wir haben Glück gehabt.«

»Ganz genau!«

Rukar bemerkte, dass Litas Finger zitterten, als sie sich nervös über die Stirn fuhr. Auch wenn er Litas Reaktionen nie kommen sah, ihre Körpersprache war für ihn kein Rätsel. Seit er allein über die Dächer Londons streifte, hatte er nichts anderes getan, als Menschen zu beobachten. Er wusste, wie Angst aussah.

Hannas Blick suchte Rukars und er nickte. Er verstand sie. Der Orakelspruch würde sich erfüllen. Wie sollte Lita damit leben, sobald sich auch die letzten Zeilen erfüllten?

Äon hatte es beschlossen. Und niemand konnte seine Pläne ändern. Sie alle mussten die Rollen spielen, die es sich für sie ausgedacht hatte.

Die Asche kam. Nicht jetzt. Aber bald.

10
ZARA

Zara schmiegte sich an Misano. Wenn er sie in seinen Armen hielt, empfand sie sich immer schwerelos. Dann fühlte sich ihr Leben einfach an und es gab keine Sorgen, die sie zu Boden zogen. In seinen Armen war sie wie ein Schmetterling – federleicht, frei und wunderschön.

Nachdem sie diesen seltsamen Traum gehabt hatte, war sie in einem Eispalast erwacht, in den Misano sie geswipt haben musste. Misano entführte sie gerne an außergewöhnliche Orte. Auch wenn sie kein Fan von Überraschungen war, er wusste, wie er sie verzaubern konnte. Wie ein Märchenschloss hatte dieser Eispalast ausgesehen: Alles glitzerte und funkelte, die Eisskulpturen wirkten fast lebendig. Zu gerne hätte sie den gigantischen Baum aus der Nähe besichtigt. Das Laub hatte wie von Diamanten besetzt gefunkelt. Doch es war kalt gewesen. Zu kalt für ihr dünnes Nachthemd. Noch immer spürte sie den Frost in ihren Knochen. Misano hatte noch nie durch besondere Umsicht geglänzt. Aber das war eine seiner Macken, die ihn umso liebenswerter machten.

Auf Händen hatte Misano sie aus dem Eispalast getragen und war mit ihr auf den Armen geswipt. Sie hielt weiter die Augen geschlossen, damit ihr nicht schwindelig wurde, denn das Licht des Swipes bekam ihr nicht gut. Aber das machte nichts. Sie genoss Misanos Nähe. Sie hatte ihn vermisst. Was lächerlich war, denn sie hatten sich erst gestern gesehen.

Vermutlich rührte dieses Gefühl von dem seltsamen Traum her, der ihr nicht aus dem Kopf ging. Sie war in einem anderen Land gewesen. Es war schön dort: üppige Landschaften, es war friedlich, alles blühte. Die Menschen waren freundlich zu ihr. Sie hatte sich glücklich gefühlt. Deshalb war es so befremdlich, dass sie sich nun, da sie wach war, vor dem Traum ängstigte. Ein beklemmendes Gefühl lag auf ihrer Brust und wollte einfach nicht weichen.

»Willkommen zu Hause.« Misano gab ihr einen Kuss aufs Haar und ließ sie sanft zu Boden.

Sie war barfuß und ihre Füße waren kalt. So kalt, dass sie den flauschigen Teppich unter ihren Zehen kaum spürte.

Misano hatte sie in sein Loft geswipt, das an der Themse in Southwark lag. Lächelnd grub sie die Zehen in den Flokati und erinnerte sich an ihr erstes Date mit Misano, damals war sie allerdings mit dem Aufzug hochgefahren. Bei diesem romantischen Candle-Light-Dinner hatte sie sich in ihn verliebt. Er hatte ihr die Sterne vom Himmel geholt. Sie schmunzelte, als sie sich erinnerte, dass sie es für einen genialen Taschenspielertrick gehalten hatte. Jetzt wusste sie es besser. Anfangs hatte sie sich gefürchtet – vor sich selbst, weil sie glaubte, verrückt zu werden, und vor ihm, weil er ein mächtiger Gott war. Inzwischen spielte es für sie keine Rolle mehr. Sie liebte die einfachen Dinge. Die Partie Scrabble, den Spaziergang im Rosengarten, wenn sie ihm abends vorlas und dabei sein krauses, schon leicht graues Haar zwirbelte, während sein Kopf in ihrem Schoß ruhte.

Die riesige Fensterfront bot einen atemberaubenden Panoramablick auf den Fluss. Vor ihr lag die Tower Bridge, dahinter schimmerten das Walkie-Talkie und The Gherkin silbrig. Doch nicht die Aussicht, sondern Misanos Willkommensgruß an sie verschlug ihr den Atem. Ein Meer aus Blumen füllte den Wohnbereich. Sie leuchteten in einem hellen, fröhlichen Orange. Zara blickte sich schmunzelnd zu ihm um. »Du bist wahnsinnig.«

»Ich *war* wahnsinnig.« Misano griff ihre Hand und küsste sie. »Aber jetzt wird alles gut.«

Amüsiert schüttelte sie den Kopf. »Mach doch nicht so einen Aufstand. Ich habe nur geschlafen.« Sie wandte sich um und schritt durch die Blumen. Er hatte sie auf dem Teppich verteilt, in großen und kleinen Vasen auf Tischen und Sideboards. Das Orange leuchtete so grell, dass die Dinge um sie herum dagegen farblos wirkten.

Zara hob eine der Blumen vom Teppich auf und betrachtete sie. Es war eine Tagetes. Für einen Moment setzte sich ein Gedanke auf ihre Schultern, schwer und drückend, jedoch bekam sie ihn nicht zu fassen. Da war etwas, aber sie konnte es nicht sehen, nicht begreifen. Etwas fehlte – da war eine Lücke in ihr … Nachdenklich drehte sie die Blume zwischen den Fingern.

Totenblume, schoss es ihr in den Sinn. In Mexiko schmückten die Menschen die Wege mit diesen Blüten, um am Tag der Toten ihren verstorbenen Verwandten den Heimweg zu weisen.

Sie steckte sich die Blüte ins Haar. Misano wusste nichts von solchen Dingen. Er hatte die Blumen aufgrund ihrer Farbe ausgewählt. Und es sah wirklich berauschend schön aus.

»Ich ziehe mir etwas anderes an«, meinte sie und wandte sich zum hinteren Teil des Lofts.

»Aber natürlich. Komm dann in die Küche. Du musst hungrig sein.«

Zara watete durch die Blumen zum Schlafzimmer, in dem ihr bescheidener Kleiderschrank stand. Misano hatte ihr ein ganzes Ankleidezimmer einrichten wollen, doch sie hatte abgelehnt. Sie besaß nur wenige Dinge und eine der ersten Regeln, die sie Misano auferlegt hatte, nachdem sie ein Paar geworden waren, war das Verbot von Geschenken. Er durfte ihr keine teuren Kleider, Mäntel oder gar Schmuckstücke kaufen. Sie mochte es nicht, wie ein Pfau ausstaffiert zu werden. Und sie wollte auch nicht mehr besitzen, als sie brauchte. Deshalb hatte sie das leere Zimmer in ein Lesezimmer verwandelt.

Ein schmaler Schrank beherbergte nun ihre Garderobe. Sie zog eine der Schubladen auf, um sich einen Pullover herauszunehmen. Denn über Nacht war es Herbst geworden und die Temperaturen waren extrem gefallen.

Verwundert strich sie mit der Hand über den weichen Wollpullover. Es war ihr Lieblingspullover, denn er leuchtete in einem strahlenden Violett. Blinzelnd nahm sie ihn heraus und hielt ihn ins Licht. Es musste am trüben Herbstlicht liegen, dass so ein gräulicher Schimmer auf ihm lag.

Nachdem sie das Nachtgewand abgelegt und in ein langärmliges Shirt und eine dicke Strumpfhose geschlüpft war, zog sie den Pullover und einen grauen Rock aus warmem Stoff an.

Schon immer war sie ein Sommerkind gewesen. Nichts war schöner als Sonne auf der Haut, das strahlende Blau des Himmels, Blumen und Schmetterlinge, Bienen und Vögel. Alles sang und tanzte im Sommer. Wehmütig, als hätte sie etwas verloren, das sie niemals ersetzen konnte, blickte Zara aus dem Fenster. Der Tag sah sonnig aus. Aber das täuschte. Er war kalt.

Schließlich schlang sie noch die alte, von ihrer Mutter gestrickte Stola um die Schultern und ging zurück zu Misano.

»Ach du meine Güte!« Tadelnd sah sie ihn an, als sie die offene Küche betrat. Der Tresen war unter all den Silbertabletts, auf denen sich die erlesensten Leckereien stapelten, gar nicht mehr zu sehen. »Bekommen wir Gäste?«

»Nein, nur du und ich.« Er kam zu ihr, nahm sie in die Arme und küsste sie.

Irritiert entzog sie sich seiner Umarmung. Sein Kuss hatte sich kalt angefühlt. Leblos. Als wäre seine Leidenschaft für sie erloschen. Argwöhnisch musterte sie ihn. »Wozu all dieser Aufwand ...?« Die Blumen. Nun dieses luxuriöse Mahl. Hatte Misano etwa ein schlechtes Gewissen? Sie ging zu dem runden Esstisch, der vor der Anrichte stand, und setzte sich.

Misano eilte ihr nach, servierte ihr Orangensaft und Champagner. »Möchtest du nichts essen?«

Sie schüttelte den Kopf und musterte nachdenklich das Glas Saft. Dieser Orangensaft war auf keinen Fall frisch. Er sah seltsam gräulich aus. Bei dem Gedanken, ihn zu trinken, schnürte sich ihre Kehle zu. Als sie den Blick über die Speisen gleiten ließ, stellte sie fest, dass auch ihr Magen sich zusammenzog. »Ich esse später etwas«, murmelte sie. Vielleicht bekam sie eine Grippe. Sie war für einen Besuch im Eispalast wirklich zu leicht gekleidet gewesen. Aber an solche Dinge dachte Misano nicht. Wieso auch. Er war ein Unsterblicher. Vermutlich hatte er noch nie einen Schnupfen gehabt.

Nachdenklich beobachtete sie ihn, wie er sich gebackenes Gemüse, Brot und Hummus auftürmte. Schließlich setzte er sich ihr gegenüber. Er hob sein Champagnerglas, um anzustoßen. »Auf deine Rückkehr!« Wie glücklich er aussah.

Und wieder war da dieser Gedanke, der sich schwer wie Blei in ihren Nacken legte, ohne dass sie begreifen konnte, was es war. Offensichtlich wusste sie etwas nicht, das sie aber eigentlich wissen müsste.

Misanos gefühlskalter Kuss von eben ließ ihr keine Ruhe. Was war passiert? Hatten sie gestritten? Deshalb dieses Versöhnungsessen? Warum erinnerte sie sich nicht?

»Wieso sprichst du von Rückkehr?«

Für einen Moment erlosch sein Strahlen und er musterte sie betroffen. »Zara … es … Alles, was zählt, ist, dass du jetzt wieder hier bist.« Er hob erneut sein Glas, prostete ihr zu.

Sie lehnte sich zurück und zog die Stola enger um ihre Schultern. Es fröstelte sie und der seltsame Traum drängte sich in ihr Bewusstsein. Sie war in einem fremden Land gewesen … Und … »Wieso war der Raum voller Eis?« Sie hatte in einem Himmelbett in einem Eispalast geschlafen. »Wieso hast du mich nicht in ein Blumenfeld entführt? Dann hätten wir dort picknicken können.«

»Lass uns nicht mehr davon sprechen«, wiegelte Misano mit vollem Mund ab. »Du bist wieder bei mir. Elaine hat ihre Strafe bekommen. Das ist alles, was ich wollte.« Er schob ihr erneut das Glas hin.

Der Champagner perlte darin. Zara versuchte, sich zu erinnern, wie sich ein Schluck davon anfühlte. Behutsam nahm sie das Glas und führte es an den Mund. Doch kaum benetzte die Flüssigkeit ihre Lippen, ekelte sie sich davor und sie stellte das Glas ab. »Ich kann nicht.«

Misano lachte. »Weshalb? Wir sollten wirklich feiern!«

Feiern? Sie hatte nicht Geburtstag. Und hätte er einen neuen, gewaltigen Deal mit seiner Produktionsfirma gemacht, hätte er dies nicht mit ihr und einem Meer von Blumen zelebriert. Zaras Blick glitt über die Speisen, die er bestellt hatte. Alles Dinge, die sie ganz besonders liebte. Eindeutig: Dieses Büfett war nur für sie. »Was feiern wir denn?«

Misano ließ seine Gabel auf den Teller sinken. Besorgt musterte er sie.

»Also? Was verheimlichst du mir?«

Er räusperte sich, tupfte sich die Lippen mit einer Stoffserviette ab und räusperte sich erneut. »Du erinnerst dich nicht?«

Langsam schüttelte sie den Kopf. »Sag mir, was du angestellt hast.«

»Angestellt?« Er klang wie ein Kind, das von der Mutter mit den verbotenen Süßigkeiten in der Hand ertappt wird und dennoch überlegt, ob es mit einer Lüge davonkommen könnte.

»Die Blumen. Das Essen. Hast du mich betrogen?« Sie stand auf. Alles war so entsetzlich kalt. »Sag mir, dass du mich nicht mit einem Gedächtniszauber belegt hast, damit ich deine Schandtat vergesse!« Sie versuchte, wütend auf ihn zu werden, doch … sie fühlte sich einfach nur leer.

»Was?« Er lachte auf und schmiss die Serviette auf seinen vollen Teller. »Es tut mir leid, Zara. Nichts dergleichen ist geschehen.« Eilig hievte er sich aus dem Stuhl und kam zu ihr.

Unentschlossen hielt sie ihn auf Abstand. Sie sollte sofort das Loft verlassen. Er hatte etwas angestellt, von dem er wusste, dass sie es ihm niemals vergeben würde.

Er nahm ihre Hände in seine. Seine Wärme spürte sie kaum. Warum war ihr nur so kalt? Warum ekelte sie sich vor den Speisen, die sie in ihrem Leben so geliebt hatte?

Erschrocken wich sie vor Misano zurück.

Die sie in ihrem Leben *so geliebt hatte!*

Endlich sah sie den schwarzen Gedanken klar vor sich, der sie die ganze Zeit über gequält hatte.

Sie sah das weiße Praxiszimmer mit dem aufgeräumten Schreibtisch vor sich. Misano neben ihr, ihre Hand ängstlich umklammernd, und den Arzt mit ernster Miene.

Es tut mir leid. Es hat sich ausgebreitet.

Ein paar Monate noch, hatte er gesagt. Und ein *Vielleicht* hinterhergeschoben.

Zara atmete tief ein. Ihr Brustkorb hob sich. Und sie atmete aus. Sie erinnerte sich. Nach einigen Wochen, während derer sie versucht hatte zu leben, war Misano in panische Verzweiflung verfallen. Er hatte etwas von einer Elaine erzählt, die die Macht über Leben und Tod besaß. Er wollte zu ihr, sie um Zaras Leben bitten. Doch Zara wollte nicht gerettet werden. Es war okay. So war das menschliche Leben. Es endete irgendwann.

Sie hatte nur jede Minute, die ihr blieb, mit ihm verbringen wollen. Die Welt noch einmal sehen, sie erleben, in sich aufnehmen. Und er hatte ihr diesen Wunsch erfüllt. Aber seine Wut auf diejenige, die den Tod beherrschte, war nicht verklungen. Zara wusste, er war bei dieser Elaine gewesen. Eine kluge Frau, die um die Vergänglichkeit des Lebens wusste und Misanos Bitte abgelehnt hatte.

»Ich bin gestorben!«, wisperte Zara. Der Himmelsgarten. Dort hatte Misano sie im Arm gehalten, als sie starb. Genau wie er sie jetzt in seine Arme schloss. Sie ließ es zu, doch sie spürte ihn nicht.

»Und ich habe dich zurückgebracht«, flüsterte er flehend, während sich die Kälte weiter in ihr ausdehnte. »Zu mir. Wir werden glücklich sein, Zara. Für immer.«

11
TEGAN

Tegan beobachtete die Szene zwischen Lita und Hanna mit einem unguten Gefühl. Immer wieder glitt ihr Blick zu Rukar. Anscheinend teilte er ein Geheimnis mit Hanna.

Wie konnte sie nur!

Rukar war in den Turm eingedrungen und hatte sie betäubt, einen Totenfaden gestohlen, die Oberste Weberin bedroht … und kam ungestraft davon? Was war an ihm, dass Hanna und Lita sich von ihm blenden ließen? Mürrisch verschränkte Tegan die Arme und beobachtete die drei.

Es war nicht einfach gewesen, Lita zu finden. Sie hatte sich, im wahrsten Sinn, in den Fäden verstrickt und war weit in die Vergangenheit abgedriftet. Von dem Totenfaden gab es keine Spur, doch Lita hatte recht: Im Weltenraum war alles wie immer. Nicht der kleinste Hauch einer Ascheflocke.

Tegan wollte noch immer nicht glauben, dass dieser Orakelspruch, den Hanna und Lita unheilvoll vor sich hin wisperten, echt war. Elaine hätte die Weberinnen gewarnt, wenn Äon vorgehabt hätte, die Welt zu vernichten. Noch nicht mal Winnie hatte etwas davon gewusst. Und Winnie entging nichts, das auf einen Teppich geschrieben wurde.

Sie räusperte sich. »Ich will ja nicht euren Freudentaumel stören, aber ich finde nicht, dass wir Glück gehabt haben!« Sie nickte zu Fay und Heather. »Sie sind gestorben.«

Sofort erlosch Litas Lächeln.

Hanna rieb sich die Wangen, als wolle sie ihre Angst und Sorge vertreiben. »Du hast recht, Tegan«, sagte sie. »Wir müssen sie befreien.«

Tegan nickte. »Okay, ich suche ein paar Werkzeuge.«

»Das wird nicht klappen«, mischte sich Rukar ein.

Tegan, die sich bereits in Richtung Werkstätte gewandt hatte, blieb stehen und stöhnte genervt auf. »Woher willst du das wissen?« Sie warf ihm einen missbilligenden Blick zu. Wie er dastand! Als wäre er Teil ihrer Gemeinschaft.

Rukar zuckte mit den Schultern. »Das Eis ist ein uralter Bestrafungszauber der Unsterblichen. Es durchdringt den Körper. Wenn ihr versucht, es zu zerschlagen, dann ...«

Geschockt sog Lita die Luft ein. »Dann ... dann müssen wir sie ... föhnen ...?«

Tegan presste die Lippen aufeinander, um nicht laut zu werden. Sie sah zu Heather und Fay. Misano hatte sie zum Tode verurteilt, sie ermordet – mit einem Fingerschnippen.

Das war doch alles nicht fair! Die Weberinnen arbeiteten seit Anbeginn der Menschheit für Äon. Sie achteten darauf, dass alles nach seinem Willen geschah. Wie konnte Äon es wagen, seinen treuen Dienerinnen so ein Schicksal zu geben!

»Das Eis auf der Treppe und den Häusern wird schmelzen«, sagte Rukar. »Es braucht Zeit, aber es wird vergehen wie der Winter.«

»Und das Eis, in das Misano unsere Schwestern eingefroren hat ...?« Hanna musterte Rukar.

Tegan sah die Angst in ihren Augen. Dieselbe Angst, die auch ihr Herz zerdrückte. Noch nie waren Weberinnen ermordet worden. Weberinnen starben wie Menschen an Krankheiten oder an Altersschwäche. Jedoch war ihr Lebenszyklus um einige Jahrhunderte länger als der der Menschen.

Tegan wischte sich mit dem Mantel über die Nase. *Nicht heulen!*

»Misano hatte mir sein Wort gegeben, sie wieder aufzuwecken«, murmelte Lita. Sie trat an Fay heran und berührte sie vorsichtig. »Sie leben also noch?«

»Gerade so. Vermutlich.« Rukars Stimme klang mitfühlend.

Tegan hasste ihn dafür. Sie hasste ihn einfach. Äon hatte ihn in ihr Leben gestellt, um sie genau wie Fay und Heather zu quälen. Es gab nur zwei Möglichkeiten, warum sie seinen Faden nicht sah: Äon hatte ihn zu ihrem Lebenspartner ausgewählt, weil es diesem Wesen völlig egal war, dass sie Jackson liebte. Oder Rukar würde sie töten. Oder sie ihn. Momentan hielt sie Letzteres für am wahrscheinlichsten.

Lita starrte Rukar entsetzt an. »Sie *wissen* also, dass sie lebendig eingefroren wurden?«

Mit Schaudern sah Tegan Fay und Heather an, die sich gerade in Panik geduckt hatten, als das Eis sie getroffen hatte. Eingefroren in einem Moment absoluter Angst. Das war eine grausame Folter!

Rukar begann plötzlich, hektisch in seinen Jackentaschen zu kramen. »Es ist ein Zauber. Er tötet die Opfer nicht, aber die Kälte schon. Das Eis dringt nach und nach immer tiefer in die Körper ein. Der Zauber kann nur durch einen anderen Zauber gelöst werden.«

Lita kam auf ihn zu. »Und du hast in deiner Jacke einen Gegenzauber?«

Sein Gesicht erhellte sich und er zog etwas aus einer der Innentaschen hervor. »Manchmal ist das Schicksal gnädig.«

Tegan schnaubte. Das Schicksal war nicht gnädig. Es war wie heimtückisches, süßes Gift.

Er reichte Lita das silbrige Ding. »Damit könnt ihr sie zurückholen.«

Unschlüssig drehte Lita den Gegenstand in den Fingern. Es sah aus wie eine Stimmgabel. »Wie?«

»Wook, mein Ziehvater, hat mich oft damit beauftragt, ihm ausgefallene Zutaten zu beschaffen. Vielleicht hat er gehofft, ich kehre von den waghalsigen Abenteuern nicht zurück. Doch …« Er nahm Lita die Stimmgabel wieder ab und ging damit zu Fay. »Jin und der Schwarzmarkt waren mir gute Lehrer. Einen Seeskorpion könnt ihr zum Beispiel nur mit einem Eiszauber bändigen. Keine noch so machtvolle Waffe kann ihn niederringen. Er ist magisch. Nur Magie besiegt ihn.«

Argwöhnisch trat Tegan neben ihn. Auch wenn sie sich wünschte, sie könnten Fay und die anderen zurückholen, sie traute Rukar nicht. »Sie ist kein Seeskorpion. Wenn du ihr –«

»Was?«, unterbrach Rukar sie ruppig. »Wenn ich ihr was antue, verprügelst du mich?«

In seinen Augen meinte sie blanken Hohn blitzen zu sehen.

Wütend fixierte sie ihn, aber er hielt ihrem Blick stand. Auf keinen Fall würde sie blinzeln. Sie war stärker als er! Er würde nicht ihr Leben zerstören! Doch die Zeit zog sich unnatürlich. Zäh wie Kaugummi. Die Sekunden fühlten sich an wie Minuten. Und schließlich zwang die kalte Luft sie zu blinzeln. Wütend ballte sie die Hände, während er schelmisch grinste, als hätte er sie ausgetrickst. Dann schlug er mit der Stimmgabel gegen die Wand des Weltenraums und hielt das untere Ende an den Eispanzer, der Fay einschloss.

Risse breiteten sich von der Gabel aus.

»Was tust du!«, schnauzte Tegan ihn an. Hatte er nicht gerade gesagt, sie würden mit dem Eis zerbrechen, wenn sie versuchten, es zu zerschlagen?

Er hob ungeduldig die Hand. »Ein Zauber kann nur mit einem Zauber gelöst werden. Warte einfach ab.«

Immer mehr feine Rissen schossen durch den Eismantel, bis der Ton verhallt war. Tauwasser sickerte aus der Skulptur und floss über seine Finger. Ein zweites Mal schlug er die Gabel an und hielt sie an anderer Stelle an das Eis. Bald durchzog ein Netz aus Rissen den Panzer und das Knistern verstummte zusammen mit dem hellen Ton der Stimmgabel.

Eine Sekunde der Stille entstand, bis plötzlich mit einem hellen Klirren der Panzer in winzige Eisdiamanten zerplatzte.

Tegan sprang zurück und riss den Mantel hoch, um sich vor den umherfliegenden Teilchen zu schützen. Auch die anderen waren erschrocken zurückgewichen.

Kaum war Fay frei, brach sie mit einem Schluchzen zusammen. Rukar fing sie auf und bettete sie vorsichtig auf den Boden.

Sofort war Tegan bei ihr und legte ihr ihren Mantel um die Schultern. Fay zitterte, ihre Haut fühlte sich trocken, aber eisig an.

»Tegan«, hauchte sie.

»Alles gut. Er ist weg. Das wird wieder«, versuchte sie, die Weberin zu beruhigen, doch es fühlte sich verlogen an. Fay sah aus wie eine Leiche. Sie war so kalt. Es war nicht einmal mehr genug Kraft in ihr, um die Augen zu öffnen.

»Wir brauchen Decken!«, ordnete Hanna an. »Und mach das Feuer im Gemeinschaftsraum an.« Lita nickte und rannte los.

»Und trommle alle Weberinnen zusammen, die du finden kannst. Wir brauchen Tee! Und Suppe! Und alles, was sie wieder aufwärmt!«, rief Hanna ihr hinterher. Dann kam sie zu Tegan und legte ihr die Hand auf die Schulter.

»Hol sie alle mit Rukar zusammen zurück.«

»Was?« Entsetzt sah Tegan sie an, bevor ihr Blick zu ihm glitt. »Kann er nicht –«

»Nein, kann er nicht. Er weiß, wie es geht. Und du bist ein vertrautes Gesicht.« Sie kniete sich hin und half Fay auf die Beine.

»Sollte nicht lieber ich –«, bot sich Rukar an und wollte Hanna Fay abnehmen.

»Du magst inzwischen so oft in unseren Turm eingebrochen sein, dass du vielleicht denkst, dass du jeden Winkel kennst und überall eindringen kannst«, sagte Hanna. »Aber kein Mann wird unsere Gemächer betreten.« Damit wandte sie sich ab und trug die zitternde Fay Richtung Gemeinschaftsraum.

»Na gut.« Rukar zuckte mit den Schultern und trat auf Heather zu. »Bereit?«, fragte er Tegan.

Zähneknirschend nickte sie. Sie musste unbedingt aus Winnie herausquetschen, wie Rukar und sie verbunden waren. Es musste einen Weg geben! Winnie hatte sich so verhalten, als ob sie die Zukunft auf seinem Teppich gesehen hätte. Und sollte er sie töten, so hoffte Tegan inständig, dass Äon ihm einen tausendfach schlimmeren Tod zugedacht hatte als ihr.

12
LITA

Erschöpft und doch von einer vibrierenden Ungeduld erfüllt betrat Lita das kleine Café. Jeder Muskel schmerzte von den Anstrengungen der letzten Stunden. Aber sie hatte es im Turm nicht mehr ausgehalten. Dieses Café, das gegenüber des Archbishop's Park lag, war das Lieblingscafé ihrer Clique.

Der Duft von frisch geröstetem Kaffee entlockte ihr ein Lächeln. Einen winzigen Augenblick blieb sie an der Eingangstür stehen und genoss diesen Duft, das sanfte Stimmengemurmel und Tassenklappern. Diese Geräusche, die gemütliche Wärme, all das war so weit von dem entfernt, was sie gerade in ihrer Welt erlebt hatte.

In ihrer Welt ... Bis vor ein paar Tagen hatte sie nicht einmal geahnt, dass es mehrere davon gab – parallel existierende, miteinander verwobene Welten.

Und nun hatte sie zwei davon eigenhändig in den Abgrund gerissen.

Nein! Es ist nichts passiert. Faines Kuss hat dir Glück gebracht. Nichts ist zu Asche zerfallen!

Noch einmal atmete sie den Kaffeeduft ein und beschwor sich, an ein Happy End zu glauben. Es war die einzige Option. Sie musste daran glauben, denn alles andere hätte den Untergang bedeutet. Wenn sie dem Zweifel freie Bahn ließ, dann hatte sie keine Chance mehr, das Schicksal zu wenden.

Zwei junge Männer arbeiteten hinter dem hölzernen Tresen. Sie trugen kaffeebraune Polohemden und schwarze Stoffhosen und passten perfekt in das Ambiente mit den großblättrigen dunkelgrünen Pflanzen und der leisen kubanischen Musik.

Die Bilder aus dem Turm rückten in den Hintergrund. Lita streifte den Parka ab und suchte nach ihren Freundinnen. Sie hatte Lauren, DeeDee und Chloe angeschrieben und um ein Treffen gebeten.

Sie brauchte jetzt Laurens schräge Witze, Chloes Überdrehtheit und DeeDees klaren Blick auf die Welt. Den wahren Grund, warum sie die drei kontaktiert hatte, kaum dass sich die Gelegenheit bot, den Turm zu verlassen, wollte sie sich selbst nicht eingestehen.

Was, wenn ich doch ein Steinchen losgetreten habe, das sich allmählich zu einer gewaltigen Lawine aufbaut?

Nein! Happy End, Lita! Glaub endlich dran. Faine hat die Welt gerettet. Du hast Äon ausgetrickst. Es wird alles bleiben, wie es ist.

Dennoch. Sie musste die drei einfach sehen. Sie musste sicher sein, dass bei ihnen alles in Ordnung war.

Auf dem Weg zum Café hatte sie sogar kurz an einem Kami-Schrein gestoppt und eine Packung Kaugummi geopfert. Als Vorschussdankeschön. Weil nichts Schlimmes passiert war und auch in Zukunft nicht passieren würde.

Elaine hatte sich mit ihrer Aschevision völlig verrückt gemacht. Obwohl sie als Oberste Weberin die Zusammenhänge hätte sehen müssen, hatte sie weder Misano beachtet noch die Kami.

Chloe winkte ihr überschwänglich, als sie sie entdeckte. Zusammen mit Lauren hatte Chloe sich an eines der Fenster gesetzt.

»Hey, Lita!« Zur Begrüßung standen die beiden auf, umarmten Lita und hauchten ihr ein Küsschen auf die Wange.

»Wie geht es deiner Mum? Wieder besser?«, fragte Lauren.

»Ja, danke. Es – es sieht gut aus. Wir werden es schon schaffen.« Jetzt, wo sie ihre Freundinnen bei sich hatte, verzog sich ihre Angst in einen dunklen Winkel. Hier schien das, was sich im Turm abgespielt hatte, völlig surreal. Ein Eis schleudernder Zauberer, eine entthronte Königin und ein normales Mädchen … das doch nicht zur selbstlosen Heldin mutieren musste. Sondern einfach nur mit ihren BFFs chillte.

»Was kann ich euch bringen?«, fragte der smarte Kellner, den Lita schon hinter dem Tresen bemerkt hatte. Normalerweise flirtete sie gerne mit ihm, aber heute nicht. Sie wollte einfach nur mit ihren drei Girls abhängen, ganz ohne Jungs. Sie überließ es Chloe, schon mal für alle zu bestellen, obwohl DeeDee noch nicht da war. Chloe setzte ihr bestes Bling-Bling-Lächeln auf, wie Lauren es nannte, und diktierte die Getränkewünsche.

Als der Kellner wieder Richtung Tresen verschwunden war und sie alle drei seiner Rückansicht Respekt gezollt hatten, legte Chloe ihre Hand auf Litas und lächelte sie aufmunternd an. »Deine Nachricht klang, als würde die Welt untergehen.«

Lita lachte – und das fühlte sich so gut an! »Ganz ehrlich? Es kam mir auch so vor!«

»Es hat mir so leidgetan, als du Samstag in dem Regen wegmusstest. Du hast den großartigen Jeremy verpasst.« Chloe zwinkerte Lauren zu, die doch tatsächlich rot wurde.

»Wie jetzt?«, gespannt rückte Lita näher heran. »Erzähl! Hat er dich auf sein Skateboard gelassen?«

Lauren streckte grinsend ihr Bein unterm Tisch hervor und zog die Hose hoch. Eine fiese Schramme wurde sichtbar.

Angewidert kräuselte Lita die Nase. »Was ist das?«

»Er bringt mir Skaten bei! Ich liebe ihn einfach!« Lauren seufzte und betrachtete ihre Verletzung, als sei sie das romantischste Geschenk, das jemals einem Mädchen überreicht worden wäre.

»Lauren«, meinte Lita freudestrahlend. »Du bist ja total durchgeknallt. Ich bin überglücklich, deine Freundin zu sein!«

Eine junge Frau kam an ihren Tisch. »Entschuldigung, ist der Stuhl noch frei? Kann ich ihn zu uns rübernehmen?«

Chloe nickte, doch Lita griff danach und hielt ihn fest. »Nein. Tut mir leid. Wir erwarten noch jemanden.«

Enttäuscht wandte sich die Frau ab und Lauren und Chloe musterten Lita verblüfft.

»Okaaay? Du scheinst uns was zu erzählen zu haben«, meinte Lauren mit einem spitzbübischen Lächeln. Sie schob sich ihre Retrosonnenbrille tiefer in die Haare und fixierte Lita. »Ich häng an deinen Lippen!«

Chloe hatte das Handy aus ihrer Handtasche gezogen

und checkte mit der Foto-App ihr Make-up. »Kennen wir ihn? Ist er von unserer Schule?«

Verwirrt schüttelte Lita den Kopf. »Nein! Wieso denkt ihr, ich hab ’nen Typen eingeladen? DeeDee fehlt doch noch. Habt ihr euch etwa gestritten?«

Unsicher tauschten Chloe und Lauren einen Blick.

Chloe ließ das Handy zurück in die Tasche fallen und sah Lita stirnrunzelnd an. »DeeDee? Ist das ein Mädchen?«

»Willst du die in unseren Club aufnehmen?« Lauren lehnte sich zurück und verschränkte die Arme.

Für ein paar Sekunden war es Lita, als driftete sie davon. Alles um sie herum erschien ihr nur wie eine Luftspiegelung, wie eine wunderschöne, aber falsche Erinnerung. Die quirlige, kitzelnde Freude, die Lita eben noch erfüllt hatte, verpuffte. Die Angst kroch aus der dunklen Ecke hervor und nahm von Sekunde zu Sekunde mehr Raum ein.

»DeeDee …« Litas Hände schwitzten. »Wollt ihr mich verklopsen? Ist sie sauer wegen der Sache vorm Turm? … Wir … Wir … Wir mussten los. Wir konnten nicht warten … Es war doch keine böse Absicht. Was hat sie gesagt?«

»Ich würde dir ja zu gerne sagen, was sie gesagt hat«, meinte Chloe. »Aber ich habe keine Ahnung, von wem du sprichst.«

Lita rückte vom Tisch ab. Eiskalte Schauer überliefen sie, gefolgt von Schweißausbrüchen. Sie zerrte ihr Handy aus der Jackentasche und scrollte zu der letzten Textnachricht, die sie an DeeDee verschickt hatte.

Nicht zugestellt.

Der Kellner brachte die Getränke. Unter dem in Herzform gestreuten Kakao knisterte der Milchschaum. Mit zitternden Fingern umfasste Lita die Tasse. Sie war heiß.

Die Fäden haben sich heiß angefühlt.

Mit einem knisternden Zischen war der Faden im Gespinst verschwunden.

Der Milchschaum platzte unter dem Kakao.

»Nein!« Lita sprang entsetzt auf, sodass sie fast die Tasse umgestoßen hätte. »Ihr kennt DeeDee! DeeDee, das Herz unserer Truppe!«, fuhr sie die beiden an, die sie völlig überrumpelt anstarrten. »DeeDee mit den wirren Locken und diesem unsäglichen Lagenlook. Chloe! Du machst immer Scherze über ihren Ethnostyle! Aber sie ist unsere ...«

Die beiden blickten Lita besorgt an. Mehrere Leute im Café hatte sich zu ihnen umgedreht.

»Bitte! Sagt mir, dass sie gleich da sein wird!«

»Alles gut. Sie ist in Behandlung«, wandte sich Chloe mit einem entschuldigenden Lächeln den anderen Gästen zu. Lauren war auf ihrem Stuhl eine Etage tiefer gerutscht, hatte ihre Sonnenbrille auf die Nase geschoben und starrte Lita über den Rand hinweg an.

Luft. Lita zupfte am Kragen ihres Shirts. Das Café begann sich zu drehen. Luft. Sie bekam nicht genügend Luft. Der aufdringliche Geruch nach Kaffee würgte sie.

DeeDee! Wo war sie? Warum ... Sie stolperte rückwärts. Fort von den beiden.

Ihr Blick streifte die Bedienung. Er beobachtete sie verwundert, doch sie hatte nur DeeDee vor Augen: in der Rooftop-Bar, wie sie gebannt und staunend Litas Ausführungen lauschte. Lita hatte ihr erzählt, dass es eine parallele Welt gab, dass Kami existierten und noch so viel mehr.

Lita rannte hinaus auf die Straße. Panik flutete sie wie ein Tsunami. *Atme!* Ihr Herz raste, sodass sie einfach keine Luft bekam. Sie taumelte vorwärts, weg von dem Café. Vorbei an dem Fenster, hinter dem Chloe und Lauren saßen und ihr nachstarrten.

Sie kannten keine DeeDee ... »Nein!«, brüllte Lita den schiefen Kami-Altar an, der neben ein Fallrohr gequetscht und völlig vermoost und vergessen worden war. »Nein! DeeDee geht es gut! Verstanden!«

DeeDees Wohnung war nur zwei Blocks weiter. So schnell Lita konnte, hetzte sie die Straße hinunter.

Es ist nichts passiert. Da war keine Asche.

Es ist nichts passiert. Es ist alles nur Fake.

Sie hatte keinen Kieselstein losgetreten.

Bestimmt war DeeDee nur sauer auf sie, weil Rukar sie weggeschickt hatte, damit Lita und er ohne sie in den Turm konnten. Deshalb meldete sie sich nicht. Und sie hatte Chloe und Lauren gebeten mitzuspielen. Weil DeeDee sich Sorgen gemacht hatte. Und weil es beschissen war, einer Freundin so etwas anzutun. Deshalb rächte sie sich nun an ihr. Damit sie sich so elend fühlte, so von Angst erstickt, wie DeeDee sich gefühlt haben musste, als sie zurückgekommen war und niemand mehr da war. Bestimmt hatte DeeDee alle Krankenhäuser abtelefoniert, um Lita und ihre Mutter zu finden.

DeeDee hatte alles Recht der Welt, mächtig sauer auf sie zu sein.

13
JIN

Na, ihr Turteltäubchen?« Jin kickte mit der Fußspitze eine der Blumen zur Seite, die auf dem Teppich lagen. Er ärgerte sich darüber, dass dieser Blütenzirkus noch immer da war. Dass das Loft noch immer da war. Dass *er* noch immer da war!

»Zieht euch wieder an! Jin ist da!« Gelangweilt lugte er um die Ecke ins Schlafzimmer. Doch es war leer. Also schlenderte er in den Wohnbereich mit der angeberischen Panoramascheibe. Misano hatte sich den weltlichen Dingen absolut hingegeben. Statt in den himmlischen Gefilden zu wohnen oder wie Jin überall und nirgends, hatte er sich ganz mit seiner Filmproduzentenrolle identifiziert und Immobilien an den vermeintlich schönsten Orten der Welt erworben.

Im Wohnbereich protzte ein riesiger Flatscreen mit einer obszön großen Sofalandschaft davor. Dahinter schloss sich die offene Küche an, die in jungfräulichem Weiß gehalten war.

»Hier bist du.« Jin entdeckte Misano an dem runden Esstisch vor der Küchenzeile. Der Tisch bog sich fast unter einem Berg schmutziger Teller. »Habt ihr eine Orgie veranstaltet?« Er hielt seinen Ärger über diese offensichtliche

Feier des Lebens nicht zurück – es nervte ihn grenzenlos, dass mit Zaras Wiedergeburt die Welt nicht einfach implodiert war. Oder wie auch immer eine Welt endete. Hauptsache, sie endete. Endlich. Bitte!

Misano hob nur kurz den Kopf und stopfte sich dann drei gefüllte Feigen auf einmal in den Mund. Der Saft troff ihm aus dem Mundwinkel. Er sah noch immer genauso elend und kläglich aus wie vor Tagen, als er in Zaras Mausoleum gehaust hatte. Auch das hatte sich nicht verändert. Sauer musterte Jin das geplünderte Büfett und schnappte sich eine geöffnete Champagnerflasche. Ein Lichtblick in all der Bitternis.

Mit einem resignierten Seufzer ließ er sich auf einen Stuhl fallen und beobachtete schweigend, wie Misano Essen in sich hineinschaufelte. Schließlich las er das Etikett der Flasche, nickte anerkennend und nahm einen Schluck. Offensichtlich war sein Plan, mit Zaras Auferstehung die Welt zu beenden, gescheitert. Inständig hoffte er, dass es nur ein Staubkorn war, das den Prozess aufhielt. Wenn er es fand und entfernte, konnte noch alles gut werden. »Wo steckt deine wiedererweckte Frau?«

Misano schnaubte. »Ich hab ihr gesagt, sie soll zur Vernunft kommen.«

»Zur Vernunft? Eine Menschenfrau?« Jin versuchte, nicht zu lachen. Er beobachtete weiter, wie Misano wahllos alles in sich hineinfutterte. Hatte er Angst, nach dem Ende der Welt zu verhungern? Wobei ... Irgendwie hatte er die Konsequenz, die das Einweben von Zaras Faden auf das Weltengespinst hatte ... nun, irgendwie hatte er wohl vergessen, Misano darüber zu informieren. Ups.

Jin nahm noch einen Schluck. Dieser menschenverliebte Unsterbliche hätte nur versucht, ihn aufzuhalten. »Bring mich mal auf den neusten Stand«, forderte er Misano auf. »Zara lebt also? Ich freue mich mit dir.« Er lächelte scheinheilig. »Dann hat die kleine Weberin ihre Bestimmung also erfüllt.«

»Ich wollte, dass Elaine es tut.« Misano warf Melonenschale auf den Resteberg vor sich.

Jin erstarrte. Elaine? Laut dem Orakel hätte es Hannas Tochter erledigen sollen! Verdammt. Ärgerlich knallte er die Flasche auf den Tisch, sodass der Champagner herausschäumte. Misano hatte ihm seinen Weltuntergang kaputtgemacht!

»Aber es kam, wie du gesagt hast. Diese Lita hat es für sie erledigt.«

»Oh.« Jin versuchte, seine Erleichterung zu verbergen, indem er sich hastig die Flasche an die Lippen führte. Dies war also nicht der Grund, warum die Welt sich noch immer drehte. Die Schicksalslose hatte den Tod unter die Lebenden gebracht. *Leben ist Gift, es besiegelt das Schicksal.* Also warum wirkte dieses Gift noch nicht? Er hatte erwartet, Zara sei das Gift.

Misano war so in seinen Fressanfall vertieft, dass er Jins Grübeln gar nicht bemerkte. Gerade schob er sich zwei gefüllte Weinblätter gleichzeitig in den Mund.

»Und jetzt …«, fragte Jin übertrieben gelangweilt. »Alles wie früher?« Was hatte er nur übersehen? Er hatte gedacht, seine Rolle in diesem dämlichen Orakelspruch wäre eindeutig. *Aleph bringt das Ende.* Er hatte doch alle Beteiligten zusammengeführt. Oder etwa nicht? Frustriert ließ sich Jin einen weiteren Schwall Alkohol in den Mund laufen.

»Sie braucht noch Zeit«, murmelte Misano. »Man kommt nicht von den Toten zurück und ist wieder ganz die Alte.« Er wich Jins Blick aus.

Alles klar. Zara hatte ihn sicherlich mit genau diesen Worten zurückgewiesen. Denn Misano käme nie selbst auf die Idee, jemandem Zeit zu geben. Nicht als Filmmogul und schon gar nicht als Unsterblicher, der seine Lieblingsfrau gerade zurück ins Leben geholt hatte. »Wo hat sie sich versteckt?«, fragte er seufzend. Lag es etwa an Zara, dass das Ende nicht eingetreten war? Wieso vergiftete sie das Leben nicht, eine zickige Ex-Tote?

Misano nickte grunzend Richtung Dachterrasse. Ein leeres Tablett rutschte scheppernd von dem Stapel vor ihm und krachte auf den Boden. Salatblätter und Möhrenrosen spritzten davon.

Jin schwang sich aus dem Sessel, stakste über Blumen und abgestürzte Essensreste und marschierte durch die gläserne Schiebetür hinaus.

Ein kühler Wind strich über die mit Holz ausgelegte Terrasse. Zara stand, in eine Steppdecke gewickelt, an der Glasbrüstung und blickte zur Tower Bridge. Der Wind spielte mit ihren langen dunklen Haaren, doch ihre Haut schien an Farbe eingebüßt zu haben. Ein wenig glich sie einer Geistererscheinung.

»Hey, Unsterbliche.« Jin stellte sich neben sie und musterte sie. Zara sah wirklich bleich aus, irgendwie kränklich. Selbst das Rot ihrer Lippen war nur noch ein blasser Hauch Rosé. *Apart. Leichenlook. Das wird bestimmt der neue Trend.* Er hielt ihr grinsend die Flasche hin. »Schon deine Auferstehung gebührend gefeiert?«

Müde wandte sie sich ihm zu. »Was sollte ich feiern? Er hat mich gegen meinen Willen hierherverschleppt.«

Jin zuckte mit den Schultern. Seit wann war es relevant, was man wollte? »Du warst tot ... Also war es sicher etwas schwierig, dich nach deiner Meinung zu fragen.« Auch eine von Äons Frechheiten. Wie hatte es den Menschen nur derart viel Willensstärke und Dickköpfigkeit mitgeben können!

»Ja, ich war tot! Und das war gut so. So war es mir bestimmt!« Obwohl sich keine Emotion in ihrer Miene spiegelte, war ihr Tonfall harsch. Sie war stinkwütend auf Misano und der kompensierte es mit Essen. Aber das war nicht der Punkt, der Jin ärgerte. »Es war dir *bestimmt?«*, zischte er. »Ich weiß nicht, was ich ätzender an euch Menschen finde: eure Schicksalsergebenheit oder eure verfluchte Sterblichkeit!«

Vielleicht hatte er bereits zu viel Champagner intus, aber langsam verlor er die Geduld mit diesem Weltuntergang. Äon und diese beschissene Ewigkeit! Das Oberste Wesen selbst hatte doch beschlossen, dass es nun endlich gut war mit der Unsterblichkeit. *Dann lass es verdammt noch mal auch endlich enden!*

Blitzschnell packte Zara seine Hand. Jin zuckte zusammen. Ihre Finger fühlten sich eisig an und schrecklich knochig, obwohl sie ganz normal aussahen. Zaras Blick war stumpf, als würde sich das Licht weigern, sich in ihren Augen zu spiegeln. Die funkelnde Bernsteinfarbe, von der ihm Misano so oft vorgeschwärmt hatte, war erloschen.

»Hast du jemals darüber nachgedacht, warum ihr Unsterblichen nicht die Macht über Leben und Tod besitzt?«, fragte sie ihn eindringlich. »Warum es euch in all den Jahrtausenden nicht gelungen ist, einen Zauber zu entwickeln, der die Toten wiedererweckt?«

Jin klemmte sich die Schampusflasche unter den Arm und zupfte ihre Finger von seinem Handgelenk. »Nun, ich verbuche dieses Detail auf Äons perfiden Humor, den er uns Unsterblichen gegenüber pflegt.«

»Ihr seid allesamt narzisstisch. Äon lässt euch spielen, aber er wird euch niemals Verantwortung übertragen«, antwortete sie und ließ ihn los.

Er massierte sein Handgelenk, in das Zaras unangenehme Kälte eingedrungen war. »Na, anscheinend hast du da drüben die endlose Weisheit Äons gesehen. Oder hat er dir gar einen Willkommensbesuch abgestattet, Menschenfrau? Wie nett von ihm!« Noch immer wütend starrte er sie an. Menschen! Die Lieblingskinder Äons. Vermutlich weil sie so unzulänglich waren: schwach, zerbrechlich, beschränkt, auf allen Ebenen! Mitleid war das Einzige, was sie wirklich verdienten.

Ausdruckslos ruhte ihr Blick auf ihm.

»Offensichtlich bist du dort drüben in den Quell der Weisheit gefallen und hast dafür deine liebenswerten Eigenschaften abgelegt«, spottete er. »Wie tragisch. Misano wollte seine Liebe zurück und nun hat er nur einen Zombie.« Eigentlich hatte er erwartet, dass sie ihn ohrfeigen würde. Doch sie sah ihn nur emotionslos an. Der Tod hatte ihr die Fähigkeit zu fühlen gestohlen. Misano würde mit dieser Hülle wohl nicht glücklich werden. War dies der Grund, warum das Ende nicht eingetreten war? Weil Zara gar nicht richtig lebendig war? *Leben ist Gift, es besiegelt das Schicksal.* Irgendwas hatte er übersehen.

»Schwamm drüber.« Er lächelte sie an. »Lass mich dir helfen!«

Sie reagierte noch immer nicht. Es war, als blicke sie durch ihn hindurch an einen Ort, der für ihn unsichtbar war.

»Hast du Äon da drüben getroffen? Und hat es zufällig das Ende der Welt erwähnt?«, fragte er beiläufig. Ein weiterer Hinweis, was zu tun war, wäre wirklich hilfreich.

»Ich erinnere mich nicht, wer oder was dort war.« Sie wandte sich ab und blickte auf die Themse. Silbrig glitzernd zog sich der Fluss durch den Häuserdschungel der Menschen. »Aber ich weiß, wie ich mich dort gefühlt habe: glücklich. Und frei.«

»Frei.« Er lachte gequält. Warum war *er* nicht endlich frei? Was hatte er in dem Orakelspruch missverstanden?

War Zaras Faden etwa nicht der Tod, der nun im Flechtwerk der Lebenden steckte? Und war sie nicht das lebendige Gift, das nun das Schicksal der Welt besiegelte? Er warf ihr einen Seitenblick zu. So blass und blutleer, wie sie aussah, ging sie nicht wirklich als *Leben* durch.

»Also fühlst du dich ... krank? Als sei dein neues Leben wie *Gift* für dich?«, fragte er hoffnungsvoll.

Sie sah ihn direkt an. »Das beschreibt es ziemlich gut.«

Grinsend hob er die Flasche und prostete ihr zu. »Na, das ist doch ein Anfang!«

»Ein Anfang? Wovon?« Misano war hinter ihnen auf die Terrasse getreten. Seine Haut glänzte und rote Äderchen durchzogen seine Wangen. Vermutlich hatte er die anderen Flaschen Schampus auf ex geleert. »Zara?«

Sie wandte sich ihm nicht zu. Stattdessen zog sie die dicke Decke noch enger um ihre Schultern. »Mir wird nicht warm.«

»Es tut mir leid. Das ist das Eis. Ich musste deinen Körper kühlen ...«

»Wo ist dieser Palast, den du erbaut hast? Hast du mich dort wiedererweckt?« Ihre Stimme klang sanft. Aber nicht liebevoll oder melodiös, sondern kühl, ohne jegliche Emotion.

»Das ist doch alles unwichtig!« Zögernd trat Misano einen Schritt auf sie zu. In ihrer Nähe schien es kälter zu sein, das hatte Jin schon bemerkt. Misano zog sein Jackett enger. »Zara. Du bist wieder bei mir. Das ist alles, was zählt. Meine Liebe zu dir wird nie –«

»Mir ist kalt«, unterbrach sie ihn tonlos.

Misano breitete die Arme aus und trat noch näher an sie heran, um sie zu umarmen. Aber sie fuhr herum und stieß ihn von sich.

»Nein, Misano!«, sagte sie bestimmt. »Mir ist kalt! Ich fühle nichts! Meine Haut ist taub. Ich kann nicht essen oder trinken!«

Erschrocken musterte er sie. »Was soll das heißen? Willst du damit sagen, dass diese Göre etwas falsch gemacht hat?«

»Welche *Göre?* Du hast mich noch nicht mal selbst in diesen Zustand zurückgezerrt?«

Für einen kurzen Augenblick juckte Jins linkes Ohrläppchen. Es erinnerte ihn daran, dass er Hanna versprochen hatte, Lita zu beschützen. Doch es gab nichts zu beschützen! Der verdammte Weltuntergang ließ ja auf sich warten!

Misano streckte die Hand nach Zara aus, als wolle er ein wildes Tier anlocken. »Zara ... bitte ...«

»Du willst es nicht begreifen!« Überraschend energisch schritt sie an ihm vorbei zur Schiebetür. »Du kannst ein Leben nicht zurückholen! Ich *lebe* nicht, Misano! Ich bin nicht Zara!« Sie flüchtete in die Wohnung und verschwand in einem der hinteren Zimmer.

Hilfe suchend sah Misano Jin an.

»Was fragst du mich!« Abwehrend hob Jin die Hände. »Das ist deine Problemfrau – *du* wolltest sie zurück! Lass mich da aus dem Spiel«, wiegelte er ab. »Aber ich hoffe, du hast mehr von diesem Champagner auf Lager. Ich muss nachdenken!« Damit ließ Jin ihn ebenfalls stehen. Er musste herausfinden, welchen Teil des Spruchs er missinterpretiert hatte.

Als er das Wohnzimmer betrat, sah er noch den letzten Zipfel eines Teddypelzmantels im Flur verschwinden, dann knallte die Wohnungstür zu. *The Zombie has left the building.* Wo auch immer Zara hinwollte. Vermutlich war sie nicht mehr wichtig für seine Mission. Wäre ihre Wiedererweckung das entscheidende Element gewesen, müsste er nicht in dieser verdreckten Küche stehen und nach Alkohol suchen. Grummelnd öffnete er den zweitürigen Kühlschrank. Wie wunderbar. Auf Misano war Verlass. Das Flaschenregal war randvoll. Jin riss eine weitere Flasche Champagner heraus und ließ den Korken mit Magie herausfliegen.

Leben ist Gift, es besiegelt das Schicksal. Aleph bringt das Ende.

In diesen Zeilen musste der Schlüssel liegen. Er hatte sie für poetisches Beiwerk gehalten. Orakelhaftes Geschwurbel eben, das ihn, Aleph, als Initiator des Spektakels benannte und Zaras Aufgabe noch einmal unterstrich. Aber offensichtlich stimmte das nicht. Er ließ sich in einen der Sessel neben dem Flatscreen im Wohnbereich fallen.

Leben ist Gift.

Das war kein Rätsel. Das war die ungeschönte Wahrheit. *Es besiegelt das Schicksal.* Auch das war kein Rätsel. Sein ewiges Leben war sein Schicksal. Daran gab es nichts zu rütteln.

Frustriert nahm er einen langen Schluck aus der Flasche.

Aleph …

Sein Blick glitt durch Misanos Loft, über die Sofalandschaft, die verwüstete Küche … *Aleph bringt das Ende.*

»Wo ist Zara?« Misano schob die Glastür hinter sich zu. Man musste kein Hellseher sein, um zu erkennen, dass er geweint hatte.

Jin verdrehte die Augen. »Wann bist du so eine Memme geworden?«, blaffte er ihn an. »Heulst wegen einer Menschenfrau! Einer toten noch dazu!«

»Noch ein Wort!«, fuhr Misano ihn an. »Du willst die Schönheit gar nicht sehen, die diese Welt zu bieten hat, wenn du liebst!«

»In der Tat. Ich sehe keine Schönheit. Das alles hier ist ein stinkender Morast und es wird Zeit, dass er verschwindet. Für immer!« Mit einer Geste schloss er sowohl Misanos Orgienüberreste, als auch den ganzen verdammten Rest dieser dämlichen Welt ein.

Wutentbrannt klatschte Misano in die Hände und ein Wirbelwind erfasste die verwelkten Blumen, die Essensreste und das Geschirr und verwehte es an einen unbekannten Ort. Dann eilte er ins Schlafzimmer.

Jin leerte die Flasche, ließ sie fallen und schnippte sich eine neue in die Hand.

»Leben ist Gift, es besiegelt das Schicksal. Aleph bringt das Ende«, murmelte er. War es ein Wortspiel?

»Wo ist sie!«, donnerte Misano plötzlich. Er hatte sich in sein liebstes Unsterblichen-Outfit geworfen: eines dieser altmodischen, albernen Rüschenhemden.

»Keine Ahnung? Blumen kaufen? Sie ist weg.«

»Warum hast du sie nicht aufgehalten!«

»Entschuldige, ich wusste nicht, dass sie deine Gefangene ist …«

Mit einem Wutschrei swipte Misano sich fort.

»Viel Glück!«, brüllte Jin ihm nach.

Glück, dachte er bitter. Seltsamerweise musste er an den schimmernden Kami-Kuss auf der Stirn des Mädchens denken, als sie ihn im Park aufgespürt hatte. Mit einem Schluck Champagner spülte er das Bild fort und konzentrierte sich auf das Rätsel.

Leben ist Gift, es besiegelt das Schicksal. Aleph bringt das Ende.

Aleph bringt das Ende.

Er hatte doch alles arrangiert. Diese Lita hatte Zara wiedererweckt. Der Tod wandelte nun unter den Lebenden. Das war sein Verdienst. Er hatte Misano die Idee eingeflüstert, Zara zurückzuholen. Was musste er noch tun?

Leben ist Gift, es besiegelt das Schicksal.

Am nächsten Schluck Champagner verschluckte er sich, als ihm schlagartig klar wurde, was er zu tun hatte.

14
TEGAN

Tegan fühlte sich ausgelaugt. Inzwischen hatten sie alle Weberinnen gefunden und aufgetaut. Ob sie überlebten, wusste nur Äon. Irgendwann hatte Rukar die Stimmgabel ihr überlassen. Denn durch die Kälte des Tauwassers waren seine Finger steif geworden und er hatte Schwierigkeiten gehabt, die Gabel laut genug anzuschlagen. Auch ihre Finger fühlten sich völlig taub an. Der helle Ton des Zaubers hallte noch immer in Tegans Kopf nach – wie ein endloser Alarm, schrill und schneidend. Sie beschleunigte ihre Schritte, vielleicht weil sie hoffte, den beängstigenden Bildern aus dem Turm zu entkommen, wenn sie sich nur weit genug von ihm entfernte. Inzwischen dämmerte es und die Luft in den Straßen von London war herbstlich kühl.

Kraftlos bewegte sie die Finger in den Manteltaschen. Sie hatte die Kleidung gewechselt und sogar ihre fingerlosen Handschuhe angezogen, so sehr war die Eiseskälte in sie eingedrungen. Wie sich die Weberinnen fühlen mussten, die Misano getroffen hatte, wollte sie sich gar nicht vorstellen. Dreiundzwanzig waren seinem Eis zum Opfer gefallen und lagen nun rund um den Kamin im Gemeinschaftsraum, eingemummt in Decken und von Dutzenden anderen Weberinnen mit heißen Getränken und Wärmflaschen versorgt.

Das Entsetzen über Misanos Angriff saß tief. Noch nie war etwas Vergleichbares passiert. Das Paradies war angegriffen worden. Fast die ganze Gruppe der Baumwächterinnen war von Misano ausgeschaltet worden, Fay und Heather aus der Spinnerei ... und selbst jene, die nicht verletzt worden waren, saßen apathisch am Feuer. Und erst langsam wurde ihnen allen bewusst, dass Misanos Angriff furchtbare Konsequenzen hatte. Die Ernte war verdorben, die meisten Früchte vom Eis beschädigt. Viele Neugeborenen hatten keinen Faden erhalten, obwohl Felicitas den Mut gehabt hatte, trotz Misanos Angriff weiterhin neue Fäden in das Spindelwerk einzufädeln.

Erschöpft lehnte sich Tegan an den Mast einer Ampel, während sie auf Grün wartete. Es hatte unendlich lange gedauert, alle Weberinnen aufzutauen. Bei einigen musste sie die Stimmgabel bis zu fünf Mal schlagen, bis der Eispanzer zersplitterte. Und bei jedem Schlag war ihr die Luft weggeblieben und sie hatte Worte gesprochen, an die sie nicht mehr glaubte.

Alles wird gut.

Als sie schließlich alle Weberinnen zurückgeholt hatten, war Silvy panisch geworden. Sie war eine derjenigen gewesen, die unten am Baum die Früchte in Körbe gepackt hatte, als Misano mit Elaine den Turm betrat. Tegan stand das Bild vor Augen, wie Silvy zwischen den Weberinnen verzweifelt nach ihrer Schwester schrie, Fiona, die mit ihr dort unten gewesen war. Aber Rukar und Tegan konnten sie nirgendwo finden.

Hanna war es schließlich, die die Eissplitter auf der Treppe entdeckt hatte.

Tegan schauderte.

Tränen schossen hervor, die Tegan nicht länger zurückhalten konnte. Sie schluchzte auf.

Äon hatte Fiona umgebracht. Das Wesen, das von den Weberinnen als Schöpfer, als Urquelle des Lebens angesehen worden war, hatte sich in einen Dämon des Todes verwandelt. Äon war eine herzlose, brutale, bösartige Kreatur.

Bevor Tegan aus dem Turm verschwunden war, war sie zu Winnie gegangen, die in einer der hinteren Ecken des Gemeinschaftsraums auf den Boden kauerte und ihre Tasche fest umklammerte.

»Es ist furchtbar«, hatte Winnie immer wieder gemurmelt.

Schließlich hatte Tegan ihr eine Decke umgelegt und gesagt, sie solle sich ausruhen. Doch sie war sich unsicher, ob ihre Worte zu Winnie durchgedrungen waren.

Wütend wischte sich Tegan die Tränen von der Wange und rannte, kaum dass die Ampel auf Grün sprang, über die Straße, als hinge ihr Leben daran. Sie lief immer schneller, bis jeder Atemzug ihr in die Seite stach und die Tränen ihr die Sicht nahmen.

Sie blickte hinauf in den Himmel. Die untergehende Sonne färbte ihn violett, das war die Farbe der Prophezeiungen. Warum hatte Äon Hanna nicht geantwortet? Wenigstens diese Größe hätte das Wesen noch zeigen können. Wenigstens ein *Sorry, aber ich bin euch leid.* Sich einfach wie ein Feigling davonzumachen, das war das Letzte.

Wütend vergrub Tegan ihre Hände noch tiefer in den

Taschen ihres Mantels. Ihren Weberinnenmantel hatte sie im Turm gelassen, stattdessen trug sie einen orangefarbenen Wollmantel, den sie sich letzten Herbst in einem echten Geschäft gekauft hatte. Sie brauchte Abstand vom Turm und den Weberinnen, den Unsterblichen und vor allem von Äon.

Schließlich erreichte sie Jacksons Wohnblock. Als sie den Innenhof betrat, war es ihr, als würde sie wie eine Schiffbrüchige endlich festen Boden betreten. Sie brauchte jetzt Jacksons starke Arme, seine tiefe Stimme und die Sicherheit, dass ihre Liebe ewig war. Egal, was Äon noch für miese Tricks gegen sie ausspielte.

Diesmal erschienen ihr die Stufen hinauf zu seiner Wohnung endlos und kraftraubend. Noch immer war ihr kalt und Erschöpfung steckte in jeder Faser ihres Körpers.

Als Jackson die Tür öffnete, ließ sie sich ihm einfach entgegenfallen. Er fing sie auf.

»Miesen Tag gehabt?«, fragte er mitfühlend, nahm sie auf die Arme und trug sie zum Sofa.

»Du kannst es dir nicht vorstellen!« Sie seufzte und schmiegte sich an seine Brust. Genau das hatte sie jetzt gebraucht. Als er sie auf die Kissen hinabließ, hielt sie ihn fest und zog ihn zu sich.

Sein Kuss fühlte sich so wundervoll warm und weich an. Nie wieder würde sie ihn loslassen. Dieser Kuss musste einfach ewig andauern!

Doch er entwand sich lachend. »Hey, ich brauch Luft zum Atmen! Es muss ja wirklich übel bei dir gewesen sein. Soll ich dir einen Tee machen? Und dann erzählst du mir alles?«

Er verschwand in die Nische hinter ihr, in der er den Wasserkocher befüllte und anschaltete. Sie hörte die Klappe des Küchenschranks, aus dem er zwei Tassen nahm.

Tegan vergrub ihr Gesicht in einem der Kissen und stieß einen heftigen Seufzer aus. Laut hineinzubrüllen, traute sie sich nicht, obwohl ihr genau danach war. Wieder drängten sich die Bilder von Fay auf, wie sie zusammensackte, nachdem der Eispanzer zersplittert war.

War es Zufall gewesen, dass Rukar diese Stimmgabel besaß und dabeihatte? Wohl kaum. Er war Misanos Handlanger. Dass Hanna das nicht sehen wollte! Immerhin war er freiwillig aus dem Turm verschwunden, nachdem alle Weberinnen befreit waren.

Winnies Blick, während sie den kaputten Teppich studierte, tauchte vor Tegans innerem Auge auf. War das Überraschung in Winnies Blick gewesen? Oder Sorge – Angst? Hatte sie den Angriff darauf gesehen? Warum nahm Winnie Rukar in Schutz, wenn sie wusste, was er Tegan antun würde?

Sie warf sich auf den Rücken und starrte an die Zimmerdecke. Jackson hatte dort eine selbst gebaute Lampe angebracht. Ein bauchiges Gebilde aus Draht, an dem mithilfe von winzigen Wäscheklammern unzählige beschriebene Zettel hefteten. Es waren Zitate von Philosophen, die Jackson mochte.

Tegan kniff die Augen zusammen, um eines davon zu entziffern. *Der Ziellose erleidet sein Schicksal – der Zielbewusste gestaltet es,* hatte Jackson in seiner krakeligen Handschrift darauf notiert und mit *Kant* unterzeichnet.

Genervt richtete sich Tegan auf. Die Menschen hatten

überhaupt keine Ahnung, wie das Gefüge der Welt aussah. Egal, wie schlau sie sein mochten.

Ein Unsterblicher hatte sich des Schicksalsturms bemächtigt. Unzählige Kinder waren geboren worden, während Misano die Weberinnen zu Eis erstarren ließ. Und Tausende hätten in diesen Stunden sterben sollen. Die Weberinnen arbeiteten jetzt mit Hochdruck daran, all diese Versäumnisse aufzuholen. Zumindest jene Weberinnen, die stark genug dafür waren. Winnie war nicht die Einzige, die unter Schock stand und nicht einsatzfähig war.

Jackson kam mit einer dampfenden Tasse zu ihr und setzte sich neben sie. »Trink und entspann dich.«

Dankbar nahm sie die Tasse und umschloss sie mit ihren kalten Fingern. Die Wärme stach sie in die Haut.

»Du bist das Beste in meinem Leben«, murmelte Tegan und meinte es vom Grunde ihres Herzens. Ohne Jackson wäre sie schon längst durchgedreht. Drei Jahre lang hatte sie Außendienst geschoben. Hatte Fäden direkt an den Menschen überprüft und notfalls entwirrt. Sie hatte Äons Anweisungen Folge geleistet, obwohl es ihr immer schwerer gefallen war. Denn in den meisten Fällen stürzten Äons Pläne den Menschen ins Unglück.

So wie sie selbst.

Das Schicksal hatte schon einmal versucht, ihr Jackson zu entreißen. Seine damalige Firma wollte, dass er die Abteilung in Michigan, USA, leitete. Aber er hatte seine Stelle gekündigt und sich bei einer anderen Firma beworben, um bei Tegan zu bleiben. Doch nun, kaum ein Jahr war vergangen, wurde er von der neuen Firma ebenfalls versetzt. Wieder in die USA. Wieder nach Michigan.

Sein Schicksal ließ ihm keine Wahl.

Schweigend lehnte sie sich an ihn.

Winnies Blick, als sie den Teppich gelesen hatte, drängte sich erneut in ihre Gedanken.

Rukar. Es machte sie verrückt, dass sie nicht wusste, auf welche Weise er sich in ihr Leben drängte.

»Wie war dein Tag?«, lenkte sie sich ab und sah Jackson an. Der Tee tat ihr gut mit seiner angenehmen Wärme, die ihre steifen Finger auftaute.

Jackson wich ihrem Blick aus. »Du weißt doch –«

Nein! Sein Tonfall ließ sie zusammenzucken. Sie ahnte, was er sagen würde. Worum es ging. Kaum merklich rückte er ein Stück von ihr ab. *Nein!* Sie schloss die Augen, drängte die Tränen zurück, die sich nach oben kämpften. Sie wollte es nicht hören! Nicht heute!

Fieberhaft suchte sie nach einem Themenwechsel, ihr Blick huschte durch seine Wohnung und knallte gegen den Koffer, der gepackt vor dem Bett unter der Dachschräge stand. Daneben einige Umzugskisten. Zugeklebt und beschriftet. Und erst jetzt fiel ihr auf, dass sein Regal leer war.

»Es ist also so weit.« Ihre Stimme versagte und es klang, als hätte sie tagelang nichts getrunken. Sie hasste Äon. Sie hasste diese verfluchten Schicksalsfäden!

Hastig nahm sie noch einen Schluck. Die Wärme zog die Tränen wieder ein Stück mit nach unten in ihren Bauch, wo sie sich zusammenballten. »Wann genau?«

»Mein Flug geht in vier Tagen.« Er konnte sie nicht ansehen. Seine Antwort richtete sich vielmehr an seine Teetasse.

Vier Tage. Das war alles, was ihr von ihm blieb.

»Sag etwas«, bat er leise und wandte sich ihr zu. Jackson war groß und kräftig. Sie hatte immer gedacht, dass er eigentlich Dinge tun sollte, bei denen er zupacken konnte: Sachen, wie Schwertfische zu fangen oder Baumstämme herumzutragen. Stattdessen kreierte er filigrane Figürchen aus Altmetall.

Sie liebte ihn so sehr. Doch sie konnte ihn nicht ansehen. Noch mehr Schmerz und Verlust würde sie nicht aushalten. »Kein Wort, das ich sage, könnte dein Schicksal verändern. Wir hatten das schon mal: Du hast den Job gekündigt und einen schlechteren angenommen, damit wir zusammenbleiben können …«

»… und schwupp, auch die neue Firma schickt mich nach Michigan.« Er lachte bitter auf und schnippte mit den Fingern, als erzähle er einen amüsanten Zaubertrick.

Aber es war kein lustiger Trick. Es war pure Niedertracht von Äon, das niemandem wahrhaftiges Glück gönnte.

»Es ist eben dein Schicksal«, murmelte sie. »Wir können vielleicht zehn Tage daraus machen. Vielleicht sogar einen Monat. Doch das Schicksal will, dass du dort hingehst.« Sie leerte den Tee in einem Zug. »Du kannst es nicht betrügen. Es wird wieder einen Weg finden.« Müde starrte sie in die leere Tasse. Es war vorbei. Das Schicksal hatte auch ihr, wie so vielen Menschen, das Herz gebrochen.

Warum hatte Misano den ganzen beschissenen Turm nicht einfach in die Luft gejagt!

»Komm mit mir!« Er griff nach ihrer Hand und sie begegnete seinem flehenden Blick.

Für einen Moment hielt sie den Atem an. Sie hatte ein

Ticket! Rukar hatte ihr ein Flugticket nach Michigan geschenkt. Woher hatte er davon gewusst?

»Was ist? Warum siehst du mich so wütend an?« Jackson musterte sie unsicher. »Du hast doch gesagt, es gibt dort in der Nähe auch einen Schicksalsbaum.«

Damals hatte sie ihn belogen. Es gab in Michigan keinen Baum, aber vielleicht war das auch egal.

Äon hatte die Welt aufgegeben. Sie wusste nicht, wie die Pläne des Obersten Wesens weitergingen. Allerdings war sie sich sicher, dass sie Äon nicht mehr Folge leisten würde.

»Du hast recht«, sagte sie zu Jackson und der Klumpen in ihrem Magen wurde leichter. »Ich komme mit dir. Ich habe bereits ein Flugticket. Ich werde mir einen Job suchen und wir werden zusammen sein. Für immer.«

»Einen Job?« Er lachte und küsste ihre Hand.

»Natürlich!« Sie grinste. »Wer Schicksalsfäden entwirren kann, wird ja wohl auch einen Menschenjob machen können.«

Er zog sie zu sich und küsste ihren Hals. »Du schaffst alles, das du willst, Tegan.« Seine Lippen wanderten hinauf, küssten ihre Wange, ihre Nasenspitze ...

Tegan ließ sich in seine Arme fallen. Kickte die Verzweiflung, die Wut über das, was geschehen war, über Bord. Von nun an war sie keine Weberin mehr. Sie war nur noch Tegan – eine Frau, die den besten Mann der ganzen Welt liebte. Ihr Kuss war aufrichtig, ernst und ein Schwur ewiger Liebe.

15
MISANO

Normalerweise wurde Misano von einem Swipe nicht übel. Doch in den letzten drei Stunden war er an Hunderte Orte hier in London gesprungen. Aus Verzweiflung hatte er zuletzt sogar noch ein Dutzend Plätze in der Welt aufgesucht, an denen er mit Zara wunderbare Momente verbracht hatte. Aber nirgends hatte er sie gefunden. Als hätte die Erde sich aufgetan und sie verschlungen.

»Zara?«, rief er verzweifelt, als er zurück in sein Loft in Southwark swipte.

Niemand antwortete.

Wo konnte sie nur hingegangen sein? Er hatte ihre Wohnung aufgesucht und sämtliche Londoner Parks. Er hatte bei den Flamingos im Zoo nachgesehen und in den Gewächshäusern von Kew Gardens.

Erschöpft warf er seinen Mantel über das Sofa und trat an die Minibar im Wohnbereich, um sich einen Whisky einzuschenken. Eine letzte orangefarbene Blume blieb an seiner Schuhsohle kleben.

Seine Hand zitterte, als er das fingerhoch gefüllte Glas hob und gegen das Licht der untergehenden Sonne betrachtete. *Bernsteinfarben.* Wie Zaras Augen.

Bevor sie gestorben war.

Als sie im Weberinnenturm erwacht war, war es ihm sofort aufgefallen. Der bernsteinfarbene Glanz in ihren Augen war verschwunden. Stattdessen wirkten sie leblos und matt. Bereits in diesem Moment hatte sich ein Schatten um sein Herz gelegt. Vielleicht war seine Zara doch nicht zu ihm zurückgekehrt?

Mit dem Handrücken wischte er sich eine Träne von der unrasierten Wange. Nichts hatte er sich mehr gewünscht, als dass er sie wieder in den Armen halten könnte. Es war Zaras Lebensfreude gewesen, die ihm schon morgens ein Lächeln ins Gesicht gezaubert hatte, genau wie ihre Leidenschaft für die einfachen Dinge des Lebens. Mit ihr einen Tango zu tanzen, ließ ihn das Leben spüren. *Sie* war sein Leben.

Das Sonnenlicht brach sich im Bernstein des Whiskys. Wunderschön. Misano schloss die Augen und trank das Glas in einem Zug leer.

Vielleicht brauchte sie nur einige Stunden für sich. Um zu verarbeiten, was geschehen war. Und dann, dann würde sie zu ihm zurückkehren.

Und sie würden glücklich sein.

Seufzend wandte er sich um, um zur Küche zu gehen. »Was zum …« Vor Schreck fiel ihm das Glas aus der Hand und landete weich auf dem Flokati.

Die weißen Fronten seiner Designerküche waren besudelt mit dunkelroten Spitzern – Tropfen – Fontänen!

Fassungslos stolperte er zum Tresen. Sein Herz zitterte vor Angst. Er wollte nicht hinsehen. Doch er musste.

Blut war magisch. Es zwang einen hinzusehen. Die Arbeitsfläche klebte vor Blut. Der Teppich unter dem Tisch hatte sich vollgesogen, wie eine Flut war es über den Küchenboden bis vor die Anrichte geflossen.

Misano hatte in all den Jahrtausenden unzähligen Schlachten beigewohnt. Er war Zeuge von Meuchelmorden und Massakern geworden. Er wusste, wenn er ein Blutbad vor sich hatte! Und er wusste, wie erschreckend viel dieses Lebenssaftes aus einem Menschen fließen konnte.

»Zara!« Sie hatte doch nicht etwa ...

Sein Herz zog sich noch enger zusammen, ließ ihn nicht atmen. Er krallte sich an den Tresen, wagte nicht, ihn zu umrunden, um in die Küche zu treten.

Jemand stöhnte.

Es war nicht Zara.

Wer bei allen Zeitaltern hatte sich in seiner Küche abschlachten lassen!

Misano zwang sich, in die Küche zu gehen. Langsam umrundete er den Tresen, darauf bedacht, auf dem glitschigen Boden nicht auszurutschen. Seine Schuhspitze stieß an ein blutiges Küchenmesser, das auf dem Boden lag. Es schlitterte auf einen gepflegten Lederschuh zu.

Misano atmete aus, ballte eine Faust und warf einen wütenden Blick auf den Besitzer jenes Lederschuhs. »Was hast du mit meiner Küche angestellt!«, donnerte er.

Mit dem Rücken an einen Schrank gelehnt, saß Jin auf dem Boden. Die Arme schlaff an den Seiten, der Kopf war ihm auf die Brust gesunken. Er war völlig in Blut getränkt.

»Ich hoffe, das ist alles deins!« Wütend sah Misano sich um. Was für eine Sauerei! Kopfschüttelnd kniete er sich neben ihn und tastete am Hals nach seinem Puls. »Verdammt, Jin. Das tut doch weh!«

Natürlich schlug Jins Herz einwandfrei und regelmäßig. Er war unsterblich. Sich die Pulsadern aufzuschneiden, war vielleicht spektakulär, aber es beförderte ihn nicht von dieser Welt. Bereits jetzt waren die Schnitte, die er sich an den Handgelenken beigebracht hatte, schon wieder von neuer Haut verschlossen.

Ein mattes Lächeln breitete sich auf Jins Gesicht aus. »Das war es aber wert, mein Freund!«

»Ach ja? Und diese Sauerei?« Wütend stand Misano auf. Die Rüschen seines Hemds hatten sich mit Blut vollgesogen. »Wehe dir, wenn du mir meine Küche nicht wieder bis in die kleinste Ritze säuberst!«

»Aleph bringt das Ende, Misano!«, flüsterte Jin und hob den Kopf. Ein beängstigendes Funkeln lag in seinem Blick.

»Welches Ende?« Abwehrend verschränkte Misano die Arme vor der Brust. Jeder unter den Unsterblichen wusste, dass Jin irgendwann in den letzten Jahrhunderten den Verstand verloren hatte. Es ging das Gerücht, dass er versucht hatte, in die Unendlichkeit zu blicken, und ihm dies den Geist geraubt hatte.

Im Moment war es Misano herzlich egal, weshalb Jin sich das antat. Er wollte nur, dass der Irre mitsamt seinem Blut aus seiner Küche verschwand.

»Ich bin das Ende!« Kichernd öffnete Jin seine Hand. Darin lag eine bauchige Flasche, in der sein rubinrotes Blut schwappte.

16

LITA

Lita stürmte ins Treppenhaus von DeeDees Wohnblock. Für einen kurzen Moment stützte sie sich an der Wand ab und rang nach Atem. Langsam wurde es besser. Der wievielte Sprint durch Londons Straßen war das jetzt gewesen? Sie hatte Seitenstechen und brauchte einen Augenblick, bevor sie die Treppen erklomm.

Auf jeder Etage gab es mehrere Wohnungen. Das Gebäude war nicht sehr gepflegt. Die Wände benötigten einen neuen Anstrich und die Stufen waren abgenutzt. Kinder hatten Sticker an die Fenster des Treppenhauses geklebt, Blümchen und Regenbögen. Sie kannte sie alle auswendig, so oft hatte sie DeeDee hier abgeholt oder war nach der Schule mit zu ihr gegangen. Meistens konnte DeeDee nicht weg, weil sie auf ihre jüngeren Geschwister aufpassen musste. Dann setzten sie sich um den viel zu kleinen Küchentisch und lernten zusammen für die Schule. Nur Neve, die noch in der Vorschule war, malte. Meist Pferde, Einhörner und Regenbögen. Vermutlich hatte sie das Treppenhaus mit den Stickern verschönert.

Endlich erreichte Lita den vierten Stock. Ein Flur führte links um die Ecke zu drei Wohnungen, die vierte lag rechter Hand, direkt am Treppenhaus.

DeeDee wohnte links, gleich die erste Tür. Lita klingelte. Wie oft hatte Lita schon vor dieser dunkelgrün lackierten Tür gestanden? Von drinnen drang wie immer Tumult, obwohl es bereits Bettgehzeit für Neve war. DeeDees Mutter brüllte den Kleinen etwas zu. Der Fernseher wurde leiser gestellt, dann schlurften Schritte zur Tür und Lita bemerkte einen Schatten am Türspion.

»Mrs Tulani? Ich bin's. Lita. Ist DeeDee da?«, rief sie durch die Tür. »Es ist wichtig.«

»Geh weg!«, blaffte DeeDees Mutter durch die geschlossene Tür.

»Nein, bitte! Ich will mich entschuldigen. Es tut mir leid! Lassen Sie mich mit ihr reden. Ich will ihr erklären, was passiert ist!«

Nach einer kurzen Pause wurden drei Schlösser entriegelt und Mrs Tulani öffnete die Tür einen Spaltbreit. Argwöhnisch musterte sie Lita. Um ihre Haare war ein Handtuch geschlungen. Ihre Hände schimmerten wie immer fettig, da sie mit scharfen Putzmitteln arbeitete und deshalb raue Haut hatte, die sie zu Hause immerzu eincremte. DeeDee regte sich leidenschaftlich über die fettigen Fingertapser am Kühlschrank auf.

»Was willst du, Mädchen?«, fragte Mrs Tulani unfreundlich.

»Ich will mich nur entschuldigen. Bitte. Sie ist doch meine beste Freundin.«

»Das bezweifle ich.« Sie taxierte Lita von oben bis unten. Lita blickte ebenfalls an sich herab. Hatte sie Kaffeeflecken auf der Hose, war ihr Parka mit Ketchup bekleckert? Nein. Alles ordentlich.

»Du hast dich reinlegen lassen, Kind«, brummelte Mrs Tulani.

Irritiert blinzelte Lita sie an. »Wie meinen Sie das?«

DeeDees Mutter seufzte. »Du hast die falsche Adresse, Mädchen. Hier wohnt deine sogenannte *Freundin* nicht.«

Lita klappte der Mund auf. Wie bitte? Was hatte DeeDee ihrer Mutter erzählt? Damit übertrieb sie! Schön, sie war sauer, aber auch ihre Mutter in ihren blöden Racheplan einzuspannen, ging zu weit! »Ach kommen Sie schon, Mrs Tulani. Spielen Sie bitte nicht auch noch DeeDees Rachespielchen mit. Es reicht, dass Lauren und Chloe so überzeugend waren.«

»Ich habe keine Ahnung, wer diese Leute sind. Hier bist du jedenfalls falsch. Also geh.« Sie wollte die Tür schließen, doch Lita stellte einen Fuß in den Spalt. So einfach ließ sie sich nicht abwimmeln. Sie musste mit DeeDee sprechen!

»Hey! Was bildest du dir ein!«, fuhr DeeDees Mutter sie an.

»DeeDee!«, brüllte Lita in die Wohnung. »DeeDee, bitte! Red mit mir!« Mrs Tulani versuchte, sie aus der Tür zu drängen, aber Lita stemmte sich dagegen.

Neugierig lugte Andrew, einer der jüngeren Geschwister aus dem Wohnzimmer. »Wer ist das Mädchen?«, wollte er wissen.

Frau Tulani drückte mit der Schulter gegen Lita. »Verschwinde, sonst ruf ich die Polizei!«

Mrs Tulani hatte mehr Masse als Lita und schob sie Stück für Stück auf den Flur. Schließlich knallte DeeDees Mutter die Tür vor Litas Nase zu. Fassungslos starrte sie auf das Türblatt. Sie konnte Andrew seine Mutter löchern hören, wer das komische Mädchen war.

Andrew war erst sechs. Wie hatte DeeDee ihn dazu gekriegt, Lita zu verleugnen? Selbst jetzt, wo sie schon vor der Tür stand ... Andrew liebte Lita! Sie steckte ihm immer Kaugummis zu.

»Verschwinde!«, brüllte Mrs Tulani erneut.

Langsam ging Lita rückwärts, drückte sich an die Wand und starrte weiter auf die Tür. Sie hörte die drei Schlösser einschnappen.

DeeDee.

Wieso taten alle so, als hätte es sie nie gegeben?

Lita konnte sich nicht bewegen. Mit glasigem Blick fixierte sie die grüne Tür und klammerte sich an die Leere in ihrem Kopf. Sie wusste, wenn sie sich bewegte, konnte sie der Wahrheit nicht mehr ausweichen. Sich nicht mehr vor der schrecklichen Erkenntnis verstecken, die sprungbereit wie ein Löwe auf sie lauerte, um sie zu verschlingen.

Nein, es gibt eine andere Erklärung dafür.

Tränen stiegen in ihr auf.

DeeDee ...

Hinter der Tür dröhnte wieder der Fernseher.

Langsam, wie in Zeitlupe, drehte Lita sich zur Treppe.

Es *musste* eine reale Erklärung dafür geben! Eine die nichts mit Weberinnen, Unsterblichen und Schicksalsfäden zu tun hatte.

Ich habe das Orakel nicht erfüllt. Faine hat mich beschützt. Es ist nichts passiert. Es kann *nichts passiert sein!*

Sie musste an dieses Mantra glauben! Solange sie glaubte, konnte es wahr werden.

Sie zuckte zusammen. Jemand stand vor ihr, in den Schatten einer Ecke geduckt. Als traute derjenige sich nicht in den Flur hinein.

»Entschuldigung«, murmelte Lita und wollte zur Treppe. Doch als sie näher kam, hatte sich die Person aufgelöst.

Halluzinierte sie?

Auf der obersten Treppenstufe drehte sie sich noch einmal um – und da war sie wieder – eindeutig eine Person … doch … Lita hielt die Luft an.

Es war ein Geist! Ein Geist, der aus dunklem Rauch zu bestehen schien. Er drückte sich an die Wand, als hätte er Angst.

Litas Finger krallten sich um das Treppengeländer, als sie begriff, dass diese schattenhafte Erscheinung wirklich wie ein Mensch geformt war. Eine menschliche Silhouette, ungefähr so groß wie sie selbst. Es sah so aus, als hätte sie krauses Haar, das zurückgebunden war, und der Körper war gehüllt in lose, flatternde Kleidung …

Ihre Knie zitterten und knickten ein. Lita sank auf die oberste Stufe, noch immer das Geländer umklammernd. Sie hatte Angst zu fallen und mit jedem Atemzug zog sich die schmerzende Schlinge enger um ihr Herz.

Heiße Tränen rannen über ihre Wange.

»DeeDee«, flüsterte sie schließlich und fast schien es, als zucke der Schemen zusammen.

Voller Entsetzen schlug Lita die Hände vor den Mund, um den Schrei zu unterdrücken.

Nein!

Sie sprang auf, fiel fast die Stufen hinab, fing sich gerade noch am Geländer und raste polternd die vier Stockwerke hinunter und hinaus auf die Straße.

Nein!, war der einzige Gedanke, der grell, laut und schmerzend in ihr kreischte.

17
ZARA

Zara irrte ziellos durch die Straßen. Sie hatte gehofft, dass Bewegung sie wärmen würde. Doch die Kälte blieb. Sie steckte tief in ihren Knochen, züngelte bis in die Spitzen ihrer Nervenbahnen. Selbst der wollene Teddymantel änderte daran nichts.

Was erwartest du? Du bist tot! Wie sollst du da noch lebendige Wärme spüren!

Sie setzte sich auf eine der Bänke am Ufer der Themse und sah auf das Wasser. Ein Motorboot pflügte durch den stahlblauen Fluss und trieb Wellen ans Ufer. Die Sonne senkte sich allmählich und tauchte das gegenüberliegende Ufer in Gold. Um sie herum waren Menschen unterwegs, lachend und fröhlich schmiedeten sie Pläne für den Abend.

Sie hatte es geliebt, Teil dieser Stadt zu sein. Sie hatte es geliebt, lebendig zu sein.

Ein Gefühl der Sehnsucht zog ihr Herz zusammen. Sie wusste, dort, wo sie nach ihrem Tod gewesen war, hatte sie sich glücklich gefühlt, bevor Misano sie herausgerissen hatte.

Wie konnte er es wagen!

Unruhe packte sie, sie stand auf und lief zur Millennium Bridge.

Damals, als sie Misano kennengelernt hatte, war es das Gefühl der sprichwörtlichen rosa Wolke gewesen. Sie hatte sich verliebt. Nicht in den reichen Filmmogul, den berühmten Mann. Auch nicht in den Unsterblichen mit seiner atemraubenden Magie. Das alles machte ihn nicht aus. Sie hatte hinter seine dicke Haut gesehen. Sie hatte sich in sein großzügiges Herz, das Musik und Kunst, das die Menschen bewunderte, verliebt. Aber er hatte es gut unter all dem Glanz und Egoismus, seiner Selbstverliebtheit und Grenzenlosigkeit verborgen.

Die Beleuchtung der Millennium Bridge führte die Spaziergänger geradewegs auf die ebenfalls hell beleuchtete St. Paul's Cathedral zu. Zara ließ sich von den Menschen mitziehen. Es musste tatsächlich ein kühler Herbstabend sein, denn die meisten trugen schon Mäntel und geschlossene Schuhe. Der Sommer hatte sich verabschiedet.

Zwischen den Geschäftshäusern mit ihren abweisenden Klinkerfassaden erschien die angestrahlte Kuppel von St. Paul's fast überirdisch. Die Nase tief in den flauschigen Pelz des Mantels vergraben, ließ sie sich auf das Licht zutreiben.

Ob sie im Himmel gewesen war? Das Gefühl, dass sie von jenem Ort zurückbehalten hatte, entsprach jedenfalls ihrer Vorstellung vom Paradies.

Sie wäre gerne wütend auf Misano gewesen. Doch sie fühlte nichts. In ihr war nur Leere. Kein Geruch, kein Geschmack. Nichts von dem, was ihr im Leben so viel bedeutet hatte. Sie empfand nur Kälte und eine zerrende Unruhe.

Nachdem ihr Arzt letztes Jahr die Diagnose gestellt hatte, war Zara klar gewesen, dass Misano ihre Krankheit nicht akzeptieren würde. Er war unsterblich. Wie hätte er es verstehen sollen! Sie erinnerte sich, wie geduldig sie ihn immer und immer wieder beschworen und angefleht hatte, gütig und herzlich zu bleiben, wenn sie gegangen war. Sie hatte ihm das Versprechen abgerungen, der Misano zu bleiben, den sie liebte.

Doch das war ihm nicht gelungen. Im Gegenteil. Er hatte das Schlimmste getan, das überhaupt möglich war: Aus reinem Egoismus hatte er sie aus dem Paradies gerissen und zurückgeholt.

Einen Moment lang verharrte sie auf den letzten Metern der Brücke und sah hinab in das Wasser. Sollte sie springen? Konnte sie erneut sterben und dadurch zurück an diesen wunderbaren Ort gelangen?

Menschen schlenderten an ihr vorbei, lachend und schwatzend. Ihre Blicke streiften Zara nur beiläufig. All diese Leute – sie waren so voller Leben.

Zara trat vom Geländer zurück. Es war sinnlos zu springen. Sie war tot. Noch einmal sterben konnte sie nicht.

Dennoch. Eins wusste sie ganz sicher: Sie musste zurück ins Paradies.

Sie folgte dem Strom der Spaziergänger, bis St. Paul's vor ihr aufragte. Die kleine Grünanlage davor war verlassen. Niemand verweilte mehr auf den Sitzen. Die Lichtergirlanden in den Bäumen zauberten eine magische Atmosphäre. Für einen winzigen Augenblick blitzte in Zara ein Bild von einem breiten Fluss auf, mit grünem Ufer und einer reizenden Siedlung, die von ähnlichen Lichtern erhellt wurde. Zara zitterte und setzte sich auf eine der Betonbänke.

Sie musste zurück. Die Sehnsucht nach diesem Ort würde sie sonst verzehren. Doch wie gelangte sie an einen Ort, von dem sie keine Ahnung hatte, in welcher Dimension er lag …

Hilflos blickte sie sich um, bis sie unter einem der beleuchteten Bäume ein Häuschen bemerkte. Ein Kami-Schrein!

Sie stieg über die niedrige Buchsbaumhecke und trat unter den Baum, dessen Blätter schon golden gefärbt waren. Der Altar war mit Schnitzarbeiten verziert, die Blumenranken, Vögel und Schmetterlinge darstellten. Ein elektrisches Teelicht flackerte in einer Ecke und ein frischer Blumenstrauß steckte in einer am Schrein befestigten Vase.

Ehrfürchtig strich Zara über das filigrane Kunstwerk. Als sie lebte, hatte sie hin und wieder an solchen Schreinen Wassernäpfe für Insekten aufgestellt, aber nie ernsthaft zu einem Kami gebetet. Selbst als sie erfahren hatte, dass all die Legenden wahr waren – sie hatte keinen Grund gehabt, denn sie hatte sich stets von Glück gesegnet gefühlt. Sogar als ihre Tage auf dieser Seite der Welt gezählt waren, hatte sie nicht aufgehört, das Schöne und Wunderbare zu sehen.

Jetzt faltete sie die Hände und schloss die Augen zum Gebet. »Hilf mir!«, flüsterte sie. »Ich muss zurück!«

Plötzlich fuhr ein kühler Wind durch die Straße und Zara stellte den Kragen ihres Mantels auf. Sie sollte sich einen Ort suchen, der wärmer war, und nachdenken. Es musste einen Weg zurück geben. Bestimmt wusste irgendjemand, wie man in das Totenreich gelangte! Sie wandte sich noch einmal zum Schrein um. »Bitte. Gebt mir einen Hinweis, wo ich suchen muss.« Der Wind wirbelte herabgefallenes Laub auf und zupfte an ihren Haaren.

Zara zog die Schultern hoch und überlegte, in welche Richtung sie weitergehen sollte, da trieb der Wind ihr ein Papier vor die Füße. Zara bückte sich und hob es auf. Eine Visitenkarte. Es war schon dämmrig und sie tat sich schwer, die schnörkelige grüne Schrift im Schein der Lichterketten zu entziffern.

Sie brauchen Hilfe, um glücklich zu werden? Besuchen Sie mich! Ich verspreche Ihnen, Sie finden Ihr Paradies.

Welch seltsames Versprechen. Sie drehte die Karte um und stellte fest, dass es Werbung für einen Blumenladen war. Nachdenklich sah sie sich zum Schrein um. Die Karte war ihr im wahrsten Sinn vor die Füße gefallen. War dies eine Antwort auf ihre Bitte? *Sie finden Ihr Paradies ...*

Noch einmal las sie die Karte. Die Adresse war in der Nähe von Covent Garden.

Zara steckte die Karte ein und machte sich auf den Weg. Sie war tot. Es gab nichts, was sie fürchten musste. Und solange sie nicht wusste, wie sie zurück ins Paradies kam, konnte sie auch einen Blumenladen aufsuchen.

Vielleicht machte er sie tatsächlich glücklich.

18

ELAINE

Es war still geworden im Turm. Elaine, gestützt auf einen Stock und den verletzten Arm in einer Schlinge, stand vor dem Weltenraum und musterte den Schicksalsbaum. Seine Blätter, noch immer von Raureif überzogen, waren verstummt. Der Schicksalsbaum sang nicht mehr.

In all den Jahrhunderten hatte sie ihn nie stumm erlebt. Selbst in Zeiten, da die Menschen sich in Kriegen massakrierten, hatte er seine Melodie, wenn auch melancholischer, gewispert.

Doch nun war sein Lied zu Ende.

Mit einem hoffnungslosen Seufzer wandte sie sich ab und humpelte in den Weltenraum. Noch immer schmerzte jeder Knochen, obwohl die Heilerinnen sich alle Mühe gegeben hatten.

Winnie hatte sogar Medikamente von den Menschen gebracht. Diese milderten Elaines Schmerzen tatsächlich und so konnte sie ihr Krankenlager verlassen. Keine Minute länger hätte sie es dort ertragen. Schließlich war sie die Oberste Weberin! Es war ihre Aufgabe, die Weberinnen zu schützen und sicher zu führen. *Durch die letzten Stunden, bevor die Welt endet.*

Als Elaine durch den Torbogen trat, schauderte sie bei

der Vorstellung, was nun passieren würde. Noch lag das Gespinst der Fäden vor ihr und schimmerte in allen Regenbogenfarben.

Während sie sich von den Heilerinnen hatte verarzten lassen, war Winnie ihre Augen und Ohren gewesen. Immer wieder hatte sie die junge Weberin hinausgesandt, um in Erfahrung zu bringen, was vor sich ging.

Rukar, dem jungen Mann, der sie entführt hatte, war es möglich gewesen, Misanos Grausamkeit rückgängig zu machen. Nachdenklich musterte sie die Millionen von Fäden, die durch den Raum strebten. Zu gern hätte sie gewusst, wie er in den Turm gelangt war und es angestellt hatte, den Faden der Toten zu stehlen – die Weberinnen tuschelten darüber. Anscheinend besaßen die Unsterblichen eine Magie, die ihnen das ermöglichte.

Gut, dass Äon der Welt ein Ende setzte. Nicht auszudenken, was die Unsterblichen noch mit dieser Fähigkeit angestellt hätten.

Langsam, Schritt für Schritt, steuerte Elaine auf das Gespinst zu. Sie fühlte sich elend – zerschlagen und erfroren. Sie schien nur noch aus Schmerz zu bestehen. Auch wenn die Medikamente ihn dämpften, war er noch da. Sie atmete tief ein und unterdrückte das Stechen in ihrem Körper, aber auch das in ihrem Herzen. Dann betrat sie das Gespinst.

Während sie an das Krankenlager gefesselt gewesen war, hatte sie begonnen, ihren Frieden zu machen. Das Ende kam. Nichts konnte es nun noch abwenden.

Sie hatte eingesehen, dass es von Anfang an Äons Plan gewesen war. Und wenn sie an Rukar und seine Unsterblichenkraft dachte, tat Äon sicher recht daran, diese Welt zu beenden. Auch wenn sie benommen und ihre Sinne vernebelt gewesen waren, sie hatte es genau gesehen: Rukar hatte Lita aus Misanos Schussbahn gebracht und dabei spielte es keine Rolle, ob mithilfe eines Zaubers oder einer ihm innewohnenden Kraft. Welche Zukunft würden die Menschen schon haben, wenn die Unsterblichen, über die nicht mal Äon Macht besaß, sich dank eines Tricks zu launischen Regenten aufschwangen?

Zärtlich strich sie über die Schicksalsfäden.

Sie brauchte sich nichts vorwerfen. Sie hatte alles in ihrer Macht Stehende getan, um Äon zu besänftigen und die Menschen zu retten.

Der flirrende Farbstrom der dahingleitenden Fäden rann durch ihre Finger hindurch und Elaine spürte Melancholie in sich aufsteigen. Schon als Kind hatte sie sich an den Fäden nicht sattsehen können.

Da fiel ihr ein Faden auf. Er schimmerte nicht wie die anderen, sondern wirkte stumpf.

»Wie die Fadenenden der Toten«, murmelte Elaine. Mühevoll schob sie sich durch das Gewirr darauf zu, bis sie direkt davorstand.

Konnte es sein, dass dies das Stück war, das Lita in das Spindelwerk gespannt hatte? Elaine hielt den Atem an und streckte die Hand danach aus. Der Faden verströmte Hitze und als sie ihn berührte, schreckte sie mit einem Aufschrei zurück. Der Faden glühte wie ein Stück Kohle.

Elaines Blick glitt an ihm entlang. Er war mit anderen Fäden verknotet, also war es nicht Zaras Faden. Genau wie bei Hanna musste Zaras Faden ohne Berührungen anderer Leben weiterlaufen. Sie war nicht mehr Bestandteil der Welt und konnte deshalb auch keine vom Schicksal vorherbestimmten Begegnungen haben.

Die verknüpften Fäden waren wahrscheinlich die der Familie und sie sahen alle normal aus. Plötzlich zischte es und zu Elaines Entsetzen zerfiel der Faden zu Asche.

Mit der unverletzten Hand fing sie eine schwarze Flocke auf und musterte sie.

Asche …

Sie zerrieb sie zwischen den Fingern und betrachtete das Fadengeflecht.

Es hatte begonnen.

Noch war es nicht viel. Suchend ließ sie den Blick über das Gespinst wandern. Es fiel ihr kein weiterer Faden auf, doch sie wusste, dass sich nun der nächste Teil des Orakels erfüllte.

Elaine wischte sich eine Träne aus dem Augenwinkel.

Die Welt begann zu fallen.

19
RUKAR

Kleine Lampen glommen wie Glühwürmchen in den Pflanzen, die die Tische der Rooftop-Bar umrahmten und den Gästen das Gefühl gaben, auf einer idyllischen Insel zu sein. Das Lokal war heute Abend nur spärlich besucht, vielleicht weil es mitten unter der Woche war. Oder es lief eines dieser Fußballspiele im Fernsehen.

Rukar schlenderte auf den Tisch neben dem hohen Schilf zu, der ganz am Rand der Dachterrasse stand. Dort saß Lita und starrte zum Weberinnenturm hinüber.

Eine Weile beobachtete Rukar sie und überlegte, wie er sie ansprechen sollte. Nachdem er mit Tegan zusammen die letzte Weberin vom Eis erlöst hatte, war er ohne ein Wort gegangen. Hanna hatte unmissverständlich klargemacht, dass er die Räume der Weberinnen nicht betreten durfte. Außerdem hatte sie ihm gesagt, dass Lita nicht mehr im Turm war und ihm die Zeit davonlief. Ihnen allen.

Er schmunzelte. Zum ersten Mal war es ihm gelungen, eine von Litas Handlungen vorauszusehen. Sie mochte diese Bar genauso sehr wie er.

Doch sie sah verloren aus, wie sie da allein und mit hochgezogenen Schultern am Tisch kauerte. In der Hand hielt sie ein zerknülltes Taschentuch. Ihre aufgesetzte Fröhlichkeit, die Behauptung, alles sei gut und der Orakelspruch falsch – Lita hatte gelogen. Rukar konnte ihre Angst spüren.

Seine Hand glitt in eine seiner Jackentaschen und tastete nach dem Fläschchen, das Hanna ihm gegeben hatte. Es fühlte sich kühl an.

Lita wischte sich mit dem Taschentuch Tränen fort. Sie sah elend aus. Seine Hand umschloss den Trank fester. Er konnte sie erlösen. Sie würde vergessen, was im Turm passiert war. Sie würde vergessen, dass sie den Faden einer Toten in das Geflecht der Lebenden gewoben hatte. Keine Angst mehr und keine Schuldgefühle.

Der Baum war angeschlagen, es gab kaum noch Fäden für die Neugeborenen. Und Hanna ging davon aus, dass sich Äons Ankündigung, dieser wirre Orakelspruch, erfüllen würde. Sie gab der Welt nur noch wenige Tage. Wenn sie recht hatte, würde Lita bis in alle Ewigkeit unter der Schuld leiden und zerbrechen.

Sein Blick glitt über das nächtliche London. Taxis und Busse streiften durch die Straßen, das Lachen einiger Nachtschwärmer drang herauf, der dunkle Himmel wurde von den Lichtspektakeln an den Sehenswürdigkeiten zerschnitten. Es war ein ruhiger Abend, doch Rukar spürte die Lebendigkeit der Stadt. All das sollte verschwinden? Schwer vorstellbar.

Er stellte den Kaffee, den er für Lita gekauft hatte, auf den Rand eines Blumentrogs und zog das Fläschchen hervor. Er hatte einen Americano für sie bestellt, weil Lita diese Sorte mochte.

Ob sie das ebenfalls vergessen würde?

Das Gift in der Flasche funkelte unheilvoll.

Tust du auch wirklich das Richtige?

Was, wenn Hanna sich irrt?

Er dachte an den Orakelspruch. *Der Tod kommt zu den Lebenden.* Zara war zurück. Anderenfalls wäre Misano mit blutiger Rache über die Weberinnen hergefallen, so viel war klar. Außerdem konnte sich niemand gegen Äon stellen. Alles geschah immer nach seinem Willen. Es war der Schöpfer dieser Welt, sie alle waren seine Marionetten.

Hanna hatte recht. Lita würde die Unendlichkeit auf den Trümmern dieser Welt fristen, jede Sekunde wissend, dass sie diejenige war, die alle in den Tod gerissen hatte.

Hastig zog er den Korken heraus und ließ etwas vom Vergessenstrank in den Kaffee fließen.

Für einen Moment starrte er die vergiftete Köstlichkeit an.

Was tust du da nur!, fragte er sich erschrocken.

»Rukar? Was machst du denn hier?« Lita hatte sich herumgedreht und ihn bemerkt. Sofort ließ er die noch halb volle Flasche in seiner Jacke verschwinden und ging zu ihr.

»Dein Kaffee!« Sie deutete zur Balustrade, auf der er den vergifteten Becher hatte stehen lassen. Zögernd ging er zurück und holte ihn.

Und wenn es zu Äons Plan gehört, dass er ihr das Gedächtnis nahm? Egal, wie er sich entschied, folgte er nicht immer Äons Willen?

»Hey«, murmelte er und setzte sich. Er fühlte sich scheußlich.

Und Litas Anblick machte es nicht besser. Sie sah fürchterlich aus. Völlig verweint mit roten Augen und dicker Nase.

»Was machst du hier?« Sie nahm ihre Tasche auf den Schoß und zog ein frisches Taschentuch heraus.

»Um ehrlich zu sein: Ich wollte mir dir reden.«

Sie schnäuzte sich, schniefte, wischte sich mit dem Handrücken über die Augen und sah ihn dann mit einem gequälten Lächeln an. »Wegen deines Teppichs?«

»Eigentlich wollte ich mich entschuldigen.« Er stellte den Kaffee auf den Tisch und schob ihn langsam zu ihr hin. Sein Herz begann, schneller zu schlagen.

Tu es nicht! Sie wird sich nicht an dich erinnern. Sie wird alles, was zur Welt der Weberinnen gehört, vergessen!

»Ich habe großen Mist gebaut. Als Entschuldigung.« Er deutete auf den Kaffee und zwang sich zu einem Lächeln.

»Behalt ihn.« Sie wandte sich ab und starrte wieder auf den Turm.

Für einen Augenblick war er unentschlossen. Hatte das Schicksal entschieden? Sie wollte den Kaffee nicht ... Zwingen würde er sie auf keinen Fall. Er folgte ihrem Blick zum Turm. »Aber wenn du schon davon anfängst ...«, nahm er ihre Frage nach dem Teppich wieder auf. »Du hast meine Eltern in der Prophezeiung gesehen, oder?«

Von irgendeiner Straße unter ihnen hörten sie ein Scheppern. Eine Autohupe jaulte auf und Lita lachte freudlos auf. Rukar lehnte sich instinktiv zurück.

»Die Welt endet und du willst wissen, was auf so einem Scheißteppich steht?«

»Hör auf, Lita!«, fuhr er sie an. »Du hast im Turm gesagt, den Fäden gehe es gut. Dass das Glück mit dir war. Dass nichts passiert ist.«

Sie kniff die Augen zusammen und unterdrückte ein Schniefen. »Gelogen.«

Angespannt starrte er sie an. Er hatte gewusst, dass sie ihren Optimismus nur gespielt hatte. Aber nun tat es ihm körperlich weh, von ihr die Wahrheit zu erfahren. Sein Blick streifte den Kaffee. Und er wünschte, sie würde ihn trinken, damit der Schmerz aus ihrem Blick verschwand.

»Die Fäden waren heiß. Sie glühten.« Wieder rannen ihr Tränen die Wangen hinunter.

»Das kam dir nur so vor, weil der Turm so eiskalt –«

»Nein«, unterbrach sie ihn. »Ich wollte Äon austricksen. Aber es hat schon begonnen.«

Nervös schob er den Kaffee hin und her. »Was hat begonnen?«

Tränen glitzerten in ihren Augen. »Sieh dich doch nur um!«

Verwirrt folgte er ihrer Aufforderung, aber er hatte keine Ahnung, worauf sie hinauswollte. Der Lärm der Stadt drang zu ihnen herauf, Sirenen von Feuerwehr und Krankenwagen und die Lichter funkelten um sie herum. Sie waren fast allein hier oben. Von den vielleicht fünfzehn Tischen waren nur drei weitere besetzt. »Was soll mir auffallen? Dass es ein ziemlich kühler, aber wunderschöner Herbstabend ist?«

»So schön, dass die Londoner lieber zu Hause bleiben …« Sie zog den Kaffee aus seinen Fingern zu sich heran und betrachtete die dunkle Flüssigkeit. »Ich schätze, wir zwei haben einiges gemeinsam.«

Rukar war wie erstarrt. Er konnte sie nicht ansehen. Stattdessen blickte er auf den Kaffee, der so verlockend duftete.

»Ich bin ohne Faden geboren worden, weil meine Mutter – kurz gesagt – ein Zombie ist. Und du ... du hast keinen, weil dein Vater ein Unsterblicher ist.«

Rukar zuckte zusammen. Wusste sie, wer sein Vater war? Er musste sich räuspern, bevor er einen Ton herausbrachte. »Du hast ihn auf dem Teppich gesehen?«

Sie zuckte mit den Schultern und blickte in die Nacht hinaus. »Ich hab dir doch gesagt, dass Jin in diesem Stückchen Prophezeiung verdammt oft auftaucht ...«

Jin? Nervös strubbelte er sich durch die Haare. »Dein Ernst?« Er wusste, wie abweisend und kalt er klang. Jin. Ihre Schlussfolgerung war sicher richtig. Irgendwie hatte er es immer geahnt. Kein anderer der Unsterblichen hatte ihn so oft aufgesucht. Meist nur für einen Plausch, wie Jin stets betonte. Oft hatte Rukar gemerkt, dass er ihn aushorchen wollte, um zu erfahren, welche Kräfte er besaß. An manchen Tagen hatten sie sogar wirklich Spaß gehabt. Als Rukar klein war, hatte Jin ihm beigebracht, wie man Steine übers Wasser flippte. Mit einem Fingerschnippen schaffte es Jin auf gut zwanzig Sprünge.

»Die Manieren hast du sicher von ihm. Und die Angewohnheit, überall deine diebischen Finger im Spiel zu haben.«

Autsch. Ihre Verachtung war nicht zu überhören. In ihm überschlugen sich die Gedanken. Tatsächlich hatte Jin ihm geholfen, sich als Dieb und Einbrecher einen Namen zu machen. Doch die Gabe, Zeit zu manipulieren, die teilte er nicht mit ihm. Weshalb er irgendwann den Gedanken, Jin könnte sein Vater sein, zurückgedrängt hatte. Andererseits ... Er wusste von keinem Unsterblichen, der diese Macht besaß. Das Leben, die Liebe und die Zeit entzogen sich dem Einfluss der Unsterblichen. Dennoch ... Jin! Für einen Augenblick schloss er die Augen und versuchte, trotz des beängstigenden Gefühls zu akzeptieren, dass er der Spross eines Schlitzohrs, Schwindlers und Tunichtguts war. Und Jin hatte aus ihm ebenfalls einen Tunichtgut gemacht.

Litas Finger spielten nervös mit dem Kaffeebecher.

»Und hast du auch meine –«, setzte er an. Wenn sie Jin gesehen hatte, dann ...

»Wieso ist dir das jetzt noch wichtig!«, blaffte sie ihn an. »In wenigen Stunden wird die Welt leer sein! Ich habe sie alle umgebracht, Rukar! Ich habe DeeDee ermordet!« Sie brach in hemmungsloses Weinen aus.

Sofort schoss Rukars Blick zu der Stelle des Geländers, an der DeeDee in den Tod gestürzt war. Aber er hatte sie vor diesem Schicksal bewahrt ... Was meinte sie mit *umgebracht?*

Unsicher legte er seine Hand auf die ihre. »Lita? Scht. Du hast niemanden umgebracht ...«

Sie schüttelte heftig den Kopf. »Sie hat sich verwandelt, Rukar. In einen Schatten. Ich war bei ihr. Ich hab sie gesehen.« Sie blickte ihn an und der Schmerz in ihren Augen zerriss ihm das Herz. »Keiner weiß mehr, dass es sie je gab. Keiner erinnert sich an sie. Nicht mal ihre Mutter!« Sie deutete mit dem nass geweinten Taschentuch über London. »Und es werden immer mehr, Rukar. Die Leute werden zu Schatten. Ihre Mütter, ihre Kinder ... sie vergessen einander, als hätten sie nie existiert!« Unglücklich sah sie ihn durch einen Tränenschleier an. »Sag mir, dass du dich an DeeDee erinnerst.«

»Natürlich tue ich das!« Er war wie vor den Kopf gestoßen. Unsicher schaute er sich im Lokal um. Es war wirklich ungewöhnlich leer. Aber Schatten ...?

»Ich dachte, weil Faine mich mit Glück gesegnet hat, wäre es einfach, den Totenfaden wieder aus dem Gespinst zu entfernen. Ich wollte Misano geben, was er verlangt, damit er verschwindet, und dann alles rückgängig machen.« Erneut schnäuzte sie sich. »Doch das Glück hat nicht ausgereicht. Ich habe den Tod zu den Lebenden gebracht!« Sie lachte bitter auf. »Und weißt du, was? *Ich* werde es überleben! Ich habe keinen Faden, der von dem Tod infiziert werden kann. Ich bleibe. Aber alle meine Freunde – ich habe sie alle ermordet!«

Entsetzen schlang sich um seine Kehle und schnürte sie zu. Unfähig, ihr zu antworten, starrte er wieder auf den Kaffee und wünschte, er hätte weiter in die Zukunft sehen können als nur ein paar Augenblicke. Er wünschte, er hätte vorausgesehen, was passieren würde, als er Tegan den Schlüssel stahl.

20
TEGAN

Tegan! Wo warst du?« Shally, die eigentlich wie Tegan für die Fadenentwirrung zuständig war, sortierte Früchte am Fuß des Baums. »Du musst uns helfen. Wir haben kaum mehr neue Fäden. Von den Früchten sind nur wenige noch zu gebrauchen.«

Tegans Optimismus, das Glücksgefühl, das sie durchströmt hatte, seit sie Jackson verlassen hatte, um ihre Sachen zu packen, erlosch schlagartig. Sie hatte nur rasch das Ticket und Kleidung zusammensuchen wollen, um dann dem Turm, den Weberinnen, dem Schicksal für immer den Rücken zuzukehren. »Ich habe einen Außeneinsatz«, log sie und wollte die Treppe hinauf.

»Hanna hat alle Außeneinsätze abgesagt. Es ist wichtiger, dass wir Fäden produzieren. Die Hälfte von uns ist arbeitsunfähig.« Shally hielt ihr einen leeren Korb hin. »Alle Matschigen hier rein.«

Mit einem Seufzer ging Tegan zu ihr und schnappte sich den Korb.

Die Blätter des Schicksalsbaums strahlten zwar wieder in sattem Grün, als hätte der Eissturm ihm nichts anhaben können, doch seine Früchte waren bräunlich verfärbt.

»Super. Ich bring den hier nach oben.« Shally wuchtete

sich einen Korb voller halbwegs weißer Früchte auf die Schulter. »Bin gleich wieder da.«

»Alles klar.« Tegan sah sich um. Der Boden war mit herabgefallenen Früchten übersät. Die meisten waren braun, einige beim Aufprall zerplatzt. Tegan zog den Wollmantel aus, drapierte ihn sorgsam über das Treppengeländer, damit er nicht schmutzig wurde, und machte sich daran, die Früchte aufzusammeln.

Ein Lächeln lag dabei auf ihren Lippen und sie summte leise. Glücklich dachte sie an Jacksons Küsse. Sie träumte sich zurück in seine Arme und hinein in ein neues Leben, ohne jeden Tag Menschen auf Geheiß von Äon Leid zufügen zu müssen.

Sie betrachtete die Frucht, die sie aufgesammelt hatte. Die Hülle war braun und matschig. Sie drückte ihre Hand zusammen und die Fadenfrucht zerplatzte zwischen ihren Fingern wie eine faulige Orange.

Sollte das Schicksal doch verrotten!

Angewidert ließ sie die unbrauchbare Frucht in den Korb fallen.

Der Orakelspruch, den Hanna und Lita heruntergeleiert hatten, hatte Tegan nicht verstanden, allerdings war es ihr inzwischen auch egal. Sie war froh, dass die Weberinnen – ihre Familie – wieder wohlauf waren und dass es nur ein Opfer bei Misanos Angriff gegeben hatte. Dass der Baum vorerst keine Fäden produzierte, war in ihren Augen etwas Gutes.

Nachdenklich legte sie den Kopf in den Nacken und blickte den Stamm des Schicksalsbaums hinauf.

Weder das Blattwerk spielte seine Melodie, noch waren

die unbeschwerten Gespräche von Weberinnen zu hören. Nur das satte dumpfe Pflatschen, wenn wieder eine faulige Frucht auf dem Boden aufschlug. Seufzend füllte sie den Korb bis zum Rand und nahm einen zweiten. Je schneller sie hier fertig war, umso eher konnte sie zu Jackson. Für immer.

»Oh, das sieht aber ungesund aus, oder?«

Vor Schreck zuckte Tegan zusammen und fuhr herum. Direkt hinter ihr stand Jin und lugte mit gekräuselter Stirn in den Korb.

»Wie kommst du hier herein!« Instinktiv wich Tegan vor ihm zurück und sah sich nach anderen Weberinnen um. Doch sie war allein. Shally war noch nicht zurück.

Jin winkte ab. »Ach, ich hab meine Beziehungen. Verschlossene Türen gibt es für mich nicht.«

»Verschwinde! Sofort! Ihr Unsterblichen habt genug angerichtet.« Wütend ballte sie die Faust, aber was sollte sie schon tun? Eine Weberin konnte keinen Unsterblichen stoppen.

Die Hände auf dem Rücken verschränkt, schlenderte Jin zu der Sänfte, die neben dem Wasserbecken stand, in dem der Schicksalsbaum wurzelte. Gelangweilt lüpfte er einen der Vorhänge und warf einen Blick hinein. »Bitte vergleich mich nicht mit Misano. Ich habe schon gehört, welche Gräueltaten er begangen hat.« Er ließ den Stoff wieder fallen und wandte sich dem Baum zu. Kurz sah er den Stamm hinauf, dann seufzte er und drehte sich zu Tegan. »Du kennst mich. Ich bin nicht wie andere Unsterbliche.«

»Allerdings«, knurrte sie. »Vermutlich bist du der allerschlimmste.« Was wollte er hier? Hatten die Weberinnen heute nicht schon genug gelitten?

Er seufzte erneut theatralisch und setzte sich auf die Stufen, die zum Wasser hinabführten. »Das sieht nicht jede in deiner Familie so.« Fast hatte es den Eindruck, als sinniere er über sein Spiegelbild im Wasser.

Tegan wusste nur zu gut, worauf er anspielte. Am liebsten hätte sie ihm die faulige Frucht entgegengeschleudert, die sie in der Hand hielt. Sie war damals gerade drei gewesen, dennoch erinnerte sie sich, wie ihre Mutter mit ihm lachte, wie sie sich an ihn schmiegte, Zärtlichkeiten mit ihm tauschte und an seine Geschenke an ihre Mutter. Und dann – Leere. »Lass meine Mutter aus dem Spiel. Sie muss bereits krank gewesen sein, als sie sich mit dir eingelassen hat. Was willst du von mir?«

Jin schnaubte und schnippte eine Eiskruste, die er von einer Frucht gepult hatte, ins Wasser. »Warum fragt mich das nur immer wieder jeder! Ich wollte nur Hallo sagen.«

»Lügner«, zischte sie. Vermutlich wäre es am besten gewesen, den Turm sofort zu verlassen. Aber in ihrer Kammer lag das Ticket und das war der einzige Grund, warum sie zurückgekommen war. Sie brauchte es. Ihre Fahrkarte ins Glück.

»Meine Güte, ich wollte doch nur ein bisschen Small Talk machen.« Er rieb sich die Finger an seiner Jeans trocken und erhob sich.

»Small Talk?« Sie lachte bitter auf und deutete auf den Baum. »Wir Weberinnen wurden heute angegriffen, eine von uns ist gestorben! Der Schicksalsbaum ist schwer geschädigt! Und du willst ein nettes Kaffeekränzchen veranstalten?«

»Oh.« Er schob die Unterlippe vor und blickte sie wie ein

bettelndes Hündchen an. »Es tut mir leid, ich bin manchmal aber auch taktlos. Das alles setzt dir wirklich zu und nun verlässt dich auch noch Jackson.«

Tegan keuchte auf. Das Blut in ihren Ohren rauschte mit einem Schlag so laut, dass ihr schwindelig wurde. Sie wich zum Treppengeländer zurück und stützte sich daran ab. Woher wusste Jin von Jackson? Und wieso sollte er sie verlassen? Sie würden *zusammen* diesem ganzen Weberinnenmist entfliehen.

Jin tat, als hätte er ihren Schock gar nicht bemerkt, und redete einfach weiter. »Ich dachte einfach nur, ich muntere dich ein bisschen auf.« Sein Lächeln war entwaffnend ehrlich. »Es ist so frustrierend, jemanden zu verlieren, nur weil Äon das lustig findet.«

Nur weil Äon das lustig findet.

Tegan war wie erstarrt, während in ihr ein Tornado losbrach. Jin hatte recht. Sie war so naiv! Wie hatte sie annehmen können, sie bräuchte nur in ein Flugzeug zu steigen und mit Jackson London zu verlassen, um endlich in Frieden mit ihm glücklich zu werden. Äon hatte den Turm von Misano stürmen lassen! Fiona war seinem Willen nach getötet, Elaine schwer verletzt worden. Niemand entkam Äons Plänen, seinem fiesen, bösartigen Schicksal. Wie hatte sie nur glauben können, es würde ausgerechnet *sie* gehen lassen!

Wut und Hilflosigkeit, Schmerz und Verzweiflung – alle nur erdenklichen Emotionen tobten zugleich in ihr. Doch sie stand nur wie gelähmt und starrte Jin an.

»Es ist nett von mir, dass ich dir über dein gebrochenes Herz hinweghelfen will, nicht wahr?« Lächelnd legte er den Arm um ihre Schulter. »Komm mit, ich spendiere dir einen Drink.«

Jins Berührung ließ sie erschaudern und sie duckte sich unter ihm weg. Er log. Er pokerte. Sie verstand nicht, warum, aber sie wusste, dass sie vor ihm auf der Hut sein musste. »Mein Herz? Wieso sollte es gebrochen sein?«, fragte sie so desinteressiert wie nur möglich.

»Weil das Schicksal hinterhältig ist«, flüsterte er. »Es ist unfair. Und es lässt sich nicht überlisten.« Sein Blick war bohrend und sie schaffte es nicht, ihm auszuweichen. Sie erinnerte sich an ihre Mutter, die sich von ihm hatte verführen lassen. Beschwingt tanzend und lachend war sie von den Abenteuern mit ihm heimgekehrt, bis sie krank geworden war und Jin sich nicht mehr hatte blicken lassen.

»Die Liebe hält sich nicht an Orakelsprüche«, murmelte er.

»Was weißt du denn von Liebe!«, blaffte sie ihn an.

»Mehr als du. Hast du eine Ahnung, wie lange diese Welt schon besteht? Wie lange ich es ertragen muss, dass wahre Liebe von diesem miesen System zertreten wird?« Seine Stimme bebte und Tegan ertappte sich bei dem Gedanken, dass er es ernst meinen könnte.

»Was glaubst du, warum Misano so voller Zorn über die Schicksalsfäden hereingebrochen ist?« Wütend sah er zum Baum, kickte eine Frucht davon. »Sie gaukeln dir nur vor, du wärst frei, um zu lieben, wen dein Herz begehrt.« Er lachte bitter auf und wirbelte zu ihr herum. »Hast du jemals jemanden getroffen, der es gut fand, dass er keinen freien Willen hat?«

Tegan schluckte. Es war Jin. Jin, der Schalk. Der Unsterbliche, der sich daran erfreute, andere zu foppen und gemeine Streiche zu spielen. Wie konnte ausgerechnet er aussprechen, was sie tief in ihrem Herzen empfand?

Entschlossenheit flackerte in Jins Augen. Litt er etwa genau wie sie unter der Ungerechtigkeit Äons? Nur langsam beruhigte sich ihr Herzschlag. Sie musste aufpassen. Jin konnte man nicht trauen. Aber ... er hatte recht. Niemand war frei. Die Menschen nicht, die Weberinnen genauso wenig und noch nicht mal die Unsterblichen. Sie alle waren dazu verdammt, Äons Willen zu gehorchen.

Seit Jahren hasste sie es, mit ansehen zu müssen, wie das Glück der Menschen vom Verlauf der Fäden zerstört wurde. Weil das Herz sich nicht immer in denjenigen verliebte, den Äon auserkoren hatte.

Plötzlich packte Jin sie bei den Schultern und drehte sie zum Baum. »Sieh ihn dir an. Das Bäumchen ist wirklich nett, aber vermutlich hat es auch niemand gefragt, ob es die Fesseln der Menschen erschaffen will.«

Als würde sie den Schicksalsbaum das erste Mal wirklich sehen, blinzelte Tegan ungläubig und blickte den gigantischen Baum hinauf, dessen Äste den gesamten Turm ausfüllten. Weit oben, wo Misanos Eisblitze nicht hingereicht hatten, leuchteten makellose weiße Fadenfrüchte, zukünftige Fesseln eines Menschenlebens.

»Der Baum erträgt sein Schicksal«, murmelte Jin resigniert und seufzte. »Wir sollten es wohl auch einfach ertragen.« Aufmunternd tätschelte er ihre Schulter und ließ sie los.

Tegan musterte den Baum. Seit Anbeginn der Welt ernteten Weberinnen seine Früchte und verarbeiteten sie zu

Schicksalsfäden. Sie knüpften sie an Menschen, kappten sie, wenn Äon die Weisung dazu gab. Es war die Ordnung der Dinge. Und doch hatte sie selbst beschlossen, sich dagegenzustellen.

»Woher willst du wissen, dass Jackson mich verlässt?«, fragte sie leise, zu groß war ihre Angst, dass Jins Antwort der Wahrheit entsprechen könnte.

»Hat Äon nicht schon zum zweiten Mal versucht, ihn von dir zu trennen? Du weißt, dass ihr Weberinnen alles tut, um Äons Wort zu erfüllen. Das Schicksal erfüllt sich. Immer. Du weißt es!«

Jin hatte sich dem Korb zugewandt, in den sie die braunen Früchte geworfen hatte. Leise sprach er vor sich hin, mehr zu sich selbst als zu ihr, wie es schien. »Nein – ich habe noch nie jemanden getroffen, der dankbar war, dass die Fäden ihm Fesseln anlegen. Und manchmal, manchmal frage ich mich, warum wir das alles so stillschweigend hinnehmen.«

Tegan beobachtete Jin, wie er fast zärtlich eine der braunen Früchte aus dem Korb fischte. *Jackson wird mich verlassen. Die Weberinnen des Schicksalsbaums in Kanada werden Äons Weisung ausführen.*

Jin zupfte das Fadenende heraus und zog daran. Träge ribbelte sich der Faden ab und wurde immer länger.

Sie werden meinen Faden von seinem trennen. Es wird kein Happy End für Jackson und mich geben.

»Weißt du, den Menschen«, sinnierte Jin über dem Faden, den er aus der Frucht gezogen hatte, »die – lass uns ehrlich sein – durch ihre kurze Lebensspanne nun wirklich nicht die hellsten Leuchten dieser Welt sind, ihnen gesteht Äon eine Revolution nach der anderen zu. Immer wieder lehnen sie sich gegen die Ordnung der Dinge auf.« Der durchgeweichte Faden riss und klatschte auf den Boden.

»Was willst du damit sagen?« Obwohl sie ihm immer noch nicht traute, trat sie näher an den Unsterblichen heran.

»Ach, du weißt schon. Die Menschen kommen auf den Trichter, dass Unterdrückung durch einen selbstherrlichen König nicht das Wahre ist und –« Er fuhr sich mit dem Finger über den Hals und schnitt eine Grimasse. »Wann immer sie merken, dass ein System, in dem sie feststecken, nicht gut für sie ist, lehnen sie sich dagegen auf.« Er nahm Tegans Hand und drückte die halb abgewickelte Frucht hinein. »Und wir?«

»Und wir ...«, wiederholte Tegan nachdenklich. Dann schleuderte sie die Frucht zurück in den Korb. »Was willst du mir hier einflüstern! Verschwinde, Jin! Ihr Unsterblichen müsst euch doch gar keine Gedanken um das Schicksal machen. Ihr hängt nicht in Äons Spinnennetz fest.« Sie hob eine weitere Frucht auf und feuerte sie in den Korb. »Ein Hurra für euch, Jin! Ihr seid so mächtig, ihr könntet Äons Willen trotzen. Und welche tollen Ideen habt ihr? Fäden verknoten! Unruhe und Chaos, Neid und Missgunst schüren, damit die Menschen sich verheddern und noch mehr anstrengen müssen.«

Entrüstet verschränkte Jin die Arme vor der Brust. »Nein, junge Dame. Das ist eine Fehlinterpretation! Wir verursachen Chaos nicht aus Freude und um zuzusehen, wie die Menschen sich plagen.«

Tegan konnte darauf nur sarkastisch lachen. Ausgerechnet Jin behauptete das? Winnie hatte ihr mal erzählt, dass es im Archiv eine eigene Abteilung für Vorfälle gab, die allein auf Jins Konto gingen.

»Wir fordern die Menschen heraus!«, ereiferte sich Jin. »Wir machen sie zu Helden! Durch uns werden sie erst stark genug, um ihr dummes Schicksal zu meistern.«

Tegan sah ihn durchdringend an. Sie hatte genug von Jins *Small Talk.* Was immer er auch vorhatte, sie wollte nichts damit zu tun haben. Sie hatte ihre eigenen Pläne.

»Es ist mein Job, am Gespinst zu rütteln. Wozu sonst hat uns Äon all die lustigen Zaubertricks geschenkt?« Erneut legte er ihr den Arm um die Schulter und drängte sie näher an den Baum. Sie versuchte, sich aus seiner Umarmung zu befreien, aber es gelang ihr nicht.

»Zugegeben, ihr Weberinnen seid augenscheinlich die mit der Macht über den Tod und das Leben.« Er beugte sich so nah an ihr Ohr, dass es Tegan unangenehm war. »Jedoch ... selbst wenn *du* die Schere führst, Tegan, es ist nicht deine Entscheidung. Genau wie mit der Liebe. Die Liebe lässt sich keine Fesseln anlegen. Jackson liebt dich ebenso wie du ihn ...«

Dieser Mistkerl. Natürlich liebte Jackson sie. Und sie war bereit, alles für ihre Liebe zu geben: Sie würde für Jackson den Turm verlassen und ihre Familie verleugnen. Aber Äon wollte ihr Glück verhindern. Für einen winzigen Augenblick blitzte Winnies Blick in ihrer Erinnerung auf, kurz nachdem sie Rukars Teppich gelesen hatte. Äon hatte andere Pläne für Tegan. Wütend schlug sie Jins Arm weg und befreite sich von ihm. »Verschwinde! Keiner von uns hat eine Chance. Also geh!« Sie musste sich zusammenreißen, um nicht in Tränen auszubrechen. Die Erkenntnis, dass all ihre Hoffnungen und Träume nur eine Illusion waren, dass sie niemals mit Jackson glücklich werden konnte, fühlte sich an, als würde ihr Innerstes in Millionen Scherben zerfallen.

»Eine Schande, diese dummen Schicksalsfäden!« Jin schlenderte Richtung Ausgang. »Komm, Tegan!«, rief er ihr zu. »Der Gin steht bereit. Lass uns diese miese Welt in Grund und Boden trinken!« Der Lichtblitz des Swipes zwang Tegan, sich wegzudrehen. Als das Licht verpufft war, zeugte nichts mehr von Jins Besuch. Tegan starrte auf den Faden, den er abgewickelt hatte und der zerrissen auf den Boden geklatscht war.

Die Liebe lässt sich keine Fesseln anlegen.

21

LITA

Litas Augen brannten von den Tränen, ihr war heiß und ihre Brust so eng, dass sie meinte, nicht genug Luft zu bekommen. All ihre Gedanken kreisten nur noch um die Schatten. Nachdem sie aus DeeDees Haus geflüchtet war, hatte sie immer wieder bemerkt: In der U-Bahn, in Hauseingängen, auf Parkbänken, selbst hier in der Rooftop-Bar saß, nur wenige Tische entfernt, ein Schatten.

Mit dem völlig durchweichten Taschentuch stoppte sie eine erneute Tränenflut, während Rukar blass vor ihr saß und ins Leere starrte.

»DeeDee war wie ein Geist. Ein Geist aus schwarzem Nebel. Und es werden mehr, Rukar. Auf der Straße, da gab es einen Unfall, als ein Wagen bei Rot auf die Kreuzung rollte.« Sie schnäuzte sich. »Ein anderes Auto krachte hinein, es war schrecklich.« Sie lauschte und zählte drei Krankenwagensirenen. Es ging weiter. Immer mehr Menschen verschwanden. »Das Auto, das auf die Kreuzung gerollt ist, war leer. Niemand saß am Steuer.«

Rukar hob den Blick und sah sie verunsichert an.

»Nur ein dunkler Schemen schimmerte hinter dem Lenkrad.« Ihre Stimme brach ab, ein heftiges Schluchzen erfasste ihren ganzen Körper. »Sie sterben alle meinetwegen. Ich habe den Tod zu ihnen gebracht! Alles kommt, wie Elaine es gesagt hat! Ich bin das Ende der Welt!«

»Das …« Ihm fehlten offenbar die Worte. Für einen Moment schloss er die Augen, als müsste er sich sammeln. »Lita«, sagte er dann bestimmt und wollte ihre Hand nehmen, doch sie zog sie weg.

Nicht jetzt. Sie konnte das nicht. Sie hatte die Welt in den Abgrund gestürzt. Die Menschen verschwanden. Sie wusste, Rukar wollte sie nur trösten, aber … Seine schwarzen Haare fielen ihm tief in die Stirn und erweckten den Eindruck, als wäre ein Wirbelsturm durch sie hindurchgetobt. Seine Haut war leicht gebräunt, vermutlich hatte er den Sommer über den Dächern von London verbracht, stets auf der Flucht und mit gestohlenen Großmüttern im Schlepptau. Ein Lächeln huschte über ihr Gesicht. Sie mochte ihn. Sehr. »Es tut mir leid«, flüsterte sie. Wie gerne hätte sie alles vergessen. Wie gerne wäre sie einfach nur Lita gewesen, die gerade Rukar kennenlernte, der Americano mochte, einen coolen Stil hatte und dieses schiefe, freche Lächeln.

»Es ist nicht deine Schuld, bitte red dir das nicht ein«, sagte er leise und eindringlich. »Das Schicksal –«

»Nein.« Energisch schüttelte sie den Kopf. Inzwischen bekam sie Ausschlag von diesem Wort. »Äon hat seinen Willen bekommen. Wir sind ihm alle ausgeliefert, selbst ich. Das ist mir nun auch klar.« Erneut sah sie zum Turm, in dem ihre Mutter versuchte, die Weberinnen durch das Chaos zu führen. Lita hatte gehofft, Äon austricksen zu können. Aber offensichtlich hatte sie ihre angebliche Schicksalslosigkeit überschätzt. »Wir können unsere Taten nicht dauernd damit rechtfertigen, dass eine ominöse höhere Macht uns dazu gezwungen hat!« Lita wandte sich ihm zu und sah ihm in die Augen. Wer weiß, wie viel Zeit sie noch hatten. Als Halbblut hatte er vermutlich keinen Faden, so wie sie, und würde bis in alle Ewigkeit in der öden Welt ohne jegliches Leben dahinvegetieren müssen. Sie hoffte es. Ein bisschen. Dann wäre sie nicht allein. Doch zugleich wünschte sie ihm einen Lebensfaden. Denn die Vorstellung, in einer toten Welt zu leben ...

Sie schauderte. Allein der Gedanke, dass Rukar ihretwegen in lebloser Asche seine Tage fristen sollte ... Sie würde das nicht ertragen. Er musste einen Lebensfaden haben! Selbst wenn das ... Sie hielt die Luft an und warf ihm einen verzweifelten Blick zu. Auch in seinen Augen stand Angst. Wenn sein Leben an einen Faden geknüpft war, konnte jeder Augenblick sein letzter sein.

Sie war das Ende von allem. Jeder, der ihr je etwas bedeutet hatte, wurde durch ihre Hand zu einem Schatten.

»Hör zu, Lita«, setzte er erneut an, doch sie stoppte ihn.

»Nein. Du hörst zu. Ich will, dass du die Wahrheit über dich weißt.« Sie wollte ihm noch diesen Wunsch erfüllen. Wenn er gleich starb, dann wenigstens mit dem Wissen, wer er war.

Mit großen Augen starrte er sie an. Die Lippen leicht geöffnet, als wollte er erneut widersprechen.

»Hast du dich je gefragt, wieso du so einfach in den Turm spazieren konntest?«, sagte sie ernst.

Offensichtlich nicht, denn sein verwirrter Blick wurde von einer tiefen Falte auf seiner Stirn gekrönt. »Ähm – weil ich mein Handwerk verstehe – und weil mir Tegans

Kleidung und ihr Schlüssel dabei geholfen haben, mich als Tegan auszugeben?«

Sie war keine Expertin, schließlich war sie erst seit drei Tagen eine echte Weberin. Aber Winnies Crashkurs hatte einige grundlegende Informationen gebracht.

»Hast du dich nicht gefragt, warum es keine Wache im Turm gibt, die Eindringlinge wie dich stoppt?«

Jetzt waren es zwei Falten, die sich waagrecht über seine Stirn zogen und ihn wirklich niedlich aussehen ließen. »Worauf willst du hinaus?«

»Nur Weberinnen kommen in den Turm. Oder Leute, die den ausdrücklichen Segen einer Weberin haben. Die bekommen sozusagen einen eigenen Schlüssel.« *Wir sind uns so ähnlich,* dachte sie. *Wir beide sind unter der falschen Annahme aufgewachsen, wer unsere Eltern sind.*

»Ich hatte den Segen einer Weberin?« Rukar klang verwirrt, aber auch neugierig.

Langsam nickte Lita. Immer mehr wurde ihr jetzt klar: Nur weil er derjenige war, der er nun mal war, war es ihm gelungen, den Faden zu stehlen. *Und wäre ich eine ganz normale Weberin, säßen wir jetzt nicht hier.* Ihre Blicke trafen einander und Lita fragte sich, was wohl passiert wäre, wenn sie ihm anderswo begegnet wäre. An einem Samstag, zusammen mit ihren Freundinnen. Hätte ihr Herz dann auch schneller geschlagen?

Das Schicksal war grausam und unbarmherzig und Lita fühlte sich Äons Plänen hilflos ausgeliefert. Es spielte mit ihr, wie es ihm beliebte. Nicht einmal Faines Kuss hatte etwas daran ändern können. Ihren Weg bestimmte Äon.

Noch immer sah sie Rukar an. Sah seine Angst, aber auch

seine Neugier und ... Lita lächelte. Äon konnte vielleicht den Verlauf des Schicksals bestimmen, aber es konnte ihr nicht den Moment nehmen. Diesen Moment. Sie beugte sich über den Tisch zu Rukar. Seine Pupillen weiteten sich überrascht, als er verstand, was sie vorhatte.

In wenigen Augenblicken konnte er zu einem Schatten werden.

Seine Lippen waren ihren so nah ...

... da wischte etwas hinter Rukar vorbei und sie zuckte erschrocken zurück. Ein Schatten!

»Was –« Sie sah sich um, stieß einen Schrei aus und sprang auf.

Eben noch hatte ein Paar an dem von Wein umrankten Tisch in der Nische gesessen. Doch nun schwebte ein Schatten vor den halb vollen Weingläsern, die noch auf dem Tisch standen. Nur die Frau saß dort. »Er ist zu einem Schatten geworden!«, flüsterte sie und ihr Herz verkrampfte sich. Während sie hier saß und sich in Selbstmitleid badete, war gleich neben ihr ein Mensch aus dem Leben verschwunden!

Rukar hatte sich umgedreht und musterte die Tische nachdenklich.

»Kannst du ihn sehen?«, fragte Lita und deutete auf den Schatten. Sie bemerkte, dass sie am ganzen Leib zitterte.

Rukar nickte langsam. »Ein Paar saß dort. Ich sehe einen Schemen auf seinem Platz.«

»Sie kann sich nicht erinnern, dass es ihn je gegeben hat. Aber er weiß es.« Fahrig wischte Lita sich eine Träne von der Wange. Es machte sie so wütend. Das hatten die Menschen nicht verdient. DeeDee hatte es nicht verdient!

Kein Mensch hatte Äon irgendetwas getan! Warum ließ es sie so leiden? Das war nicht fair. Das war einfach nur grausam. »Scheiß auf das Schicksal!«, brach es aus ihr heraus. All die Verzweiflung und der Schmerz über die Konsequenzen ihrer Tat, schlugen in Wut um. Äon führte sie wie eine Marionette herum. »Es reicht! Wir – es darf so nicht sein, Rukar!«

Faine hatte es ihr gesagt. Er hatte ihr geraten, bis zur letzten Minute für das zu kämpfen, an das sie glaubte! Und nun verstand sie es. Wenn sie Äon ohne Kampf gewinnen ließ, gab sie auf. Dann hatte sie wirklich ihre Freunde im Stich gelassen. »Ich werde mich meinem Schicksal nicht fügen! Es ist falsch. Alles, was Äon plant, alles, was es den Menschen antut, ist böse und falsch! Wir dürfen das nicht hinnehmen, Rukar! Wir müssen gegen sein mieses Schicksal kämpfen!« Vielleicht war es aussichtslos, vermutlich würde Äon dennoch gewinnen. Aber sie mussten alles in ihrer Macht Stehende tun, um es zu verhindern!

Überrumpelt musterte Rukar sie. Ein Lächeln umspielte seine Lippen. »Du bist verrückt.«

»Nein!« Lita spürte, wie sie glühte. Wie die Wut auf Äon in ihr ein Feuer der Hoffnung auflodern ließ. »Wir zwei müssen Äons Schicksal besiegen. Du und ich – *wir können das!* Wir beide, wir sind die Einzigen, die gegen Äon antreten können!« Sie sprang auf und beugte sich zu ihm vor. »Komm mit!«

Er sah sie zweifelnd an. »Du hast doch eben noch selbst gesagt, dass wir alle in Äons Plan gefangen sind. Wie kommst du auf die Idee, dass ausgerechnet *wir* etwas ändern können?«

»Vielleicht sind wir gefangen. Aber wir müssen dagegen kämpfen. Du willst dein Leben nicht bis zum Ende aller Tage in Asche fristen, wissend, dass du es nicht mal versucht hast!« Sie beugte sich wieder zu ihm herunter. »Außerdem weiß ich, dass deine Mutter eine Weberin ist!« Sie hatte es ihm eigentlich schonender beibringen wollen, schließlich war es unmöglich, dass eine Weberin einen Sohn gebar. Äon hatte festgelegt, dass Weberinnen nur Mädchen zur Welt brachten. Es gab keine Weber. Aber der Teppich hatte es ihr eindeutig gezeigt.

Für einen Wimpernschlag starrte er sie mit aufgerissenen Augen an. Dann lachte er los.

»Versteh doch! Nur deshalb kannst du in den Turm! Allein Weberinnen können hinein. Es war nicht die Verkleidung, die dich hineingebracht hat, sondern dein Blut!« Sie setzte sich wieder und sah ihn verschwörerisch an. »Außerdem hättest du niemals Zaras Faden berühren können. Du hättest wie Misano einfach hindurchgegriffen. Die einzige Erklärung dafür ist, dass deine Mutter eine Weberin ist!« Sie konnte sehen, wie es in ihm arbeitete.

»Weberinnen –« Er musste sich räuspern. »Weberinnen haben nur Töchter.«

»Du bist etwas ganz Besonderes, hab ich dir das nicht schon gesagt?« Sie lächelte ihn an. »Äon hat dich nicht geplant. Du bist nicht im System! Ich wette, du hast genau wie ich keinen Faden! Nicht nur, weil dein Vater ein Unsterblicher ist, sondern weil du bist wie ich: nicht vorgesehen!« Und daraus schöpfte sie ihre Hoffnung. Sie beide, sie hatten keinen vorgesehenen Platz in Äons Schicksalsspiel. Es sollte sie gar nicht geben! Diese Chance mussten sie nutzen!

»Deshalb haben mich die Unsterblichen zu den Kami abgeschoben«, murmelte er. »Sie wussten, dass ich anders bin …«

»Rukar!« Sie ergriff seine Hand. Es fühlte sich gut an. »Wir holen die Menschen zurück! Wir beide. Wir werden es schaffen!« Erlöst lächelte sie ihn an. Ein Gefühl der Stärke durchflutete sie. Sie war bereit, für die Menschen zu kämpfen, sie zurückzuholen!

»Es gibt einen Weg, Rukar.« Noch nie in ihrem Leben hatte sie sich so selbstbewusst und stark gefühlt. »Komm mit. Wir treten jetzt Äon in seinen sphärischen Hintern!« Sie griff nach dem Kaffee und trank einen großen Schluck. Natürlich war es ein Americano. Rukar hatte sich ihren Lieblingskaffee gemerkt. Sie lächelte ihn an, doch Rukar war mit einem Entsetzensschrei aufgesprungen, griff nach dem Kaffee, aber … die Welt verdunkelte sich und Lita meinte, einen Schlag gegen ihren Kopf zu spüren.

22
RUKAR

Neeeeiiiin!« Noch nie in seinem Leben hatte Rukar so laut und voller Entsetzen gebrüllt. Aber es war zu spät. Lita hatte von dem vergifteten Kaffee getrunken. Sie hatte die Tasse an die Lippen geführt, ihn dabei angelächelt – so viel Leidenschaft und Feuer lag in ihrem Blick –, aber noch in der gleichen Sekunde brach er, wurde leer, der Becher fiel, Lita kippte zur Seite und schlug auf dem Boden auf.

Eins. Zwei. Er war wie erstarrt. Zählte aus irgendeinem beschissenen Grund seine Atemzüge.

Sie hatte kämpfen wollen. Ihre Stärke war größer als die Schuld, die ihr Äon einreden wollte. Und sie hatte ihm offenbart, wer er war.

Drei. Vier. Atme, Rukar.

Das war doch alles ... Verzweifelt starrte er auf sie hinunter. Er war der Sohn einer Weberin! Das ... Die ganze Welt stand kopf! Die Menschen wurden zu Schatten und er hatte Litas Gedächtnis gelöscht!

Er kniete sich neben sie und strich ihr das Haar aus dem Gesicht. Sie war so davon überzeugt gewesen – ja, sie hätten es geschafft, zusammen die Welt zu retten. Vielleicht war es naiv von ihr, aber er liebte sie für ihren Willen, nicht aufzugeben.

Litas Augenlider flatterten, blinzelnd richtete sie sich auf. »Wo … Wer bist du?«

Ein Stich durchbohrte seine Brust. Er half ihr auf, doch er brachte kein Wort über die Lippen. *Fünf.* Er wollte schreien, heulen, sie schütteln.

Komm zurück, Lita!

Benommen blickte sie sich um. »Ich glaub, ich muss nach Hause. Meine Mom wartet sicher schon.«

Der Vergessenstrank hatte ganze Arbeit geleistet. Sie erinnerte sich an nichts. Befremdet sah sie ihn an, murmelte ein Danke und nahm ihre Tasche von der Bank.

Er hatte es nicht kommen sehen, dass sie den Kaffee trinken würde. Nicht weil er von diesen unfassbaren Neuigkeiten abgelenkt gewesen war. Bei Lita hatte er immer die nächsten Minuten im Blick, denn zu oft hatte sie ihn völlig überrumpelt. Sie war der einzige Mensch, bei dem er die nächsten Momente nicht vorhersehen konnte. So auch diesen nicht. Lita war … anders. Besonders.

Er beobachtete, wie sie den Inhalt ihrer Tasche kontrollierte und ihm dabei einen misstrauischen Seitenblick zuwarf. Schließlich schulterte sie ihre Tasche und sah sich auf der Terrasse der Rooftop-Bar um. Den Schatten am Nebentisch schien sie nicht mehr wahrzunehmen.

»'tschuldigung«, nuschelte sie und wollte an ihm vorbei.

Aber Rukar bewegte sich nicht, er starrte sie nur an. *Ich habe es nicht kommen sehen …* Lita hatte kämpfen wollen. Sie war davon überzeugt gewesen, dass sie zusammen eine Chance hatten, weil sie anders waren. Sie gehörten nicht nur in eine Welt, sie beide wandelten zwischen den Welten. Jenseits der Regeln, die Äon den Menschen, Unsterblichen, Kami, Weberinnen und allen anderen auferlegt hatte.

Sie war ohne Faden, da sie nie hätte geboren werden sollen. Er war … was war er? Der Sohn einer Weberin. Ein Fehler im System.

Unsicher musterte Lita ihn, doch er gab den Weg nicht frei. Wenn er sie jetzt ziehen ließ, gab er auf und fügte sich Äon. Genau das, was Lita nicht gewollt hatte! Sie hatte recht: Unter keinen Umständen wollte er sein Leben bis zum Ende aller Tage in Asche fristen, wissend, dass er es nicht mal versucht hatte.

Sie beide. Sie hatten eine Chance, die Schatten aufzuhalten und die Menschen wieder zurückzuholen. Sie konnten zwischen den Welten wandeln. Sie konnten Äon ausfindig machen. Sie konnten die Quelle des Schicksals finden, die Geschichte umschreiben und so die Menschen retten. Eine Schicksalslose und ein Weberinnensohn. Was immer das bedeutete.

Sein Blick wanderte zum Kaffee, der verschüttet vom Tisch tropfte.

»Also, es tut mir leid. Ich will mit dir keinen Streit oder so.« Lita hatte sich die Tasche wie einen Schutzschild vor die Brust gezogen. »Aber ich möchte jetzt gehen. Lass mich durch!«

»Warte!« Er packte sie am Arm und drückte sie auf die Bank.

»Nein – hey, nimm deine Pfoten von mir!« Lita schlug ihn. Sie war stark, doch er ließ sie nicht los.

»Halt still!«, zischte er sie an und konzentrierte sich.

Wie viel Zeit war vergangen? Konnte er so weit zurück? Normalerweise drehte er nur einige Sekunden, jetzt musste er vermutlich fünf Minuten überspringen.

Lita versuchte noch immer, sich aus seinem Griff zu winden.

Er schloss die Augen und atmete ein.

Für eine Sekunde erschrak er. Der Fluss der Zeit hatte sich verändert. Umflossen ihn sonst breite schillernde Ströme, waren es nun nur wenige. Und sie waren dünn, kaum greifbar.

Entschlossen packte er den Zeitstrom, der ihm am nächsten war, und zog. Ihm wurde schwindelig. Er ließ Lita los, taumelte, traf irgendwie die Bank, setzte sich und zog mit all seiner Kraft an der Zeit. Der Strang war schmal und zäh. Alles um ihn herum flirrte, er konnte nicht mehr scharf sehen. Seine Kraft reichte kaum aus. War es genug?

Nach Luft ringend öffnete er die Augen. Ihm war schwindlig und er erkannte Lita nur schemenhaft.

»Nein!«, fuhr Lita ihn da an. »Lass das!«

Verdammt. Es war zu viel für ihn. Er konnte keine so große Zeitspanne überspringen. Anscheinend hatte Äons Ende der Welt auch Einfluss auf die Zeitströme. Erschöpft vergrub er sein Gesicht in den Händen. Er hatte versagt. Die einzige Chance auf Rettung – das einzige Mädchen auf der Welt, das …

Ihr Schlag traf ihn wie immer überraschend. »Hör auf, dich zu verstecken! Wir zwei müssen Äon besiegen!«

Er hob den Kopf und starrte sie an.

Ihr Blick glühte. Voller Leidenschaft und Kampfgeist. »Du und ich – *wir können das!* Wir beide, wir sind die Einzigen, die gegen Äon antreten können!« Sie stand auf und beugte sich zu ihm vor. »Komm mit!«

Die Erde hätte beben müssen, als der riesige Fels aus Schuld, der ihn schier erdrückt hatte, von ihm plumpste. Rukar sprang auf, lachte und beugte sich ihr entgegen. »Und wie wir das können!« Ihm war noch immer schwindelig, der Zeitsprung hatte ihn Kraft gekostet.

»Weil ich weiß, dass deine Mutter eine Weberin ist!« Sie strahlte ihn an. Der Tisch stand zwischen ihnen und er beugte sich so weit vor, dass ihre Gesichter sich ganz nah waren. »Sind wir Cousin und Cousine?«, fragte er unsicher.

»Deshalb kannst du jederzeit in den Turm!« Sie war ihm jetzt so nah. In ihren Augen loderte Entschlossenheit. Alles an ihr schien zu strahlen. Sie war hinreißend.

»Du bist etwas ganz Besonderes.« Sie lächelte ihn an. »Äon hat dich nicht geplant. Du bist nicht im System! Genau wie ich!«

»Ich folge dir.« Da bemerkte er, wie sie nach dem Kaffee griff. Sofort schlug er ihr den Becher aus der Hand. Er zerbrach klirrend auf dem Boden. »Du brauchst kein Aufputschmittel mehr.«

Verwundert sah sie ihn an. Noch immer beugten sie sich über dem Tisch zueinander ... So nah ... *Sie ist ein Wunder. Ich könnte mich in dieses Mädchen verlieben.*

23
RUKAR

Du willst also zu Äon?« Rukar musterte Lita. Sie hatten die Rooftop-Bar verlassen und liefen in Richtung des Weberinnenturms. Die nächtlichen Straßen waren nur noch spärlich befahren, die meisten Londoner lagen schon lange in ihren warmen Betten. Zumindest hoffte er das.

»Wir müssen das Schicksal umschreiben. Einen Zauber finden, der die Schatten wieder zurückverwandelt.« Lita eilte die Straße hinunter. »Es gibt doch noch mehr Wesen als nur Kami und Unsterbliche. Sind sie magisch? Könnten wir eins finden, das den Fluch der Fäden umkehren kann?«

»Das kann ich rausfinden, ist sozusagen mein Spezialgebiet. Ich hab mich zu oft für Wook bei den Nachtwandlern und anderen Chimären herumgetrieben. Wenn es etwas gibt, spüre ich es auf.«

Sie strahlte ihn an. »Sehr gut.«

Das war ein Anfang. Er spürte, dass Lita nichts unversucht lassen wollte, um Äons Plan für das Ende der Welt zu durchkreuzen. Einem Impuls folgend, griff er nach der Zeit. Er wollte sie anhalten, um Lita zu betrachten, sich ihr Strahlen einzuprägen, ihre Zuversicht. Aber – da war nichts. Wo war der Zeitenfluss? Verwirrt starrte er sie an. Auf der Dachterrasse hatte er schon kaum die fließenden

Bänder der Zeit wahrgenommen. Doch er hatte geglaubt, es läge an ihm.

»Ich gehe ins Archiv. Auch wenn Elaine die Prophezeiung über das Ende der Welt geheim gehalten hat, muss es Hinweise darauf in den Teppichen geben.«

Er nickte verwirrt. »Sobald ich etwas herausgefunden habe, komme ich zu dir.« Was war mit der Zeit passiert?

Sie warf ihm ein Lächeln zu. »In den Turm? Soll ich dir ein Fenster offen lassen?«

Er war der Sohn einer Weberin. Und Jin sein Vater! Kurz strauchelte er, als ihm bewusst wurde, was das bedeutete. Kein Unsterblicher konnte den Fluss der Zeit manipulieren, sein Talent war also nicht das Erbe seines Vaters. Seine Kraft und Stärke, ja, die hatte er gewiss durch das Blut eines Unsterblichen. Aber das Spiel mit der Zeit und die Fähigkeit, sie anfassen zu können ... Die Schicksalsfäden!

Lita musterte ihn. »Was ist? Hast du Angst vor Elaine?«

»Nein«, wiegelte er sofort ab. Doch in seinem Kopf kreiste nur ein Gedanke: Er konnte die Schicksalsfäden sehen. Natürlich! Es floss das Blut einer Weberin in ihm! Er konnte sie anfassen und ... zurückziehen, anhalten, an ihnen entlang in die Zukunft sehen.

»Na dann. Wir sehen uns im Turm.« Sie wandte sich um und lief los.

Lächelnd starrte ihr nach. Die Straße war nur spärlich beleuchtet, die kleinen Geschäfte hatten schon vor Stunden ihre mit Graffiti gestalteten Rollläden vor Fenster und Türen gezogen.

Das Geschenk seiner Mutter an ihn war die Gabe, mithilfe der Fäden die Zeit zu manipulieren. Was er immer für die Flüsse der Zeit gehalten hatte, waren die Schicksalsfäden der Menschen.

Lächelnd beobachtete er Lita, die die Straße hinabeilte. Mit jedem Schritt entfernte sie sich weiter vom Schicksalsturm. *Sie hat keinen Faden,* dachte er amüsiert. Deshalb konnte er ihre Handlungen nicht voraussehen. *Und deshalb verirrst du dich ständig, Lita.*

»Hey!«, rief er und rannte ihr nach.

Sie drehte sich zu ihm um. »Noch was unklar?«

Er lächelte. »Nein. Ich denke, ich habe jetzt alles begriffen.«

»Gut. Dann los!« Sie wollte weiter, doch er hielt sie zurück. »Was denn?«, fragte sie ungeduldig, schien dann aber zu ahnen, was los war, und warf einen unsicheren Blick die Straße hinab.

Die umliegenden Gebäude hatten nur zwei Stockwerke, sodass man eigentlich die Hochhäuser der City hätte sehen müssen.

Er nahm sie an den Schultern und drehte sie in die entgegengesetzte Richtung. »Da musst du lang, immer geradeaus. Dort ist dein Turm.« Er deutete auf den hohen Schatten, in dem sich beleuchtete Fensterquadrate in einer Spirale emporwanden. The Gherkin.

Lita seufzte. »Du musst mich für völlig bescheuert halten.«

»Quatsch!« Er lachte. »Es ist doch nicht deine Schuld, dir fehlt ein Faden, der dich ans Ziel leitet.«

Ihrem verblüfften Gesichtsausdruck nach zu urteilen, hatte sie darüber noch gar nicht nachgedacht.

»Also, Lita-ohne-Faden – wir sehen uns morgen und

retten die Welt!« Er wusste, dass sie es schaffen konnten. Er konnte die Zeit verändern, konnte Geschehenes auslöschen. Und Lita ... Litas Handlungen konnte niemand voraussehen. Nicht einmal Äon.

Litas Kuss, den sie ihm auf die Wange drückte, hatte er ebenfalls nicht kommen sehen.

»Wir retten die Welt!«, flüsterte sie mit einem funkelnden Lächeln und rannte los.

Erstarrt, als hätte die Zeit ebenso wie sein Herz einen Moment lang ausgesetzt, stand er da und fühlte der sanften Berührung ihrer Lippen nach. Ein Lächeln schlich sich auf seine Lippen. Kurz schaute er Lita hinterher, wie sie auf den Turm zurannte, dann blickte er sich nach einem Zugang zu den Dächern um.

Er fand eine schmale Gasse, in der ein Müllcontainer vor einem Regenrohr abgestellt war. Behände kletterte er hinauf und erklomm das Dach.

Die Nacht über London funkelte in Abertausend bunten Lichtern. Big Ben, St. Paul's und das London Eye strahlten weithin. Er warf einen Blick zurück zum Turm. Hanna würde ihn vierteilen, wenn sie Lita sah. Allerdings glaubte er fest daran, dass Hanna verstehen würde, warum er Lita den Trank nicht gegeben hatte, wenn sie sah, wie sehr Lita bereit war zu kämpfen.

Er wandte sich in Richtung des Kami-Viertels und überflog eine Häuserschlucht mit einem eleganten Sprung.

Auch wenn er Litas Zuversicht teilte, bekam er Kopfschmerzen, sobald er versuchte, die Zusammenhänge wirklich zu verstehen. Lita hatte keinen Faden, ihr Handeln war unvorhersehbar, aber dennoch hatte Äon sie in seinem Orakel vorherbestimmt. Für Rukar hatte es einen ganzen Teppich knüpfen und einen Lebensweg darauf fixieren lassen, obwohl Rukar die Möglichkeit hatte, die Zeit und damit die Ereignisse zu verändern. Wieso war bisher alles so passiert, wie Äon es wollte, wenn es – wie Lita glaubte – keine Macht über sie und Rukar besaß?

Er sprang über eine weitere schmale Straße hinweg auf das gegenüberliegende Dach. Wenn er länger über dieses Paradoxon nachdachte, wurde ihm noch schwindelig. Lita tat das einzig Richtige: Sie rebellierte. Er musste fest daran glauben, dass sie gegen Äon gewinnen würden.

Als er Neal's Yard erreicht hatte, ließ er sich in die Straße vor dem Torbogen hinunterfallen. Hier torkelten noch immer einige späte Nachtschwärmer durch die Straßen, die aus einem Theater oder Club gekommen waren. Aber keiner würde ihn bemerken, wenn er in die Welt der Kami schlüpfte, dafür hatten sie zu viel getrunken.

Gerade als er auf den Durchgang zu den Hinterhöfen zusteuerte, bemerkte er einen Schatten bei einer Laterne. Zögernd trat Rukar auf ihn zu. Von dem rauchigen Schemen ging eine unfassbare Traurigkeit aus, die ihn erschaudern ließ.

»Entschuldigung?«, sprach er den Schatten an. Kaum merklich veränderte sich dessen Silhouette. Hatte er sich ihm zugewandt? Zögernd streckte Rukar die Hand nach dem geisterhaften Schatten aus. Ihm war, als weiche der dunkle Rauch vor ihm zurück. Entsetzt sah Rukar ihn an. Er reagierte auf ihn! »Du lebst!«, flüsterte er. Eindeutig nahm dieser dunkle Nebel ihn wahr! »Weißt du, wer du bist?«

Der Schatten näherte sich kaum merklich. Nickte er etwa? Rukar schnürte es die Kehle zu. Die Schatten wussten, wer sie waren. Sie erinnerten sich an ihr Leben! Was für ein Albtraum. Es musste sich anfühlen, wie lebendig begraben zu sein …

»Wir kriegen das wieder hin«, murmelte er erschüttert. »Ich werde alles dafür tun, dass ihr zurückkommt.«

Er wandte sich ab und rannte in den Durchgang. Äon war ein Sadist! Er würde alles daransetzen, was in seiner Macht stand, um Äons Pläne zu durchkreuzen. Es musste einen Weg geben, die Menschen zurückzuholen!

Allein die Vorstellung, welche Qual die zu Schatten gewordenen Menschen durchlitten, jagte ihm einen Schauer über den Rücken. Eilig drückte er die Mauersteine in der Wand, um den Schleier durchschreiten zu können, der die Menschenwelt vom Kami-Bezirk abgrenzte.

Als Wanderer zwischen den Welten hatte er einiges über die Mechanik der Dinge gelernt: Nichts löste sich für immer auf. Es wurde nur in einen anderen Zustand transferiert oder auf eine andere Ebene der Welt. Deshalb war er sich sicher, dass die Menschen wieder zurückkehren konnten. Und wenn er die Zeit um Tage zurückdrehen musste. Er würde es schaffen! *Denn hey, es haben schon Weberinnen Söhne geboren. Also ist nichts unmöglich.*

Der schmale Hinterhof, in dem die Kami Londons hausten, lag verlassen und düster da. Die Marktstände waren zugeklappt oder mit regenfesten Planen abgedeckt. Licht drang zwischen den Lamellen der Fensterläden hindurch, hinter denen die Kami in kleinen Wohnungen lebten. Eigentlich brauchten sie kein Dach über dem Kopf, denn die Kami lebten in der Natur der Dinge. Sie waren wie Seelen von Bäumen, Steinen oder einem plätschernden Bach. Kami aßen nicht und brauchten auch keinen Schutz vor Regen oder Schnee. Doch die Kultur der Menschen, ihre Erfindungen und Wohlstandsgüter hatten unzählige Kami in ihren Bann geschlagen. Und so zwängten sie sich seit einigen Jahrzehnten in diesen Hof, um sich mit dem – in Rukars Augen sehr zweifelhaften – Zauber der künstlichen Menschendinge zu umgeben.

Geduckt betrat er den Red Dragon und sah sich im Pub um. Fast alle Tische waren leer, was sehr ungewöhnlich war zu dieser Uhrzeit. Eigentlich hatte er gehofft, mit einem halben Dutzend Kami sprechen zu können, die sich tagsüber in verschiedenen Gebieten herumtrieben und erst abends auf ein Pint zusammenkamen.

»Wo sind denn alle?«, fragte er den Barkeeper verdutzt. Der kleine Mann stand wie immer auf seinem Schemel und polierte übellaunig seine Gläser.

»Aus welchem Loch bist du denn gekrochen!«, polterte er ihn an. »Haben es dir deine unsterblichen Freunde nicht gesteckt?«

Unsicher sah Rukar sich um. Nur zwei Tische waren besetzt. Weiter hinten, im schummrigen Schein eines Ewigkeitslichts, saßen drei Steinkami. Vermutlich waren sie über ihrem Bier eingeschlafen, denn sie rührten sich nicht. Gleich vorne, unweit der Bar, saß ein junger Mann ganz in Grün mit einer Frau, die jeder nur Unke nannte. Sie behauptete von sich, eine Hellseherin zu sein, prophezeite aber nur schreckliche Dinge, was ihr den Namen eingebracht hatte.

Nachdenklich musterte Rukar die leeren Tische. Kami hatten keinen Faden, sie waren also nicht zu Schatten geworden. Normalerweise hätte es um diese Uhrzeit rammelvoll sein müssen.

»Die Welt endet!«, blaffte der Wirt ihn an. »Wer sich hier das Ende nicht schöntrinkt, ist zu Hause und bunkert sich ein.«

Dann hatten diese weltbewegenden Neuigkeiten also auch diesen Winkel der Welt erreicht. »Einbunkern ist demnach die bessere Alternative?«, murmelte Rukar. Der Red Dragon war der einzige Pub im Kami-Viertel und das Kaffeeangebot hier echt mies, der Kaffee schmeckte ebenso schal wie das Bier. Irgendwie konnte Rukar die Entscheidung der Kami sogar nachvollziehen. Vermutlich saßen sie in ihren Wohnungen und polierten ihre Sammlungen an Menschendingen, an die sie ihr Herz gehängt hatten.

Der Wirt stützte sich auf dem Tresen ab und sah Rukar scharf an. »Hast du was gegen mein Bier?«

Abwehrend hob Rukar die Hände. Bei manchen Kami musste man aufpassen, was man dachte. Sie spionierten gerne in den Gedanken ihres Gegenübers herum. »Wie käm ich dazu. Ich trinke nie Bier.« Hastig wandte er sich ab, bevor er noch gezwungen wurde, einen Kaffee zu bestellen.

Er schnappte sich einen Stuhl und zog ihn geräuschvoll an den Tisch, an dem die Unke saß. Er gab wenig auf ihre theatralischen Darbietungen und düsteren Orakel. Doch vielleicht konnte sie ihm einige Fragen beantworten. Sie war das Beste, was er hier momentan kriegen konnte.

Ungefragt stellte er den Stuhl neben sie und setzte sich.

»Schönen guten Abend«, sagte er freundlich und nickte auch dem grün gekleideten Mann zu. Er war ziemlich jung, zumindest dem Aussehen nach. Kami konnten ihre Erscheinungsform frei wählen und dieser Kami schien es cool zu finden, wie ein Zwanzigjähriger auszusehen.

»Du bist hier nicht erwünscht!«, fauchte die Unke Rukar an. Sie hatte ein Faible für luftige, wehende Stoffe, die sie allesamt nebelgrau färbte. Als Rukar sie das erste Mal getroffen hatte, hatte er sie für eine Regenkami gehalten.

»Ja, schon klar.« Die alte Leier: Er war keiner von ihnen. Aber zum ersten Mal in seinem Leben traf ihn die Abweisung nicht. Und fast hätte er zufrieden gelächelt. »Es ist wichtig. Du musst mir helfen.«

»Du steckst doch mit dieser Weberin unter einer Decke«, murrte sie.

»Tue ich das?« Jetzt konnte Rukar sich das Lächeln nicht mehr verkneifen.

Der Unke hingegen war offensichtlich nicht zum Lachen zumute. Finster starrte sie ihn an und brachte es fertig, ihre grauen Stoffe so wehen zu lassen, als wären sie tatsächlich aufsteigender Nebel. »Ich hab dich gesehen«, zischte sie.

Rukar horchte auf. »Wo? Wo hast du mich gesehen?«

»An einem Ort, der nicht auf dieser Welt ist.«

Der grüne Kami verschluckte sich an seinem Tee und verkniff sich ein Lachen.

»Schön für ihn, nicht wahr?«, meinte sie zum Kami. Sie machte keinen Hehl aus ihrer Abneigung gegen Rukar. »Während wir hier verrotten, können sich die Unsterblichen weiterhin die Sonne auf ihre Kugelbäuche scheinen lassen.«

Rukar runzelte die Stirn. »Du meinst, du hast mich in der Stadt der Unsterblichen gesehen?« Warum sollte er dorthin? Würde er dort den Zauber finden, um die Menschen zurückzuholen?

»Oft verkennen die, die ein Orakel erhalten, dessen wahren Kern«, meldete sich der Kami zu Wort und lächelte Rukar vielsagend an.

»Und du bist …?« Hin und wieder hatte er diesen auffälligen Kerl schon gesehen, aber er hatte keine Ahnung, wie er hieß und welcher Berufung er nachging. Da er jedoch einen intensiven Duft von Erde und Blumen verströmte, ordnete er ihn in die Sparte Naturkami ein. Hier in London eine ziemlich undankbare Aufgabe.

Der Kami neigte höflich den Kopf. »Faine. Glückskami. Freund der Familie.«

»Von welcher Familie?«, fragte Rukar irritiert.

»Jeglicher.« Schmunzelnd nahm er einen Schluck Tee und musterte Rukar neugierig. »Du und Lita – ihr wollt also etwas unternehmen? Gegen den Weltuntergang?«

Faine … Nun erinnerte sich Rukar, diesen Namen schon mal von Lita gehört zu haben. Er hatte versucht, ihr zu helfen, was allerdings wenig bis gar nicht funktioniert hatte. Na wunderbar. Ausgerechnet dieser Unglücksrabe musste ihm nun über den Weg laufen.

»Ja, richtig. Es wird keinen Weltuntergang geben«, meinte er kurz und wandte sich erneut an die Unke. »Also noch mal zu dem Ort, wo ich angeblich hingehe – wie sah der aus?«

Doch Unke kniff nur die Augen zusammen und starrte ihn so durchdringend an, dass er das Bedürfnis verspürte, doch lieber anderswo nach Antworten zu suchen. Aber er blieb. Sie wusste mehr, er musste es nur aus ihr herauskitzeln.

»Alles ist ein Kreislauf«, mischte sich schon wieder dieser Faine ein. »Auf den Sommer folgt der Herbst, der in den Winter übergeht. Aus ihm entspringt der Frühling –«

Eindeutig ein Naturkami, stellte Rukar fest. »Hast du einen Zweitjob als Orakel?« Es tat ihm etwas leid, dass er so patzig klang. Aber die Zeit lief und er hatte keine Idee, wie er den Schatten helfen konnte.

»Ich bin einfach schon lange im Geschäft.« Gelangweilt winkte Faine ab.

»Das freut mich für dich. Du aber doch auch, Unke«, wandte er sich wieder an die Frau. »Du hast mich in deinen Visionen an einem Ort gesehen, der nicht in dieser Welt ist. Kannst du mir mehr darüber erzählen?«

»Ich darf dir nichts sagen. Es ist nicht gesund, über die eigene Zukunft Bescheid zu wissen.«

Rukar sog scharf die Luft ein. Er brauchte jetzt einen großen, starken Kaffee – den er leider in dieser Kaschemme nicht bekam. Seine Nerven mussten ohne Unterstützung auskommen. »Dann sag mir alles, was du über die Asche weißt!«

Faine ließ den Kandiszucker in seiner Teetasse kreisen, die mit einem asiatischen Kirschblütenmotiv geschmückt war. Der Zuckerkristall klirrte nervtötend laut.

»Was interessiert es dich?« Ungehalten zog die Unke ihre Nebelstoffe enger um sich. »Die Welt wird grau. Alles Lebendige wird nur noch ein Schattenbild sein.«

»Wusstet ihr, dass Schlangen, wenn sie wachsen, einfach ihre alte Haut abstreifen?«, sagte Faine und musterte Rukar lächelnd.

»Schlangen?« Der Kami war offensichtlich nicht zurechnungsfähig. Lita hatte Glück, dass ihr nichts Schlimmes zugestoßen war, als sie sich auf seine Ratschläge verlassen hatte.

»Dort, wo er hingeht, gibt es keine Schlangen«, nuschelte die Unke. Ihr Blick war in eine unsichtbare Ferne gerichtet. »Obwohl jeder, der kann, dorthin flüchten wird.«

»Jeder der kann, flüchtet *wohin?«* Damit war die Stadt der Unsterblichen wohl ausgeschlossen. Von welchem Ort sprach sie?

»An den Ursprung.«

Den Ursprung? Was meinte sie denn damit? Die alten Legenden erzählten vom Ursprung der Welt – dem Ort, an dem Äon den Urbaum gepflanzt und die ewige Quelle aus dem Boden gebrochen hatte. War das etwa ein realer Ort?

Faine lachte. »Deine Orakelsprüche werden immer besser, Unke. In dem Zusammenhang sollten wir auch den Phönix erwähnen. Er gebiert sich selbst aus seiner Asche … ich finde, das würde doch auch gut passen, oder?«

Der Blick der Unke fokussierte sich auf Faine und sie schenkte ihm einen bitterbösen Blick. »Willst du damit sagen, dass ich mir das alles nur ausdenke?«

»Wir sehen, was wir sehen wollen.« Faine nippte seelenruhig an seinem Tee.

»Es gibt nichts zu sehen. Die Welt wird leer sein. Keine Menschen, keine Kami.«

Rukar hatte den Eindruck, dass Unkes Umhang von einem Lufthauch aufgebläht wurde, während sie Faine zurechtwies. Nichts als ein dramatischer Effekt, denn im Pub war es natürlich absolut windstill.

»Und das ist alles, was du gesehen hast?«, hakte Rukar nach. »Wie komme ich zu diesem Ort?«

»Schatten und Asche.« Dann schloss sie die Augen und die Stoffbahnen bauschten sich so um sie, dass ihr Kopf in einer grauen Wolke verschwand.

Gerade wollte Rukar sie antippen, da legte Faine ihm die Hand auf die Schulter. »Lieber nicht. Sie kann sehr jähzornig werden.«

»Ich brauche mehr als *Schatten und Asche.* Das wissen wir längst. Wir müssen Äon finden!«

Erstaunt zog Faine die Brauen hoch. »Na, das nenn ich mal Mut. Gleich zum obersten Chef, ja?«

»Äon hat das doch angezettelt. Wer sonst soll den Weltuntergang stoppen?«

»Oh«, meinte Faine und ließ eine Münze auf den Tisch springen, bevor er aufstand. »Ich dachte, das wäre der Job der Schicksallosen.« Er wandte sich zum Gehen, aber Rukar setzte ihm nach.

»Sekunde, was weißt du darüber?«

Faine zuckte nur mit den Schultern. »Hanna hat mir von diesem Orakelspruch berichtet. Er war der Grund für ihre Flucht. Wir haben so viele Abende, während Klein-Lita nebenan schlief, darüber diskutiert, welche Interpretationen möglich sind. Aber ich habe immer gesagt, dass etwas Entscheidendes fehlt. Dass wir nicht alle Puzzleteile kennen.«

Fieberhaft ging Rukar den Spruch noch einmal durch, den Lita ihm gesagt hatte. »Welches Puzzleteil hat euch damals gefehlt?«

Faine war zum Ausgang gegangen und schlüpfte durch die niedrige Tür. Rukar rannte ihm nach, doch als er vor den Pub trat, waren da nur die Dunkelheit und ein frischer Wind, der mit den Planen der Marktstände spielte. Faine war verschwunden.

24
ELAINE

Elaine starrte abwesend auf ihre Finger, die noch immer von Asche geschwärzt waren. Es hatte also begonnen, die Welt zerfiel, löste sich auf. Das Ende war gekommen.

Zweifel stiegen in ihr auf: Hatte sie jemals eine Chance gehabt, es zu verhindern? Äon hatte ihr Visionen geschickt. Doch nicht, um sie zu warnen, um sie zur Umkehr zu bewegen, wie sie geglaubt hatte. Es hatte sie vorbereiten wollen, damit es leichter war, das Ende anzunehmen.

Sie hob den Blick und sah sich um. Vor dem Weltenraum versammelten sich ihre Weberinnen. Sie hatte sie rufen lassen. Zwei von ihnen schleppten aus dem Speisesaal einen Stuhl heran und platzierten ihn auf Hannas Anweisung hinter Elaine.

Sie warf ihrer Tochter einen verärgerten Blick zu.

»Ich bin nicht schwach«, zischte sie und trat demonstrativ von dem Stuhl weg. Sie war die Oberste Weberin. Sie würde ihre letzte Ansprache nicht wie eine gebrechliche alte Frau halten.

Hannas Blick blieb an Elaines rußgeschwärzter Hand hängen und sie runzelte besorgt die Stirn. Elaine konnte ihrer Tochter ansehen, dass sie etwas erwidern wollte, aber sie schwieg, wandte sich stattdessen ab und trat zurück.

Gut so. Dies hier war ihr Turm. Und sie würde bis zum Ende die Oberste Weberin bleiben.

Zufrieden blickte sich Elaine um. Alle waren gekommen und erwarteten die Ansprache ihrer Anführerin. Sie versuchte, sich aufzurichten, um ihren Weberinnen zu zeigen, dass sie noch immer Kraft und Energie hatte.

Auf der Plattform vor dem Weltenraum, auf der Treppe, ja sogar in den Ästen des Baums, hatten sich Weberinnen versammelt. Melancholisch musterte Elaine ihre Gesichter. So viele von ihnen kannte sie schon aus Kindertagen. Andere hatte sie aufwachsen sehen und sie die Kunst des Webens gelehrt. Aus ihren Blicken sprachen Sorge und Angst. Der Schock von Misanos Überfall saß vielen noch in den Knochen.

Langsam hob Elaine ihre geschwärzte Hand. Gemurmel erfüllte die Luft.

»Es hat begonnen!«, rief sie und das Murmeln erstarb. »Die Fäden der Menschen zerfallen zu Asche.«

Ein erschrockenes Raunen ging durch die Menge. Doch Elaine ließ sie nicht lange spekulieren, was dies für Konsequenzen haben mochte. »Wir können daran nichts ändern. Es ist Äons Wille.« Sie holte tief Luft und straffte die gebeugten Schultern, obwohl die Rippe sich sofort schmerzhaft bemerkbar machte. »Nur Äon in seiner Weisheit kennt die Notwendigkeit. Unsere Aufgabe ist es, ihm zu folgen.«

Hanna beobachtete sie mit verschlossener Miene und Elaine meinte, tiefe Missbilligung darin zu lesen. Ihre

Tochter wusste nicht, welch große Opfer sie als Oberste Weberin bringen musste. Elaine hatte zu lange ihr Herz regieren lassen. Allein für ihre hilflose Liebe zu Hanna mussten die Menschen nun den Preis bezahlen. Äon hatte ihr schmerzhaft zu verstehen gegeben, dass sie nichts anderes war als sein Werkzeug. Es spielte keine Rolle, was sie für sich selbst, für ihre Lieben erhoffte. Nun war es zu spät. Dennoch wollte sie Äon beweisen, dass sie ihm folgte, demütig und gehorsam. So wie es sich für eine Oberste Weberin gehörte.

»Bitte stellt euch darauf ein«, wandte sie sich erneut an die versammelten Weberinnen, »dass in wenigen Stunden kein Faden mehr existieren wird. Alles Leben endet. Auch das unsere.« Ein letztes Mal legte sie alle Kraft, die ihr noch zur Verfügung stand, in ihre Stimme. »Dies ist das Ende unserer Welt.«

Nun wogte nicht nur ein Raunen durch die Weberinnen, jene, die auf der heraufführenden Treppe standen, gerieten in Aufruhr. Elaine fürchtete schon, Panik würde ausbrechen, doch dann begriff sie, dass sich jemand durch die Menge nach vorne drängte.

»Hört nicht auf sie!«

Elaine erstarrte. Ihr Blick flog zu Hanna, die sich am Stuhl festhielt und mit einem überraschten Lächeln zur Treppe sah.

Und da trat auch schon Lita hervor. Verschwitzt und außer Atem kam sie vor Elaine zum Stehen und wandte sich an die Weberinnen. »Wir sind die Hüterinnen des Schicksals! Die Fähigkeiten der Weberinnen erschaffen die Fäden. Ihr knüpft sie an die Leben der Menschen und lenkt sie sicher ihren Lebensweg entlang. Wendet euch nicht ab, nur weil die Fäden erkrankt sind! Es ist egal, ob Äon die Auslöschung der Welt geplant hat oder nicht. Wir sind diejenigen, die die Verantwortung für die Menschen da draußen tragen. Und wir werden ihre Leben nicht aufgeben – das ist unsere wahre Aufgabe!«

Elaine räusperte sich und legte Lita die Hand auf die Schulter. »Schweig!«, murmelte sie warnend. »Du hast keine Ahnung, wovon du redest!«

Lita zog ihre Hand weg, ohne Elaine anzusehen. »Ich mag noch nicht lange bei euch sein und auch ich bin blind Äons Weisung gefolgt. Doch ich habe das Leid der Menschen gesehen. Es ist nicht richtig, dass sie zu Schatten werden! Deshalb ist es an der Zeit zu kämpfen!«, rief sie. »Wir geben die Welt nicht auf, denn wir sind keine emotionslosen Werkzeuge von Äon. Auch wir lieben jemanden! Lasst uns alles tun, um die Leben zu schützen!«

Wütend zerrte Elaine an Lita, aber ihre gebrochene Rippe machte es unmöglich, sie beiseitezudrängen. Ein Stöhnen unterdrückend schob sie sich vor sie. »Lita ist keine Weberin. Sie selbst hat das Ende der Welt gebracht, so, wie es Äons Wille war! Niemand kann sich gegen das Schicksal stellen. Und auch eine Weberin wird dies niemals tun!«

Wieder flammte Unruhe unter den Weberinnen auf. Elaine sah, wie sie zu diskutieren begannen. Aber es gab nichts zu diskutieren. Äon hatte entschieden und sie mussten sich widerspruchslos fügen!

Doch Lita ließ sich nicht den Mund verbieten. Erneut trat ihre Enkelin vor. Wütend hieb Elaine mit dem Gehstock nach ihr, da rief Lita unbeirrt: »Unsere Aufgabe ist es nicht, Äon zu gehorchen! Unsere Aufgabe ist das Leben der Menschen. Sie brauchen einen Faden, der sie leitet. Sie brauchen *uns*, die über sie wachen, die ihnen den Lebensfaden knüpfen, wenn sie diese Welt betreten, und ihn kappen, wenn ihre Zeit gekommen ist. Das ist unsere Verantwortung!«

Sie zog etwas aus ihrer Tasche und hielt es hoch. Es war eine strahlend weiße Schicksalsfrucht. »Äon schert sich nicht um die Neugeborenen. Äon sucht das Chaos. Er will die Menschen leiden sehen. Bitte! Lasst uns die Menschen retten und beschützen!«

Die Stimmen der Weberinnen wurden lauter. Worte flogen hin und her und der Schicksalsbaum summte davon wider.

Elaine packte Lita und drehte sie zu sich. »Was tust du denn da? Du kannst dich nicht gegen Äon auflehnen!«

Doch ihre Enkelin machte sich von ihr los. »Du hast nichts verstanden, Elaine!«, zischte sie. »Es geht nicht darum, sich hinzusetzen und zu klagen und zu warten, bis dein Leben ohne dich abgelaufen ist. Du musst dein Leben gestalten. Du musst es mit Herz und Seele lieben und leben.«

Das Feuer, das in Litas Blick loderte, erschreckte Elaine. Sie wich einen Schritt vor ihrer Enkelin zurück. »Das ist Irrsinn«, flüsterte sie. »Das Schicksal ist festgeschrieben. Du kannst es nicht ändern. Äons Wille muss geschehen!«

»Muss er? Ich bin hier, oder? Mum ebenfalls. Und noch jemand lebt, der nach Äons Willen gar nicht existieren könnte. Mach deine Augen auf, Elaine!« Lita lachte. »Äon hat dich verlassen.«

»Du bist von Sinnen!«, fauchte Elaine und wandte sich wieder an die Weberinnen. »Meine Enkelin Lita hat in den letzten Tagen viel durchmachen müssen. Ihr kennt sie nicht, da sie außerhalb des Turms aufgewachsen ist. Ihre Fähigkeiten waren durch einen Zauber blockiert.« Elaine schenkte ihr einen mitleidigen Blick. »Es tut mir leid, doch sie weiß nicht, wovon sie spricht. Sie ist keine von uns.«

Da wühlte sich aus der Menge auf der Plattform eine weitere Weberin nach vorne. Es war Tegan. »Warum sollen wir weiterhin Fäden knüpfen?«, rief sie Lita zu. »Sind wir nicht alle ohne Äons Pläne besser dran?«

Elaine bemerkte, wie Lita ein Schauder überlief. »Ich war da draußen«, sagte sie leise. Es war jetzt so still im Turm geworden, dass ihre Worte auch die letzte Weberin erreichten. »Bei den Menschen. Meinen Freunden.« Ihre Stimme zitterte. »Ohne Faden können sie nicht leben!«

Gemurmel erhob sich.

»Was meinst du damit?«, fragte Hanna.

»Ihre Leben verlöschen. Aber sie sterben nicht, wenn ihr Faden zu Asche zerfällt, sondern sie werden zu Schatten. Wie schwarze Geister existieren sie weiter, fühlen, erinnern sich und doch sind sie nichts weiter als Vergessene!«

Selbst Elaine erschauderte bei diesem Gedanken. »Das ist nicht wahr!«, rief sie sogleich. Das *durfte* einfach nicht wahr sein, denn es war grausam. Äon war nicht grausam.

Wütend fuhr Lita sie an. »Gehst du eigentlich jemals vor die Tür? Geh raus zu den Menschen, die du hättest beschützen sollen! Sieh nach!« An die Weberinnen gewandt sagte sie: »Ihr beschützt hier die Fäden, aber – wart ihr bei den Menschen? Jeder dieser Fäden ist ein LEBEN!«

Viele Weberinnen schienen verunsichert. Auch Tegan stand noch immer mit verschränkten Armen da und musterte Lita argwöhnisch.

»Weder ihre Mütter noch ihre Kinder, Freunde, Partner – niemand kann sich an diese Menschen erinnern, die zu Schatten werden!«, rief Lita eindringlich. »Keiner weiß, dass sie jemals existiert haben.« Mit einem Blick, der Elaine durch Mark und Bein ging, wandte sich ihre Enkelin erneut zu ihr um. »Du liegst schon wieder falsch, Elaine. Die Welt endet nicht. Sie verwandelt sich in einen leblosen Ort, erfüllt mit den geisterhaften Schatten vergessener Menschen.«

Wütend klammerte sich Elaine an den Stock, auf den sie sich stützte. »Du weißt gar nichts, Lita! Du bist keine Weberin. Die Welt ist ein komplexes Gewebe, das Äon erschaffen hat. Ich bin seine Vertraute, sein Sprachrohr! Ich kenne die Zukunft!«

Lita ballte die Fäuste und für einen Augenblick hatte Elaine den Eindruck, sie würde auf sie losgehen. »Elaine!« Verzweiflung stand in ihrem Blick. »Sieh hin! Die Menschen leiden – und nur weil Äon es befohlen hat, willst du den Menschen dieses Unrecht antun?«

Kaum merklich schüttelte Elaine den Kopf. Niemals. Dies war das Ende der Welt. Sie alle würden sterben. Punkt aus. Ein leerer Planet … Äon ließ den Vorhang vor seine Schöpfung fallen. »Das ist nicht wahr!«, rief sie erneut und versuchte, ihr Entsetzen vor den Weberinnen zu verbergen. »Die Welt endet! Äon hat es mir prophezeit. Es würde nie …«

»Geht auf die Straße, wenn ihr mir nicht glaubt.« Lita

reckte das Kinn. »Aber wir haben keine Zeit zu verlieren! Lasst uns so viele Leben wie möglich mit Fäden verknüpfen. Lasst nicht zu, dass die Menschen zu Schatten werden!«

Aufgeregtes Gemurmel setzte unter den Weberinnen ein. Elaine beobachtete, wie tatsächlich einige die Treppe hinunterliefen, um nach draußen zu gehen. »Was soll das, Lita? Du weißt, dass du ihnen eine Lüge als falsche Hoffnung verkaufst.«

Doch Lita schien jeglichen Respekt vor ihr verloren zu haben. »Hoffnung ist niemals falsch.« Mit diesen Worten wandte sich Lita ab, ging zu Hanna und umarmte ihre Mutter.

Wütend sah Elaine ihr nach. In ihr brodelte es, aber ihre Verletzungen hinderten sie daran, aufzustampfen oder auf etwas einzuschlagen. Wie hatte sie nur so viele dumme Entscheidungen in so kurzer Zeit treffen können! Niemals hätte sie Lita in den Turm mitnehmen dürfen. Und dann hatte sie ihr auch noch den Trank gegeben, um ihre Weberinnenfähigkeiten freizusetzen! Elaine lachte bitter und beobachtete, wie die Weberinnen sich immer mehr zerstreuten. Manche begannen schon eifrig, die wenigen gesunden Früchte zu pflücken. Abfällig wandte sie ihnen den Rücken zu. Es war vergebene Liebesmüh. Nichts würde Äons Willen aufhalten.

Als hätte sie ihre Gedanken gehört, kam Hanna zu ihr. »Lita hat recht, Elaine. Die letzte Zeile – *die Zeit springt, denn was immer war, ist nicht mehr* – bedeutet nicht zwangsläufig, dass die Welt aufhört zu existieren.«

»Sie spricht aber auch nicht davon, dass die Schicksalslose die Welt rettet.« Sie wollte nicht mit ihrer Tochter streiten. In kurzen langsamen Schritten steuerte sie auf das Gespinst zu. Aus ihrer Sicht gab es nichts mehr zu tun oder zu sagen. Lita musste ihre letzten Worte gehört haben und kam auf sie zu.

»Und wenn es ein Neuanfang ist?« Trotzig begegnete Lita ihrem Blick. Für einen winzigen Augenblick flackerte ein Funken Stolz in Elaines Herz auf. Ihre Enkelin war eine Kämpferin. Zu anderen Zeiten, unter anderen Umständen hätte Elaine nicht glücklicher sein können, so eine mutige Enkelin zu haben, doch es waren keine anderen Zeiten. Es war das Ende der Zeit.

»Nun gut. Bitte – beschäftige sie«, murmelte Elaine ruppig. Inzwischen hatte sich das Plateau deutlich geleert, die Treppen waren wieder frei. »Das lenkt sie von ihrem eigenen Tod ab.« Sie humpelte auf den Stock gestützt an Lita vorbei.

Diese zuckte zusammen. »Was?«

Elaine warf ihr einen höhnischen Blick zu. »Du bist aus dem Schneider. Du hast keinen Faden. Aber unsere Fäden sind irgendwo dadrin und werden zerfallen …«

Sie beobachtete, wie Lita zu ihrer Mutter sah, die betroffen den Blick senkte.

Elaine wusste, dass Lita verstanden hatte, und ein befriedigendes Gefühl von Triumph erfüllte sie. Denn *sie* war die Oberste Weberin. Sie wandte sich ab und humpelte in den Weltenraum, um auf das Ende der Welt zu warten.

25

TEGAN

Tegan schlich sich nach Litas Rede aus dem Turm. Hektik war unter den Weberinnen ausgebrochen, fast schon Panik. Hanna organisierte das Chaos und hatte jeder Weberin, die halbwegs einsatzfähig war, Aufgaben zugeteilt. All diejenigen, die normalerweise die Ernte einbrachten, wurden im Haus der Heilerinnen gepflegt. Deswegen mussten Weberinnen dafür abkommandiert werden, die dann jedoch in anderen Bereichen Lücken hinterließen. Außerdem hatten etliche Früchte durch das Eis Schaden genommen.

Lita hatte unnötige Angst verbreitet. Die Menschen starben nicht daran, dass sie keinen Schicksalsfaden mehr hatten. Es war ein Segen!

Ganz sicher.

Hätte Jackson kein Schicksal, müsste er London nicht verlassen, dachte sie. Im Gegenteil. *Wir könnten zusammen sein und glücklich.*

Tegan sog die kalte Herbstluft tief in ihre Lungen. Kopflos war sie durch die Straßen gerannt und stand nun am Ufer der Themse. Sie hatte nicht darauf geachtet, ob diese Schatten, von denen Lita berichtet hatte, ihren Weg kreuzten. Aufgefallen war ihr nichts.

Nachdenklich sah sie auf den Fluss. Die Lichter der Stadt spiegelten sich bunt und fröhlich auf dem schwarzen Wasser. Spaziergänger hatte sie nur wenige getroffen. In dieser Gegend gab es allerdings auch kaum Pubs und Bars. Wie spät mochte es sein? Vermutlich Mitternacht.

Sie kletterte auf die Kaimauer und blickte hinab auf die Wellen, die seit Jahrhunderten in steter Wiederholung an dieses Ufer schwappten, mal stärker, mal schwächer. Aufgewirbelt durch Schiffe, aufgepeitscht von Regen, verborgen von Nebel. Aber sie waren immer da.

Genau wie das Schicksal.

Noch nie hatten Menschen ohne Schicksalsfaden gelebt. Sie konnten ihn nicht sehen, doch sie waren daran gebunden, wurden von ihm geführt. Oft in Richtungen, die sie freiwillig nie eingeschlagen hätten.

Fast schon ängstlich wandte Tegan sich um und warf einen Blick zurück zum Turm. Rote Lichter umkränzten seine Spitze, während sich silbrig weiße Lichtbänder an ihm herunterschlängelten. Die Menschen waren noch wach. Arbeiteten, lebten, liebten und feierten – nicht ahnend, dass nur eine Handbreit von ihnen entfernt eine andere Welt existierte, die mit ihrer untrennbar verbunden war. Die ihr Leben erst zu dem machte, was es war.

»Ein Gefängnis«, murmelte Tegan und beobachtete, wie einige Lichter im Turm erloschen und andere aufflammten.

Ein Gefängnis. Genau so hatte sie es empfunden, als sie vorhin geflüchtet war. Der Schmerz, den das Schicksal ihr zugefügt hatte, weil es nicht zuließ, dass Jackson und sie glücklich waren, brannte tief in ihr. Als Weberin entwirrte sie Knoten in Schicksalsfäden, die nicht sein durften. In den letzten Jahren hatte sie sich immer öfter vor ihrem Dienst gedrückt. Sie hatte es vermieden, Aufgaben anzunehmen, bei denen sie einen Menschen auf einen Weg bringen musste, den er nicht beschreiten wollte.

Die Liebe hält sich nicht an Orakelsprüche. Jins Worte schlichen sich in ihr Gedächtnis. *Eine Schande, diese dummen Schicksalsfäden.* Sie musste lachen – bitter, mit Tränen.

Ja, es war eine Schande.

Noch einmal sah sie zum Turm, in dem Lita und die anderen fieberhaft daran arbeiteten, die Fäden und damit das Schicksal zu retten. Dann sprang sie von der Kaimauer zurück und lief das Ufer entlang Richtung Millennium Bridge.

Die Fäden zerfielen. Elaine hatte ihnen die Asche gezeigt. Ihr Blick suchte nach einem Schatten. Wo waren diese gequälten Seelen, von denen Lita berichtet hatte? Sie konnte keine entdecken.

Tegan beschleunigte ihre Schritte.

Auch wenn sie nicht nachvollziehen konnte, warum Lita sie alle belügen sollte – die Fäden verschwanden wirklich! Sie lösten sich auf und damit erlosch das auf ihnen festgeschriebene Schicksal!

War es möglich, frei zu sein?

Lita war ohne Faden geboren worden. Sie lebte, es ging ihr gut und sie tat, was sie für richtig hielt. Sie hatte einen freien Willen.

Tegan begann zu rennen. Sie war eine Weberin. Sie gehörte zu den Frauen im Turm, die gerade verzweifelt kämpften, um das Gleichgewicht der Welt zu erhalten. Wie konnte sie überhaupt daran denken, sie zu hintergehen? Ihre Berufung zu hinterfragen und ihre von Äon bestimmte Aufgabe zu verraten?

Aber hatte Äon sie nicht verraten? Im Stich gelassen – und ihnen ein qualvolles Ende bestimmt, als es Misano in den Turm ließ?

Lita lag falsch. Es war nicht die Zeit, alles wieder zu reparieren und fortzuführen, wie es immer gewesen war. Es war Zeit, frei zu werden!

Sie sprintete die leere Uferpromenade entlang und schrie seinen Namen, so laut sie konnte: »Jin!«

Im selben Augenblick explodierte der Boden unter ihr, Licht blendete sie, ihr wurde übel. Bevor sie begriff, dass sie nicht mehr an der Themse war, knallte sie auch schon ziemlich schmerzhaft gegen einen harten, hüfthohen Gegenstand.

Glas klirrte gefährlich bei ihrem Aufprall.

Tegan sackte zusammen und rang nach Atem. Ihre Augen schmerzten von dem Swipelicht und ihr Magen revoltierte. Wacklig richtete sie sich auf und blinzelte, um zu sehen, wo sie war.

Sie stand in einem weitläufigen Raum, der mit Eichenholz vertäfelt und mit etlichen Bücherregalen ausgestattet war, die bis zur Decke hinaufreichten. Samtvorhänge rahmten großzügige Fenster mit Blick auf eine nächtliche Parklandschaft. In der Ferne blinkten die Lichter der Londoner Skyline. Ledersessel standen vor einem Kamin, in dem ein Feuer brannte. Der Geruch von Leder, Holzpolitur und Tabak stach ihr in die Nase.

»Wie sehr es mich freut, dass du meiner Einladung gefolgt bist, Tegan!« In einem der Sessel am Kamin saß Jin. Lässig die Beine übereinandergeschlagen, prostete er ihr mit einem Glas zu. »Bedien dich, wo du doch schon an der Bar stehst. Ich empfehle den London Dry Gin.« Er grinste.

Unsicher blickte Tegan sich um. Ihre Hüfte schmerzte, denn sie war direkt in eine Minibar aus dunklem Holz gerannt. Etliche Flaschen verschiedener Ginsorten und passende Gläser standen darauf.

»Wo sind wir?« Es schien ein altes Herrenhaus zu sein.

»Ich dachte, ein Clubraum wäre für unser Treffen angemessen. Aber keine Sorge, wir bleiben unter uns.«

Sein Lächeln jagte Tegan einen Schauer über den Rücken. Warum nur hatte sie ihn angerufen! Jetzt war sie ihm hilflos ausgeliefert. »Ich sollte nicht hier sein.«

Jin lachte amüsiert auf. »Weil es ein Club nur für Männer ist?« Er winkte ab. »Stell dich nicht so an, Schätzchen! Ich besuch euch doch auch andauernd in eurem Nur-für-Frauen-Turm.« Mit einer einladenden Geste deutete er auf den Sessel ihm gegenüber.

Tegan zögerte und sah sich nach den Türen um. Der Raum musste versteckte Zugänge haben, denn rundum standen nur die altehrwürdigen Bücherregale.

»Nun setz dich schon. Lass uns was trinken, etwas entspannen. Bei euch ist ja ziemlich viel Stress, nicht wahr?«

»Ich will nichts trinken.« Unsicher zog sie die Ärmel ihres Pullis über die Hände und überlegte, wie sie hier wieder rauskam, ohne Jin zu verärgern.

Erstaunt zog er die Augenbrauen hoch. »Warum sonst hast du angeklopft?«

Ja, warum hatte sie das getan? Sie starrte auf die Spitzen ihrer Boots. *Weil ich es satthabe, dass alle an die Fäden gebunden sind. Weil ich will, dass die Menschen frei sind. Dass* ich *frei bin.*

Jin beugte sich vor und musterte sie mitleidig. »Nun quäl dich doch nicht so. Trink mit mir. Lass uns vergessen, welches Martyrium da draußen auf uns wartet.«

»Ich hab dich wegen deiner Worte im Turm gerufen. Du hast gesagt, dass die Fäden Fesseln sind.« Sie wollte nicht wieder zurück in das Netz der Fäden. Hier war ihre Chance, die Welt zu einem freien Ort zu machen.

»Fesseln?« Er runzelte die Stirn und nahm einen Schluck, als würde er sich dann besser erinnern können.

»Du weißt, was ich meine.« Tegan atmete tief ein. Sie war hin- und hergerissen zwischen dem Wunsch, einen mutigen Schritt für sich und die Menschen zu tun, und dem tief sitzenden Gefühl, dass sie Jin nicht über den Weg trauen durfte.

Stirnrunzelnd sah er sie an, als müsse er wirklich darüber nachdenken, was sie meinte. »Hilf mir auf die Sprünge.«

»Die Fäden!«, zischte Tegan. »Eine Revolution ...«

»Oh!« Überrascht lehnte Jin sich zurück. »Du willst ... tatsächlich ... Tegan will den Aufstand proben?«

Sie straffte sich, versuchte, selbstbewusst und stark zu wirken. »Du hast recht. Lange genug haben wir alle unter den Fäden gelitten. Wir müssen sie loswerden!«

Verschwörerisch beugte er sich vor. Der Gin funkelte in seinem Glas, als er die Hand auf das Knie stützte und sie beeindruckt musterte. »Du willst den Baum vergiften?«

Erschrocken zuckte sie zurück. Den Baum vergiften?

»Nein!« Der Baum war der Mittelpunkt von allem. Ihr Heim, das Zuhause aller Weberinnen. Er wurzelte in der Quelle des Lebens, die die gesamte Welt durchzog. In diesem Baum war sie geboren worden und aufgewachsen. Er schenkte den Weberinnen mehr als nur die Früchte für die Schicksalsfäden. Er war ein Abkömmling des Urbaums, des Lebensbaums. Das Erste, das Äon erschaffen hatte.

»Nein?« Enttäuscht lehnte Jin sich wieder in den Sessel zurück. »Natürlich nicht. Ich wäre auch ehrlich überrascht gewesen. Irgendwie seid ihr ja mit diesem Ding verwachsen.« Er leerte das Glas in einem Zug und füllte es wieder mit einem Fingerschnippen. »Aber wie sonst willst du die Fäden loswerden?«

»Ich ...« Tegan verstummte. Es war simpel. Ohne Baum gab es keine Fäden. Die Lösung aller Probleme. »Es ist ... das geht nicht!«

»Warum?«, fragte er nüchtern und sah sie abwartend an.

»Weil ...« Hilflos gestikulierte Tegan. »Er stammt von Äon. Er ... er ist unser Zuhause ...«

Verständnisvoll nickte Jin. »Natürlich. Ohne den Baum wäre alles anders.«

Tegan klappte den Mund wieder zu und starrte den Unsterblichen an. *Trau ihm nicht!*, rief ihre innere Stimme ihr zu. Aber sie wusste, dass er recht hatte. Ohne den Baum wäre alles anders. Keine Fäden. Keine Fesseln.

Es war der einzige Weg, um das Gefängnis niederzureißen. Forderte nicht jede Revolution Opfer?

Die Weberinnen würden sich sowieso eine neue Heimat

irgendwo auf der Welt suchen müssen. Denn sie würden frei sein … »Und wie? Ich kann ihn nicht umhacken.«

Jin piff durch die Zähne. »Ah, ich dachte mir schon, dass du den Mut hast. Deine Mutter wollte auch immer die Regeln brechen.«

»Lass meine Mutter aus dem Spiel! Und außerdem habe ich nicht gesagt, dass ich es tue!« Adrenalin pumpte durch ihren Körper. Ihre Hände waren schweißnass, ihr Herz raste. Nach der Affäre mit Elaine war seine Wahl auf ihre Mutter gefallen und sie hasste ihn dafür.

»Entschuldige. Mich hat ihr Verlust ebenso getroffen wie dich.«

»Du hast ihretwegen nicht den Turm angegriffen, um sie mithilfe ihres Totenfadens zurückzuholen …«

Er grinste. »Touché. Es hätte sie allerdings nicht zurückgebracht. Zara ist alles andere als lebendig. Armer Misano. Aber –« Er griff in die Innentasche seines Sakkos und zog etwas hervor. »Das hier wird dich und alle anderen von den Fesseln der Fäden erlösen. Sei eine Heldin, Tegan! Befrei die Welt!«

Auf seiner Hand funkelte eine Phiole, gefüllt mit einer rubinroten Flüssigkeit.

26
LITA

Fassungslos starrte Lita Elaine hinterher, die mit erhobenem Haupt, aber dennoch fragil und schwankend, zum Fadengespinst schritt. Die Oberste Weberin fügte sich dem Schicksal.

Lita rang nach Luft. Das Entsetzen über DeeDee und über all die anderen Schatten in den Straßen hatte sie übersehen lassen, dass nicht nur Menschen einen Faden besaßen. Sondern auch Tegan und Winnie. Und Elaine. Und ihre Mutter? Ihr Herz verkrampfte sich. Alle Weberinnen würden zu Schatten vergehen, wenn es ihr nicht gelang, Zaras Faden auszulöschen. Sie hätte sich und alle anderen von Misano umbringen lassen sollen, statt den Faden einzuweben. Es hätte keinen Unterschied gemacht. Egal, wie sie sich entschied, alles führte immer wieder zur Auslöschung der Weberinnen. Äon hatte sie schachmatt gesetzt!

Eine Hand legte sich auf ihre Schulter. Hanna schaute sie besorgt an. »Du siehst müde aus. Wo warst du?«

Erschöpft lehnte Lita den Kopf an die Schulter ihrer Mutter. »Ich wollte mich mit DeeDee, Chloe und Lauren treffen. Ich habe gedacht, wenn ich sie sehe, dann ist alles wieder so wie früher und dieser ganze Mist löst sich in Luft auf.«

Sie vergrub ihr Gesicht tiefer in Hannas Pullover, um ihre Tränen zu verstecken. »Aber DeeDee kam nicht. Und Chloe und Lauren sagten, sie kennen keine DeeDee. Noch nicht mal Mrs Tulani erinnert sich an ihre eigene Tochter, Mum!«

Hanna schwieg, strich ihr nur übers Haar, wie sie es immer tat, wenn Lita unglücklich war.

»Später hab ich Rukar getroffen. Und wir ... Mum ...?« Sie hob den Kopf und sah Hanna an. »Kennst du Rukars Mutter?«

Überrascht hob Hanna die Brauen. »Woher weißt du es?«

Lita lächelte matt. »Ich kann zwei und zwei zusammenzählen. Außerdem hat er ein Stück seiner Prophezeiung. Seine Kindheit. Darauf hab ich es gesehen.«

Hanna seufzte. »Und du hast ihm gesagt, wer er ist?«

Lita nickte. »Mum. Er und ich – wir sind anders. Wir sind nichts, was Äon geplant hat. Wir können Äons Pläne durchkreuzen.«

Traurig schaute Hanna zum Weltenraum. Lita folgte ihrem Blick und bemerkte schwarze Flocken auf dem weißen Boden. Elaine hatte sich an das Gespinst gesetzt und beobachtete dessen Verfall.

»Ich finde es richtig, sich nicht kampflos geschlagen zu geben, Lita. Doch Äon hat uns verlassen. Sein Vermächtnis ist der Orakelspruch. Und bisher, sosehr du dich auch bemüht hast, ist alles so gekommen, wie Äon es bestimmt hat.«

»Das Orakel sagt nicht, dass *alle sterben werden.*« Sie bemerkte, dass Hanna die Lippen aufeinanderpresste, wie sie es immer tat, wenn sie schlechte Nachrichten hatte, aber Lita verschonen wollte.

»Was ist los?«, fragte Lita scharf.

»Die Welt geht unter. Sie endet.« Hanna wich ihrem Blick aus. »Du bist nicht die Einzige, die sich Vorwürfe macht, eine falsche Entscheidung getroffen zu haben.«

»Mum?« Lita trat einen Schritt zurück und musterte ihre Mutter. Was war passiert?

Als müsse sie einen Albtraum fortwischen, fuhr sich Hanna erschöpft über die Augen. »Ich habe Jin den Orakelspruch verraten. Ich meine, na, also er hatte ihn schon. Den Stoff, auf dem er niedergeschrieben ist. Jin hat ihn Elaine gestohlen. Aber ich hab ihm den Wortlaut verraten.«

»Ja, und? Auch er kann daran nichts ändern.«

»Das will er auch gar nicht.«

Lita versteifte sich. »Was ... was meinst du damit?«

»Jin hat sein Dasein als Unsterblicher satt. Das ist kein Geheimnis. Und als er den Spruch gehört hat, meinte er, dass sich die Zeile *Aleph bringt das Ende* auf ihn bezieht.«

Das sah Jin ähnlich. Besorgt glitt Litas Blick zum Gespinst. Der Orakelspruch ließ so viele Deutungen zu. Was, wenn damit tatsächlich nicht Misano und Zaras Faden gemeint waren? Bastelte Jin etwa an einem Weg, diesem blöden Spruch gerecht zu werden?

»Nein! Auf keinen Fall!« Wütend wandte sich Lita ab. Jin würde es nicht noch komplizierter machen. Er hatte in all den Jahrtausenden keinen Weg gefunden, die Welt enden zu lassen – warum sollte es ihm jetzt gelingen? »Ich finde einen Weg, Mum! Ich finde einen Weg, die Fäden zu retten! Jin wird weiterleben müssen und auch die Menschen werden wieder leben und glücklich sein!«

»Lita!« Ihre Mutter wollte sie aufhalten, doch Lita stürzte davon. Sie hatte keinen Plan, wohin sie ging, wusste nicht, wie sie all diesen Mist stoppen konnte. Aber sie hoffte auf Hilfe.

Sie rannte in Richtung des Aufenthaltsraums. Bei Elaines Versammlung hatte sie Winnie nicht gesehen. Ob sie hier war?

Tatsächlich saß Winnie zusammengesunken in einem der Sessel und starrte in die Flammen des Kaminfeuers. Ihre Tasche, aus der wie immer ein Teppich lugte, hielt sie wie ein Kuscheltier in den Armen.

»Winnie.« Lita zog sich einen Sessel heran und setzte sich zu ihr.

Winnie und Lita waren allein. Alle anderen Weberinnen schienen entweder bei den Heilerinnen oder unterwegs zu sein Fäden spinnen, Menschen retten.

»Da bist du ja.« Müde und seltsam traurig lächelte Winnie sie an.

»Ich brauche deine Hilfe.« Lita musterte sie. Winnie sah fürchterlich aus: Ihre Locken waren zerzaust und ihre Augen rot umrändert.

Langsam nickte Winnie, bevor sie sich, die Tasche fest an sich gedrückt, im Sessel aufrichtete.

Es brach Lita das Herz, die sonst quirlige Winnie so entmutigt zu sehen. »Wir werden einen Weg finden, die Fäden zu heilen, und die Menschen zurückbringen. Du musst mir helfen, im Archiv nach etwas zu suchen. Ich weiß, es gibt weit mehr in Äons Schöpfung als nur Weberinnen, Unsterbliche, Kami und Menschen. Da draußen muss noch eine andere Magie sein als die der Unsterblichen, eine, die den Tod verbannen kann.«

»Du willst in einen Friedhof hinabsteigen?«

Lita horchte auf. »Was meinst du damit?«

Für einen Moment zögerte Winnie, wirkte ertappt. »Dunkle Wesen, die mit dem Tod zu schaffen haben, bewohnen das Reich unter den Friedhöfen.«

Die mit dem Tod zu schaffen haben! Das war es doch! Das war ein Anfang!

»Sag mir alles, was du darüber weißt, Winnie! War schon mal jemand unter einem Friedhof?«

Winnie sah sie lange an. Sorgenvoll, nachdenklich, abwägend. Schließlich seufzte sie. »Es bleibt immer gleich«, murmelte sie und schälte sich aus dem Sessel. »Du kannst deinem Schicksal nicht entkommen.«

Genervt verdrehte Lita die Augen. »Hör mir damit auf, ich kann's nicht mehr hören. Ich werde mich nicht wie Elaine in einen Sessel setzen und auf das Ende warten.«

Winnie umarmte sie fest. So fest, dass Lita Angst bekam.

»Winnie?«, flüsterte sie, doch die murmelte nur etwas Unverständliches und stiefelte aus dem Aufenthaltsraum.

Lita folgte ihr über die Wege im Baum zum Archiv. Die Situation hatte Winnie offenbar schwer mitgenommen. Sie war noch so jung und plötzlich starb die Welt. Winnie wusste, dass auch sie vergehen würde, da war sich Lita sicher. Sie ballte die Fäuste und lief schneller.

Es war beängstigend still im Turm. Wie die Ruhe vor dem Sturm, wenn die Vögel sichere Verstecke aufsuchen und keine Insekten mehr fliegen. Alle warten mit angehaltenem Atem auf die Gefahr, die immer näher kommt. »Winnie, ich weiß, dass du an die Prophezeiungen glaubst«, versuchte Lita, ihr Mut zu machen. »Aber ... ich glaube fest, nein – ich *weiß*, dass wir etwas verändern können.«

Sie hatten das Archiv erreicht und Winnie hielt ihr die Tür auf. »Ja, bestimmt«, meinte sie einsilbig.

Als Lita den Raum betrat, stockte ihr der Atem. In endlosen Reihen zogen sich Regale tief in den Raum, die mehrere Meter hoch waren und bis zum Bersten vollgestopft mit Teppichrollen. »O nein«, flüsterte Lita. »Wie sollen wir da etwas finden?«

Da blitzte in Winnies Gesicht ein Grinsen auf. »Keine Sorge. Komm einfach mit.«

Lita folgte Winnie an einem unbesetzten Empfangstresen vorbei den breiten Gang entlang, der an beiden Seiten von Regalen flankiert wurde. Nach einigen Metern bog Winnie links ab und führte Lita in eine Kammer. Es kam Lita vor, als habe man sie hastig und ohne große Sorgfalt an den Hauptraum angebaut. Die Decke war niedrig und gewölbt wie in einem Kellergewölbe. Es roch etwas muffig, denn es gab keine Fenster, um zu lüften. Die Zahl der Teppiche hier war überschaubar, obwohl Lita sie auf gut hundert schätzte.

»Das sind teilweise Kopien.« Winnie zog einen Teppich hervor und klopfte ihn ab. Staub wirbelte auf. »Diese Wesen haben keine eigenen Teppiche. Sie existieren einfach, werden geboren aus Ängsten oder falschen Hoffnungen der Menschen, aus bösartigen Gedanken oder großen Enttäuschungen. Aber hin und wieder hat ein Mensch den Kampf gegen so ein Wesen aufgenommen.« Sie trat an ein anderes Regal und nahm einen weiteren Teppich heraus. »Oder ein Halbblut war zum Helden geboren und seine Aufgabe lag in der jenseitigen Welt.«

Lita zog ihren Parka aus und schob die Ärmel des Pullis hoch. »Okay. Los geht's. Hilfst du mir?«

Winnie sah sich zögernd um und schüttelte dann den Kopf. »Nein. Aber ich bleibe im Archiv, muss selbst etwas herausfinden. Ruf nach mir, wenn du Hilfe brauchst.«

Enttäuscht nickte Lita. Sie bemerkte, dass Winnie ihre Tasche wieder wie die größte Kostbarkeit an sich drückte. »Ich hoffe, du findest, was du suchst.«

Ein zaghaftes Lächeln huschte über Winnies Lippen. »Wenn ich es wirklich finde, Lita, dann …« Plötzlich schoss sie vor und drückte Lita erneut ganz fest an sich, als ob es ein Abschied für immer wäre. Dann rannte sie aus dem Raum und Lita hörte ihre Schritte in den Tiefen des Archivs verhallen.

Mit einem Seufzer wandte sie sich ihrer Aufgabe zu. Vermutlich war Winnie irgendetwas Wichtigem auf der Spur und sie durfte einfach nicht über ihr Wissen sprechen. Lita hoffte wirklich, dass Winnie gelang, was auch immer sie plante. Genauso wie sie inständig hoffte, dass sie hier, unter diesen hundert Teppichen eine Antwort darauf fand, wie sie die Menschen zurückbringen konnte.

Lita zog die Lesebrille aus ihrer Tasche und entrollte den ersten Teppich.

27
ZARA

Nacht hatte sich über London gelegt und die Straßen waren selbst hier, bei Covent Garden, inzwischen menschenleer.

Im Licht einer Straßenlaterne überprüfte Zara die Adresse auf der Visitenkarte, auch wenn das eigentlich nicht nötig war, denn der Blumenladen war nicht zu übersehen. Beleuchtet von einer altmodischen Laterne, strahlte das riesige Schaufenster in dumpfem Grün. Zara trat davor und bewunderte den Urwald, der sich dahinter auftat. Blumenlampen warfen schummrige Lichtinseln in das üppige Laub, das sich wie ein Mosaik aus unzähligen Grünschattierungen und Blattformen zusammensetzte. Auf einem breit gefächerten Blatt, das sich an das Fenster schmiegte, entdeckte Zara sogar einen Schmetterling, der sich dort ausruhte. Warum hatte sie zu ihren Lebzeiten nichts von diesem wundervollen Laden gewusst?

Unschlüssig stand sie vor dem Schaufenster und überlegte, was sie nun tun sollte. An einem der Fenster der Eingangstür klebte von innen ein Zettel mit den Öffnungszeiten. Erst morgen früh um neun würde der Besitzer den Laden öffnen. Und bis dahin?

Zara blickte sich um. Wo sollte sie hin? Sie brauchte

keinen Schlaf. Auch Hunger plagte sie nicht. Allein der Gedanke an Nahrung war ihr zuwider.

Sie lehnte sich gegen das Schaufenster und betrachtete gedankenverloren das Grün. Die Farben der verschiedenen Pflanzenarten existierten für sie nurmehr in der Erinnerung, denn inzwischen hatte die Welt für ihre Augen die Strahlkraft verloren.

»Wollen Sie die ganze Nacht dort stehen?«

Verwirrt hob Zara den Kopf, doch sie war allein auf der Straße. Natürlich würde sie die ganze Nacht hier stehen. Es war egal, wo sie sich aufhielt und wartete. Sie war tot!

»Hallo?«

Endlich wurde ihr bewusst, dass jemand sie angesprochen hatte. Als sie sich umwandte, entdeckte sie einen jungen Mann in der erleuchteten Tür des Blumenladens.

»Sie haben noch geöffnet?«, fragte sie erstaunt.

»Nun, es ist eine besondere Zeit, nehme ich an. Kommen Sie doch herein!«

Zögernd kam sie seiner Aufforderung nach. Er sah nett aus und musste wohl ein wahrer Blumenfreund sein, wenn er sich mitten in der Nacht in seinem Laden aufhielt.

Der junge Mann schloss die Tür hinter ihr und musterte sie stirnrunzelnd. »Ich möchte Ihnen ja nicht zu nahe treten, aber Sie wissen, dass Sie nicht gut aussehen, nicht wahr?«

Erstaunt sah sie ihn an. »Wie darf ich das verstehen?«

Er zuckte mit den Schultern. »Sie dürfen es nicht falsch verstehen.« Er winkte ihr, ihm zu folgen, und schob sich an ihr vorbei.

Der Weg zum Verkaufstresen war schmal, denn die

Pflanzen nahmen den ganzen Raum ein. Gefiederte Palmwedel, riesige Drachenbaumblätter und glänzende Monstera versperrten den Durchgang.

Wehmütig strich Zara über ein Palmenblatt. »Ich kann mich an all die Schattierungen von Grün erinnern«, murmelte sie. »Die Luft ist bestimmt feucht und schwer vom Duft des Jasmins dort.« Sie deutete auf die Kaskade weißer Blüten, die sie weiter hinten im Laden entdeckt hatte.

»Erinnerungen sind wertvoll«, stimmte er ihr zu. »Sie gehören zu uns und gehen zum Glück nicht verloren, wenn man die Welten wechselt.« Er setzte sich auf den Verkaufstresen und ließ die Beine baumeln. »Wie kann ich Ihnen dienlich sein?«

Zara zögerte für eine Sekunde. Er war so jung – konnte er ihr tatsächlich helfen? Vermutlich, denn er hatte eben den Übergang zwischen den Welten erwähnt. Schließlich zog sie die Visitenkarte aus ihrer Manteltasche und reichte sie ihm. »Sie sind ein Kami, nicht wahr? Jedenfalls habe ich Ihre Karte erhalten, als ich an einem Schrein um Hilfe bat.«

Er betrachtete die Karte von allen Seiten, als hätte er sie noch nie gesehen, dann nickte er. »Sie haben gesagt, Sie wollen zurück.«

Vermutlich hätte ihr Herz nun einen aufgeregten Hopser getan. Doch Zaras Miene blieb ausdruckslos, als sie nickte.

»Es ist nicht einfach, sich an etwas zu erfreuen, wenn man innerlich tot ist.« Mitfühlend sah er sie an.

»Wie bitte?« Unsicher fuhr sie sich durch ihr langes schwarzes Haar. »Ist es so deutlich zu sehen?« Mit Entsetzen dachte sie an all die Menschen, denen sie auf ihrer

Odyssee durch London begegnet war. Hatten sie ihr den Tod angesehen?

»Für mich schon.« Er sprang vom Tresen und machte eine altmodische Verbeugung. »Faine. Glückskami. Freund der Familie.«

»Zara. Verstorben«, erwiderte sie und knickste befremdet. »... Freund welcher Familie, sagten Sie?«

»Unter anderem ein Freund jener Familie, die Ihnen helfen wird zurückzugelangen.« Sein Lächeln hatte etwas Verschmitztes, doch Zara gefiel es. Sie mochte diesen Kerl in seinem altmodischen moosgrünen Anzug aus Samt.

»Ich kann also zurück? In ... das Paradies?« Hoffnungsvoll blickte sie ihn an.

Faine pustete sich eine rote Haarsträhne aus der Stirn und nickte ernst. »Es tut Ihnen nicht gut, auf dieser Seite zu sein. Und der Welt tut es nicht gut, dass Ihr Faden wieder im Gespinst steckt. Es gibt einen Grund, warum Tote in die jenseitige Welt gehen und Totenfäden vernichtet werden.«

»Jenseitige Welt? Nennt ihr Kami es so?« Sie kam sich seltsam vor. Sollte sie nicht mehr über diesen Ort wissen als er? Immerhin war es ihre Heimat, nicht seine. Plötzlich wurde ihr bewusst, dass sie das Land der Toten *Heimat* nannte.

»Wie Sie diesen Ort nennen, spielt keine Rolle. Jedoch gibt es nur wenige Übergänge und die werden streng kontrolliert. Weder den lebenden Menschen noch den Toten oder gar Geistern tut es gut, die Seiten zu wechseln. Man braucht einen wirklich guten Grund und damit eine Ausnahmegenehmigung, wenn man zur anderen Seite möchte.«

Das klang wundervoll. Sie hatte mehr als einen guten Grund. »Wie gelange ich dahin?«

»Sie werden Hilfe brauchen.« Aufmunternd lächelte er sie an.

»Ich tue alles, wenn ich nur wieder in diesem Frieden leben kann.« Das Wort *leben* kam ihr zwar falsch vor, aber es fühlte sich dennoch richtig an.

»Also dann!« Faine flankte sportlich über den Tresen und tauchte dahinter ab. Neugierig beugte sie sich vor, doch in der schummrigen Dunkelheit konnte sie nicht erkennen, was er dort tat. Schließlich tauchte er mit einem vergilbten Stück Papier und einer Schreibfeder in der Hand wieder auf. Die Feder tunkte er in ein Fässchen Tinte und schrieb in großzügig geschwungenen Lettern eine Nachricht auf das Papier. »Geben Sie das dem Gatekeeper. Es berechtigt Sie, Begleitpersonen mitzunehmen.«

Verwirrt nahm Zara das Blatt entgegen. Faine hatte ein paar Zeilen in einer ihr unbekannten Sprache darauf notiert. »Welcher Gatekeeper?«

Wieder lächelte er. »Auch wenn Ihnen nicht mehr allzu viel Zeit bleibt – keine Hektik. Am besten gehen Sie direkt zu 30 St. Mary Axe.«

»The Gherkin?« Irgendetwas aus ihrer Erinnerung blitzte auf und sie wusste, dass Faine die Wahrheit sagte.

»Ja, genau. Damit man Sie einlässt, rufen Sie am besten nach Lita, Hanna oder meinetwegen auch nach Elaine. Aber bei der werden Sie nicht weit kommen.«

»Und die wissen, was zu tun ist?«

Faine sah auf eine Uhr, die hinter dem Tresen zwischen Efeu hing. »Bis Sie dort sind, werden sie es wohl wissen.

Und falls Sie zu früh sind, sagen Sie Lita: Der schwarze Fluch wird nur von den Fäden genommen, wenn Sie in die jenseitige Welt zurückkehren. Ihr Faden wird sich auflösen und die Fäden werden sich erinnern. Die Menschen werden zurückkommen.«

Zara hatte zwar keine Ahnung, was er damit meinte, dass irgendwelche Fäden sich erinnerten, doch diese Lita würde es wissen und ihr helfen. Sorgsam verstaute sie das Schreiben in ihrem Mantel. »Vielen Dank!«

»Es ist mir eine Ehre.« Wieder verbeugte er sich. »Und ich habe zu danken.«

Er schlüpfte an ihr vorbei, um ihr, ganz Gentleman, die Tür aufzuhalten. Kaum dass Zara aus dem Laden auf die Straße getreten war, umfing sie wieder der kalte Herbstwind. Erst da wurde ihr bewusst, dass sie zwischen den Pflanzen gar nicht gefroren hatte.

28
TEGAN

Die Phiole mit der rubinroten Flüssigkeit, die Tegan in die Manteltasche gesteckt hatte, schlug bei jedem Schritt gegen ihr Bein.

Diese Nacht hatte sie kaum geschlafen. Immer wieder war sie in ihrer Kammer auf und ab gelaufen und hatte dabei das Fläschchen angestarrt, das wie ein Blutfleck im Weiß des Zimmers leuchtete.

Was Jin ihr vorgeschlagen hatte, war unmöglich. Sie konnte das nicht tun! Ja, natürlich wünschte sie, sie könnte sich und die Menschen von den Fäden befreien … aber auf diese Weise?

Ohne Frühstück hatte sie den Turm verlassen. Unter keinen Umständen wollte sie Winnie oder gar Lita und Hanna über den Weg laufen.

Die Weberinnen waren in der Nacht extrem fleißig gewesen. Körbeweise stapelten sich weiße, jungfräuliche Fäden an den Zugängen zum Spindelwerk. Bis zur Erschöpfung hatten die Weberinnen die Spulen mit frischen Fäden bestückt. Litas Plan schien aufzugehen, obwohl mehr Fäden zerfielen, als erneuert werden konnten. Tegan hatte nur einen kurzen Blick in den Weltenraum geworfen und Elaine gesehen. Von der einst starken Obersten Weberin war nicht mehr viel übrig. Eine gebrochene alte Frau hatte dort auf dem Boden gekauert und vor sich hin murmelnd Asche mit den Händen zusammengefegt.

Einen Moment lang hatte Tegan regungslos dagestanden und Elaine beobachtet, während ihre Hand sich um den Flakon in ihrer Manteltasche schloss. Dann war sie aus dem Turm und durch die Straßen zu Jackson gelaufen.

Atemlos stürmte Tegan nun die Treppe zu Jacksons Wohnung hinauf. Eine dunkle Angst hatte sich um ihre Brust geschlungen, Lita könnte recht haben. Sie musste wissen, dass es Jackson gut ging! Zwar hatte sie noch immer keine Schatten wahrgenommen, dennoch waren ihr nur sehr wenige Londoner begegnet. Was, wenn Lita recht hatte?

Auf ihr ungeduldiges Klopfen öffnete Jackson.

»Tegan.« Er wirkte überrascht.

»Du bist noch da!« Weinend fiel sie ihm um den Hals.

Jackson war derart überrumpelt von ihrem Ausbruch, dass er gar nicht recht wusste, wie er reagieren sollte. Ziemlich unbeholfen nahm er sie kurz in den Arm und schob sie schließlich von sich.

Wie ein Kind wischte sich Tegan die Tränenflut mit dem Ärmel von den Wangen. »Ich bin so froh, dass es dir gut geht!«

»Warum sollte es das nicht?« Er ging zurück zum Sofa, auf dem er gesessen haben musste, als sie geklopft hatte. Das erste Mal, seit sie ihn kannte, wirkte er fehl am Platz. Zu groß und irgendwie unbeholfen für die kleine Dachgeschosswohnung. Vielleicht lag es an den gepackten Koffern und Kisten, dass er fremd in seiner eigenen Wohnung wirkte. Er nahm das Buch, in dem er gelesen hatte, wieder auf. Dantes *Göttliche Komödie.*

»In unserer Welt geht es gerade ... nun ja ... die Dinge verändern sich.« Hoffnungsvoll kniete sie sich zu ihm. »Jackson? Wenn die Welt eine andere wäre, wenn du frei entscheiden könntest ... würdest du ein Leben mit mir wählen?«

Ein Lächeln umspielte seine Mundwinkel. »Machst du mir gerade einen Heiratsantrag?«

»Und wenn es so wäre?«

»Dann würde ich Ja sagen.«

Das Glücksgefühl sprengte alle dunklen Ängste, die sich auf sie gelegt hatten. Stürmisch küsste sie ihn. Aber anscheinend war das zu viel für ihn. Umständlich entzog er sich ihrem Kuss.

»Aber das Wort *wenn* ist hier entscheidend«, sagte er. »Die Welt *ist* nicht anders, wir sind an diese dämlichen Schicksalsfäden gebunden.« Er deutete auf seine gepackten Sachen. »Kommst du mit mir?«

Die Flasche in ihrer Tasche schien auf seine Worte hin schwerer zu werden, jedenfalls spürte Tegan plötzlich deutlich ihr Gewicht. »Natürlich«, flüsterte sie. Wenn die Fäden Bestand hatten, würde er früher oder später eine andere Frau heiraten. Das war Äons Wille und sie konnte nichts dagegen tun ...

»Du hast recht, Jackson«, sagte sie. »Die Welt muss eine andere werden, wenn wir glücklich sein wollen.« Entschlossen stand sie auf. »Triff mich heute Abend bei den Docks auf unserer Bank!« Sie wirbelte herum, sodass ihr Weberinnenmantel wie eine Fahne hinter ihr herwehte, und verließ die Wohnung. Sie hatte eine Entscheidung getroffen.

Sie wollte mit Jackson leben. In Freiheit! Und Jin hatte ihr die Macht dazu gegeben.

29
JIN

Meine Herren. Welch Leidenschaft! Amüsiert strich sich Jin über den Vollbart. Er hätte nicht gedacht, dass Frauen dieses Gestrüpp anziehend fanden. Er sah Tegan hinterher, die mit wehendem Mantel zur Tür hinausstürzte.

Sie war auf dem Weg, die Prophezeiung zu erfüllen.

Lächelnd tänzelte er ein paar Schritte zu der armseligen Küchenzeile.

Es war etwas schwierig gewesen, Fotos von Jackson zu finden, um ihn wirklich gelungen nachzubilden. Aber es hatte ausgereicht, um die offenbar völlig aufgelöste Tegan zu blenden.

Über dem Spülbecken hatte Jackson einen Spiegel angebracht, in dem Jin sich nun eingehend betrachtete. Jacksons Gesicht sah ihm daraus entgegen. »Du scheinst wirklich viel Charme gehabt zu haben. Jammerschade, dass aus der Hochzeit nichts werden wird.« Jin rubbelte sich durch Jacksons Vollbart. »Ich hoffe, wenigstens zur Hochzeit hättest du dich rasiert!« Kopfschüttelnd schnippte er mit den Fingern und nahm wieder seine gewohnte Gestalt an.

Zufrieden betrachtete er sich selbst und zwinkerte seinem Spiegelbild zu. »Jetzt sollte dem Ende nichts mehr im Wege stehen.«

Er drehte sich um und schlenderte zur Wohnungstür. Unter der Dachschräge, in der dunkelsten Ecke, schwebte ein Schatten.

»Sieh mich nicht so an«, maulte Jin Jacksons Schatten an. »Ich kann nichts dafür, dass du nur noch ein vergessener Schatten bist. Aber Kopf hoch. Nicht mehr lange. Deine Süße wird diesen ganzen Mist hier endgültig beenden. Und dann sind wir alle gar nichts mehr. Ich denke, das wird ein sehr erholsamer Zustand.« Er tippte sich zum Gruß an die Stirn und verließ gut gelaunt Jacksons Wohnung.

30
LITA

Lita erwachte in Dunkelheit. Ihr Nacken schmerzte und ihr Mund fühlte sich ausgetrocknet an. Sie richtete sich auf und bemerkte ein schummriges Licht hinter der offen stehenden Tür. Sie brauchte einen Moment, um sich zu erinnern. Sie war in der Kammer im Archiv auf den Teppichen eingeschlafen! Sofort prasselten die Ereignisse des gestrigen Tages auf sie ein. Ihr Herz verkrampfte sich, als sie den Schatten vor sich sah. DeeDee!

Sie schnellte hoch und stieß ein jammervolles Stöhnen aus, denn jeder Muskel in ihrem Körper schmerzte. Nur mit Anstrengung kam sie auf die Füße. Sie konnte kaum einen Schritt tun, so sehr brannte ihre Beinmuskulatur.

»Kommt davon, wenn man den ganzen Tag durch die Stadt sprintet!«, murmelte sie.

Eilig raffte Lita ihre Notizen, die Weberinnenbrille, ihre Tasche und den Parka zusammen und humpelte aus dem Raum. »Winnie?«, rief sie in die Stille des Archivs. Doch niemand antwortete. War Winnie ebenfalls über ihren Recherchen eingeschlafen oder hatte sie Lita einfach hiergelassen? Sie zog ihr Handy hervor und sah auf die Uhr. Rukar! Er war sicher schon im Turm und suchte sie.

Humpelnd eilte sie zum Ausgang.

Sie musste erst in ihr Quartier und sich frisch machen. Vermutlich roch sie wie ein schimmliger Grottenolm.

Als sie den Zugang zu den Kammern der Weberinnen betrat, zögerte sie für einen Moment. Verdammt. Der Wohntrakt glich einem Labyrinth! Zumindest für Lita, denn die Flure sahen alle identisch aus, ebenso wie die Türen zu den Zimmern. Sie hatte absolut keine Ahnung, in welcher Richtung ihr Zimmer lag! Unsicher folgte sie dem Flur bis zur ersten Gabelung.

Es war idiotisch. Sie hatte ein Orientierungsvermögen wie ein Sack Kaffeebohnen! Dafür musste Jin sie gar nicht erst durch die halbe Welt swipen.

»Du siehst verloren aus.«

Lita fuhr herum und traute ihren Augen nicht. »Rukar! Wie – wie kommst du denn hierher?«

»Ich war auf der Suche nach dir.« Er lächelte und bot ihr seinen Arm an. »Ich hab doch gesagt, ich treff dich im Turm.«

Obwohl sie ihn am liebsten vor Dankbarkeit geküsst hätte, schenkte sie ihm nur ein kurzes Lächeln. »Falls du denkst, ich hätte mich verlaufen, bist du total auf dem Holzweg!«

Er grinste. »Wieso sollte ich das denken? Du wirst dich wohl kaum auf dem Weg zum Frühstück verirren!«

»Niemals!« Sie strich sich ihre Haare zurück, reckte das Kinn in eine der Richtungen – völlig egal, welche – und ging los. »Mein Magen irrt nie!«

Innerlich hätte sie heulen können. Sie musste grässlich aussehen, völlig verknittert und verdreckt. Und sie roch garantiert nach Staub und modrigen, alten Teppichen.

Lachend zog Rukar sie in den anderen Gang. »Falls es mal nicht darum geht, einen Kaffee zu finden«, sagte er neckisch und nahm ihre linke Hand. Er legte sie an die weiche Wand des Flurs. »Dann bleib immer an der linken Wand. Nimm immer die ganz linke Abzweigung. Die Wand wird dich nach draußen bringen.«

»Klugscheißer«, murrte sie und rupfte ihre Hand weg. »Keine blöden Witze vor dem ersten Kaffee!« Die Zähne zusammenbeißend versuchte sie, mit ihm Schritt zu halten, ohne bei jeder Bewegung schmerzvoll zu jammern.

»Geht es dir gut?«, fragte er besorgt.

»Jepp«, presste sie hervor und lächelte angestrengt. »Ich brauche nur Frühstück.«

Sie folgte ihm durch die Flure, mal nach rechts und dann wieder nach links, und wunderte sich, wie er es schaffte, nie zu zögern. Kannte er den Weg auswendig?

»Hat dich meine Mum in den Turm gelassen?«

Ertappt grinste er. »Nein. Ich hab mich selbst reingelassen.« Aus seiner Jacke zog er einen Spiegel hervor. Es war eindeutig keiner der Weberinnen, sondern ein billiger Schminkspiegel mit Plastikrahmen, den man in jedem Supermarkt kaufen konnte.

»Oh, okay. Schick.«

»Damit ist es bewiesen, oder?« Etwas befremdet musterte er den Spiegel.

»Dass du einer von uns bist?«

Er warf ihr einen zerknirschten Blick zu. »Wenn das öffentlich wird, stellt es eure Welt komplett auf den Kopf. Ihr werdet einen Clubraum brauchen, in dem ich Zeitung lesen, Zigarre rauchen und Kaffee trinken kann.«

Sie zuckte mit den Schultern. »Wir sind schon völlig durcheinander und zerrupft und angeschlagen. Vermutlich wird es keinen kümmern, wo du faul herumsitzt.«

Sie traten direkt vor dem Durchgang zum Speisesaal aus dem Labyrinth, doch Rukar zog Lita sogleich unter einen ausladenden Ast des Baums. »Ich denke nicht, dass die anderen Weberinnen nur mit den Achseln zucken, wenn sie mich sehen. Wenn sie die Wahrheit jetzt erfahren, wird das Chaos nur noch schlimmer.«

Er hatte recht. Zu viel war in den letzten Stunden passiert, die Nerven der Weberinnen lagen blank. Die meisten waren erschöpft und übermüdet von der Arbeit mit den Fäden.

Lita nickte. »Und jetzt?«

»Was dagegen, wenn ich dich auf einen Kaffee mit Frühstück einlade? Außerhalb?«

Wenige Minuten später saß Lita neben Rukar und starrte ihn noch immer mit offenem Mund an. »Machst du das öfter?«

»Auf Dächern sitzen?« Er reichte ihr den Coffee to go, den sie gegenüber des Weberinnenturms in einem Café gekauft hatten – zusammen mit acht anderen Coffee to go und weiteren zehn Muffins. Als Rukar im Café insgesamt zehn Cappuccinos geordert hatte und ebenso viele Muffins, war sie irritiert gewesen. Zuerst hatte sie befürchtet, er glaubte, dass sie so viel futtern würde. Und als er sie dann in das schicke Bürogebäude mit der klassizistischen Fassade neben dem Turm geführt hatte, war sie noch befremdeter. Ohne mit der Wimper zu zucken, rief Rukar dem Concierge einen Firmennamen zu und zeigte das Tablett mit den Kaffeebechern – und schon waren sie im Aufzug und fuhren in das oberste Stockwerk. Dort schob er die überzähligen Becher und Muffins auf den Schreibtisch einer überraschten Empfangsdame und zog Lita schließlich durch eine Feuerschutztür auf das Dach.

»Nee, Kaffee und Muffins an Fremde verteilen«, meinte Lita und nahm den Becher entgegen. Ihre Beine baumelten über den Rand des Daches und sie blickte auf den Weberinnenturm, der keine zehn Meter entfernt vor ihr aufragte. Von diesem Dach hatte man einen guten Blick auf den Eingang zum Turm. Es war kühl, doch der Himmel versprach einen schönen Herbsttag.

»Normalerweise springe ich einfach hinauf auf die Dächer. Aber ich schätze, diese Superkraft beherrschst du nicht, oder?«

Er sah sie so offen und direkt an, dass Lita sich unsicher war, ob er sie verschaukelte. »Ich hab Muskelkater. War also okay, heute mal den Aufzug zu nehmen.« Sie nahm einen Schluck Kaffee. »Die Aussicht ist großartig. Hat sich jetzt schon gelohnt.«

»Ich bin gerne auf den Dächern unterwegs. Vielleicht weil ich mich nie als Teil der Menschen dort unten gesehen habe.«

Sie stellte den Becher neben sich, nahm einen der Muffins und befreite ihn von der Papiermanschette. »Ich war immer Teil von denen da unten. Mir fällt es schwer, plötzlich eine neue Sicht auf die Welt von … außerhalb … zu haben.« Sie ließ den Blick schweifen. Obwohl sie gar nicht so weit oben saßen, da das Haus nur vier Stockwerke hatte, war die Perspektive auf London eine ganz andere.

Rukar trank seinen Kaffee und beobachtete ein paar Tauben, die im Himmel ihre Runden drehten. »Das mit DeeDee tut mir sehr leid.«

Zuerst nickte Lita nur stumm, brach ein Stückchen vom Muffin ab und kaute langsam. »Wir holen sie zurück.«

»Wir holen sie *alle* zurück. Es sind deutlich mehr Schatten als gestern Abend. Ich bin extra einen Teil des Weges zu Fuß gegangen.« Er deutete hinunter.

»Hast du denn etwas herausfinden können?«

»Sie leben.«

Lita zwang sich, das Stück Muffin zu schlucken. Sie merkte, wie Tränen aufsteigen wollten, doch sie ließ es nicht zu. »Ich weiß. Ich hatte das Gefühl, als hätte DeeDee mich gesehen ... mich erkannt.«

Er sah sie schweigend von der Seite an. Hier mit ihm zu sitzen, fühlte sich wunderbar an. Schwerelos. Zwölf Meter über dem Boden. Einmal mehr wünschte sie sich, sie hätte Rukar früher kennengelernt und alles wäre anders gekommen. Aber Äon hatte es so geplant. Bis jetzt. Die Zukunft würden *sie* schreiben.

»Dass die Schatten da sind, die Welt zu Asche wird, ist kein Geheimnis. Die Kami sind alarmiert, bunkern sich ein und haben Angst. Die Unke, eine Kamifrau, die Visionen hat, gibt mir die Schuld.«

Überrascht blickte Lita ihn an. »Dir? Ich habe doch den Faden –«

»Nein«, unterbrach er sie. »Ich hab ihn geklaut und damit alles, was du danach getan hast, erst ins Rollen gebracht. Vermutlich hat jeder von uns seinen Teil beigetragen. Das Interessante war aber, dass die Unke sagte, ich würde die Welt verlassen.«

Lita verschluckte sich am Muffin und starrte ihn entsetzt an. »Du wirst *was?«* Hatte er nicht die Unsterblichkeit geerbt? Wieso sollte er sterben?

»Sie hat mich in einer ihrer Visionen gesehen, wollte mir aber nicht sagen, wo. Nur dass es nicht in der Menschenwelt war.«

»Du warst also nicht tot?«

Anscheinend überraschte ihn der Gedanke. »Wie kommst du darauf?«

»Na ja, *die Welt verlassen,* das sagt man doch, wenn jemand stirbt.«

»Mein Bekanntenkreis ist unsterblich.« Er grinste schelmisch.

Lita nickte. Natürlich. »Ich war im Archiv. Ich wollte einen Weg unter die Friedhöfe finden.«

Rukar runzelte die Stirn, sagte aber nichts. Er schien abwarten zu wollen, was sie herausgefunden hatte.

Aus ihrer Tasche kramte sie die Notizen hervor. »Es gibt einige Wesen, die zu keinem von uns gehören. Albtraumwesen, Geister und Ähnliches. Sie sind mit der jenseitigen Welt verbunden, sagt dir das was?«

Er nickte nur.

»Es könnte ja sein, dass diese Wesen einen Zauber gegen den Tod haben oder den Totenfaden aufspüren können. Vielleicht helfen sie uns, wenn wir sie darum bitten? Ich bin fest davon überzeugt, dass alles wieder gut wird, wenn der Faden aus dem Gespinst verschwindet.«

»Könnte sein. Aber … diese Wesen … die sind selten freundlich. Und sehr unkommunikativ.«

Lita bemerkte jemanden, der auf den Turm zueilte. Es war eine Weberin, sie hatte die Kapuze ihres Mantels übergezogen, sodass Lita sie von hier oben nicht erkennen konnte. »Anscheinend hat da jemand meinen Rat befolgt und sich mal die Welt der Menschen angesehen.« Sie beobachtete, wie die Weberin im Turm verschwand. Dann wandte Lita sich Rukar zu. »Sie sind also unfreundlich? Das ist okay, wir kriegen das hin. Aber wir müssen uns beeilen, denn da ist noch etwas.«

Er verdrehte kurz die Augen. »Natürlich ist da noch etwas. Wäre ja sonst auch zu einfach mit der Weltrettung.«

»Es wird dir nicht gefallen.«

»Mir gefällt zurzeit gar nichts. Außer Kaffee und …« Er zögerte. Für einen Augenblick trafen sich ihre Blicke und Lita hatte das Gefühl, die Zeit würde stehen bleiben. Hastig sah sie weg. »Meine Mum hat Jin das Orakel verraten.«

Rukar schien enttäuscht – weil sie weggesehen hatte? Weil sie das Gefühl, das sich da angeschlichen hatte, wegstieß?

»Und er hat sich schlappgelacht?«, fragte er abfällig.

»Vielleicht. Er ist davon überzeugt, dass mit *Aleph* ein Unsterblicher gemeint ist.«

»Aleph bringt das Ende«, zitierte Rukar leise und die Art, wie er es sagte, ließ einen Schauder über Litas Rücken laufen.

»Hanna meint, Jin wird alles daransetzen, um das Ende herbeizuführen.«

»Schatten zurück ins Leben zu holen, reicht also nicht.

Wir müssen auch noch Jin stoppen.« Rukar nahm einen langen Schluck aus seinem Becher und starrte zu den Tauben hinauf, die noch immer dort oben kreisten.

»Du kennst ihn ja einigermaßen. Glaubst du, er wird unsere Pläne durchkreuzen?«

Rukar lachte bitter auf. »Jin? Aber so was von.«

»Vielleicht können wir mit ihm reden und ihn irgendwie umstimmen?«

»Du willst Jin nach deinem Willen tanzen lassen? Es tut mir leid, Lita, aber noch bevor du dazu kommst, eine Intrige gegen ihn anzuzetteln, lässt er dich nach seiner Pfeife tanzen.«

»Aber –« Sie wusste nicht, wie er reagieren würde, doch er war die einzige Chance. »Aber du bist sein Sohn! Sprich mit ihm.«

Rukar zerknüllte den Kaffeebecher und schleuderte ihn in die Tiefe. Er landete zielgenau im Mülleimer. »Warum? Weil du glaubst, ich bin wie er?«

31
TEGAN

Tegan betrat den Turm und sah sich unsicher um. Die Sänfte hatte man inzwischen fortgeschafft und die letzten Pfützen des getauten Eises waren getrocknet.

So unauffällig, dass es eigentlich ziemlich verdächtig wirken musste, schlenderte sie zum Baum. Sämtliche verdorbenen Früchte waren aufgesammelt worden und die wenigen, die hier unten noch am Baum gehangen hatten und verwertbar gewesen waren, ebenso. Nichts deutete mehr auf Misanos Überfall hin.

Allerdings war auch keine einzige Weberin in Sicht.

Viel dazugelernt haben wir ja nicht, dachte Tegan bitter. *Niemand ist da, um mich zu stoppen.*

Fünf Stufen führten hinab zum breiten Wasserbecken, in dem der Schicksalsbaum wurzelte. Seine Rinde schimmerte silbern und das Wasser, das seine mächtigen Wurzeln umspülte, war kristallklar. Es verband alle zwölf Bäume miteinander, die auf der Erde verteilt waren. Die Kraft der Urquelle nährte die Schicksalsbäume. Tegan kniete sich auf die unterste Stufe und sah ins Wasser. Zweifelnd blickte ihr Spiegelbild sie an.

Du bist wahnsinnig, wenn du auf Jins Einflüsterungen hörst!

Es waren aber nicht Jins Worte, die sie hierhergeführt hatten. Es war ihr eigener Wunsch. Er hatte ihr nur die Möglichkeit geboten.

Sie würde die Fäden für immer auslöschen und damit die Welt befreien. Niemand wäre je wieder an Schicksalsfäden gebunden.

Aus einem unterirdischen Zufluss sprudelte das Wasser in das Becken und verschwand auf der anderen Seite durch eine Rinne in die Tiefen der Erde. Mit diesem Wasser wurden die Weberinnen nach ihrer Geburt gesegnet.

Ihr Gewissen nagte an ihr, redete ihr ein, dass sie ihre eigene Familie tötete.

Zögernd tastete sie in ihrer Manteltasche nach der Flasche, die Jin ihr gegeben hatte. Obwohl das bauchige Glas kühl war, meinte sie, die Hitze zu spüren, die von der roten Flüssigkeit ausging. Noch einmal musterte sie sich in dem gemächlich dahinströmenden Wasser der Urquelle.

»Egal, wie ich es drehe und wende«, flüsterte sie sich selbst zu, »das Schicksal ist immer eine Fessel. Ein Unglück. Es bewirkt nichts Gutes.«

Ihre Hand zitterte, als sie die Phiole hervorzog. Im gleichen Augenblick hörte sie über sich Stimmen.

Erschrocken kauerte sie sich an eine der Wurzeln, die sich hochwölbte, um dann in der Tiefe zu verschwinden. Dadurch hing der Saum ihres Mantels in den seichten Teil des Beckens und sog sich voll.

Die Weberinnen, die auf der Treppe zu hören gewesen waren, bogen ab und ihre Stimmen entfernten sich wieder.

Sie musste es tun. Jetzt. Sobald das Gift im Wasser war, gab es kein Zurück mehr. Freiheit! Sie musste sich beeilen!

Hastig entkorkte sie das Fläschchen und kippte die rote Flüssigkeit hinein.

Rote Wolken bildeten sich darin, die sanfte Strömung verwirbelte sie und zog sie in die Länge. Tegan hatte erwartet, dass das Wasser das Gift verdünnen würde und das Rot zuerst rosa und schließlich unsichtbar werden würde – wie Tinte, die man in ein Wasserglas tropft. Doch stattdessen nahm die Intensität der Farbe zu. Das Gift schien im Wasser zu verklumpen, bildete feuerrote Inseln, die sich wie erkaltende Lava langsam verdunkelten. Immer mehr dunkelrote Flocken trieben umher und setzten sich an der ebenmäßigen silbrigen Rinde der Wurzeln fest.

Angewidert von sich selbst schleuderte Tegan die leere Flasche in das Becken, drehte sich um und rannte zum Ausgang.

32
ZARA

Der Turm, den die Londoner *Essiggurke* nannten, schimmerte seltsam unwirklich im frühen Morgenlicht. Zara legte den Kopf in den Nacken und blickte zur Spitze hinauf. Sie wusste, dass dort irgendwo eine trendige Bar untergebracht war, Büros, aber auch Wohnungen.

Faine hatte ihr gesagt, sie solle nach Lita oder Hanna fragen, aber besser nicht den Namen Elaine benutzen. Dabei interessierte Zara gerade diese Frau brennend. Elaine war diejenige, die Misano durch ihre Verweigerung, Zara zu retten, extrem in Rage gebracht hatte.

Den dicken Mantel eng um sich geschlungen, trat sie durch die Drehtür. So früh am Morgen waren die Sessel leer, in denen Besucher auf ihren Termin warten konnten. Ein paar Zimmerpalmen sollten dem Foyer wohl eine entspannte Atmosphäre verleihen, doch wer auch immer für ihre Pflege zuständig war, erledigte seinen Job sehr nachlässig.

Der Stuhl hinter dem Tresen, auf dem normalerweise der Portier saß, war ebenfalls leer. Etwas ratlos blickte Zara sich um.

»Hallo?«

Niemand antwortete. Vermutlich kam der Portier gleich

wieder zurück. Während sie wartete, ging sie auf und ab, denn auch hier im Turm war es kalt. Vor einer der Spiegelsäulen blieb sie stehen und musterte sich. Ihre Haut war blass, fast blutleer sah sie aus. Noch nicht mal ihre Lippen schimmerten rosa. Sie legte die Hand auf das Spiegelbild und betrachtete sich traurig. Misano konnte nicht gewollt haben, dass das aus ihr wurde.

Von irgendwoher hörte sie eilige Schritte. Sie wandte sich um und sah zum Durchgang neben dem Tresen. »Lita?«, rief sie unsicher. Niemand zeigte sich. »Hallo? Ich bin hier, um mit Lita zu sprechen!«

Mit einem Mal wurde Zara übel. Die Spiegelsäule, die sie noch immer berührte, knickte weg. Das ganze Foyer schien verbogen und verzerrt zu werden. Sofort dachte sie an Misano. Er hatte sie gefunden und swipte sie zu sich in sein Gefängnis!

Ängstlich ließ sie sich auf die Knie fallen. »Nein! Bitte nicht!«, flüsterte sie. Sie konnte nicht länger unter den Lebenden sein. Es machte sie verrückt! Sie musste zurück!

Doch da war nicht der weiche Flokati des Lofts unter ihren Fingern, als die Welt wieder ein Oben und Unten hatte, sondern ebenmäßige weiße Fliesen. Und direkt vor ihren Fingerspitzen stand jemand mit schwarzen Boots.

»Wer sind Sie?«, fragte dieser Jemand und als Zara aufsah, blickte sie in ängstliche Augen, die sie durch eine lila Haarsträhne musterten.

Die Frau war jung. Vom Saum ihres schwarzen Mantels tropfte Wasser auf die Fliesen.

»Bist du Lita?«, fragte Zara unsicher und rappelte sich auf.

»Nein. Was ... wie kommen Sie hier rein? Sind Sie gerade durch den Spiegel gefallen?« Die junge Frau klang, als würde sie das weniger Zara und mehr sich selbst fragen.

Zara vergaß, ihr zu antworten, denn sie sah sich staunend um. Sie war noch immer in The Gherkin, aber das Gebäude besaß keinerlei Ähnlichkeiten mehr mit dem, das sie betreten hatte. Statt des Foyers mit den Ledersesseln und vernachlässigten Palmen wuchs hier der größte Baum, den Zara je gesehen hatte. Seine Äste reichten bis in die Spitze des Turms und schmiegten sich an die gewölbte Glashülle. Eine breite Treppe wand sich um seinen Stamm und führte bis hinauf in das üppige Blätterdach. Der Baum war beeindruckend schön, auch wenn die Blätter irgendwie krank aussahen. Und plötzlich erkannte Zara den Ort.

»Das ist der Eispalast!«, entfuhr es ihr. Das Eis war fort, doch die Treppe, der Baum ... sie hatte gedacht, sie wären aus Eis geformt worden, so sehr hatten sie kristallen gefunkelt. Aber wenn es nur eine Schicht aus Eis und Frost gewesen war, der diesen Ort verwandelt hatte ...

»Eispalast?« Die Frau mit den lilafarbenen Haaren sah sich unsicher, fast schon gehetzt, um. »Woher wissen Sie –?« Sie stockte und starrte Zara entsetzt an. »Sie sind die Tote.«

Verlegen wich Zara ihrem Blick aus. »Sagen Sie bitte Zara. Es ist mir ... unangenehm. Ich ... Ich ... Es war nicht mein Wunsch.«

»... tot zu sein?« Verständnisvoll nickte die Frau.

»Zu leben. Wieder. Obwohl ich ... tot bin.« Zara versuchte zu lächeln, war sich aber nicht sicher, ob es ihr gelang. »Mir wurde gesagt, Lita kann mir helfen.«

»Woher kennen Sie Lita? Was wollen Sie von ihr?«

»Ich brauche ihre Hilfe, um wieder nach Hause zu kommen. Also, ich meine ... in die jenseitige Welt.«

»Warum wenden Sie sich nicht an Ihren Unsterblichen? Er kann swipen. Wir Weberinnen sind ziemlich nutzlos, wenn Sie mich fragen.«

Weberinnen. Natürlich. Erneut sah Zara sich um. Dies war das Heiligtum der Schicksalsfrauen und dieser mächtige Baum der sagenumwobene Schicksalsbaum. »Kann Lita mein Schicksal verändern? Kann sie meinen Weg einfach dorthin lenken, wo ich hingehöre?« Beinahe hatte Zara den Eindruck, dass die Weberin loslachen wollte, aber dann kniff ihr Gegenüber kurz die Lippen zusammen und schüttelte den Kopf.

»Zu Lita einfach die Treppe rauf. Und viel Glück.« Sie hatte den Turm wohl gerade verlassen wollen, als Zara ihr vor die Füße gefallen war, denn sie nickte nun knapp zum Gruß und ging.

Zara sah ihr nach. Etwas an der Frau war seltsam gewesen. Ihre Hände hatten gezittert, als ob sie Angst hätte. Ihre Schritte waren energisch, aber zugleich klein, als müsse sie sich zwingen zu gehen.

Unsicher blickte Zara die Treppe hinauf. Misano hatte ihren Leichnam in diesen Turm gebracht und das Heim der Weberinnen in einen Eispalast verwandelt. Er hatte einen Krieg geführt – gegen diese Elaine. Wie hatte er Zara das nur antun können! Er wusste, dass sie keine Grausamkeiten geduldet hätte. Er hatte sie nicht nur gegen ihren Willen in diese Welt zurückgezerrt, er hatte dafür auch noch anderen Gewalt angetan!

Tief in ihr züngelte eine kleine Flamme auf und schoss wie ein Blitz durch Zaras Adern. Vor Überraschung schnappte sie nach Luft, so erschrocken war sie über dieses Feuer, das die Wut auf Misano in ihr auflodern ließ. Sie mahnte sich, ihm zu verzeihen. Sie wollte doch nichts anderes als Frieden. Frieden für sich, aber auch für Misano.

Ihre Hand tastete nach dem Umschlag, den der Kami ihr gegeben hatte. Sie musste Lita finden und schnellstens durch eines dieser Tore zurück ins Paradies.

33
LITA

»Du bist besser als Jin!« Lita eilte Rukar nach, der beschlossen hatte, nicht den Aufzug, sondern das Treppenhaus zu nehmen. Sie verfluchte ihn dafür, denn mit jeder Stufe brachte ihr Muskelkater sie beinahe um.

»Bin ich das? Bisher habe ich doch *nur* an mich gedacht! An *meinen* Vorteil, nicht wahr?« Er hatte bereits ein halbes Stockwerk Vorsprung.

»Bisher! Aber jetzt nicht mehr! Du weißt, wer du bist, und du bist nicht wie Jin!« Wie hatte sie nur so blöd sein und Rukar den Vorschlag machen können, mit Jin zu reden.

Rukar hatte das Erdgeschoss erreicht und stürmte am Concierge vorbei zu den Eingangstüren. Einen leisen Fluch ausstoßend, ignorierte Lita das Brennen in ihren Beinen und rannte ihm nach. »Du weißt, wer du sein kannst!«

Doch er war bereits auf die Straße gestürmt. Dort stand er und starrte zum Turm hinauf. Die Morgensonne funkelte in den Scheiben.

»Seit wann lässt Äon dich sein, wer du sein willst! Jin ist mein Vater und er hat die Jahre damit verbracht, mich zu einem ebensolchen Taugenichts auszubilden, wie er einer ist! Ich bin ein Dieb und Lügner, Lita!«

Ärgerlich packte sie ihn an der Schulter und drehte ihn zu sich herum. »O nein! Du wärst nicht mit mir hier, wenn das stimmen würde! Außerdem – Äon kann uns mal! Du weißt, wer du sein *willst,* also sei *dieser* Rukar!«, sagte sie eindringlich.

In seinen Augen lagen Angst und Wut und etwas anderes, das Litas Herz in Aufregung versetzte. Doch diesmal sah sie nicht weg. Sie erwiderte seinen Blick mit Zuversicht und dem Glauben, dass er ein Held sein konnte.

»Du meinst wirklich, ich bin nicht wie er?« Er klang unsicher und ihre Hand glitt von seiner Schulter, den Arm hinunter zu seiner Hand. Sanft drückte Lita sie.

»Ich weiß, dass du Jin nicht im Mindesten ähnelst.«

Er suchte nach etwas in ihrem Blick und sie versuchte, ihm zu zeigen, dass sie an ihn glaubte. Langsam legte sich ein Lächeln auf seine Lippen und er erwiderte ihren Händedruck. »Es spielt keine Rolle, wer mein Vater ist. Ich bin der, der ich sein will. Und ich bin ein netter Kerl.« Er zwinkerte schelmisch. »Und du hast recht, ich kenne Jin wahrscheinlich am besten. Also werde ich mit ihm reden. Wo ist deine Mutter? Ich muss wissen, was genau er gesagt hat. Bei Jin zählt jedes Detail.«

Lita fiel ihm um den Hals. »Danke!«

Verlegen schob er sie von sich und strubbelte sich durch seine wirren Haare. »Schon gut. Ich will, dass die Welt bleibt. Dass wir bleiben.«

Sie lächelte ihn an. *Dass wir bleiben.*

Zusammen rannten sie die wenigen Schritte zum Turm, zückten ihre Spiegel, switchten in den Weberinnenturm und wären beinahe mit Tegan zusammengekracht.

»Lita!« Tegan klang wütend.

Anscheinend hatte sie versucht, den Turm in genau der Sekunde zu verlassen, als sie ihn betreten hatten.

»Hast du immer noch dieses Halbblut im Schlepptau!«, sagte Tegan aufgebracht, während Lita sich aufrappelte.

Eine Frau in einem dicken Mantel stand einige Schritte hinter Tegan und beobachtete sie neugierig.

»Guten Morgen«, murmelte Lita. »Freut mich auch, dass es dir gut geht.« Grummelnd warf sie Tegan einen Blick zu.

Tegan schnaubte und zeigte missbilligend auf Rukar. *»Er* sollte nicht im Turm sein. Wir haben hier genügend Probleme dank ihm!«

»Er ist mit mir hier und er wird uns helfen! Und nun beruhig dich.« Lita baute sich vor Tegan auf. Sie war jünger, sie war keine erfahrene Weberin, sie war alles andere als die Chefin. Doch Tegan musste ihre Wut auf Rukar endlich beilegen. Sie mussten zusammenstehen, wenn sie die Welt retten und Jin aufhalten wollten.

»Helfen?« Spöttisch betrachtete Tegan ihn. »Warum sollte ein Halbblut uns Weberinnen helfen? Und wobei – beim Fädenspinnen?«

»Du irrst dich«, sagte Lita zu Tegan und versuchte, ruhig zu bleiben. »Er ist einer von uns.« Lita unterdrückte den Impuls, ihr die ganze Wahrheit über Rukar ins Gesicht zu schleudern. Es war nicht der Moment. »Da draußen verschwinden die Menschen, Tegan! Wir können jede Hilfe brauchen, um sie zu retten!«

Tegan hob eine Braue. »Ich war übrigens draußen und habe keinen deiner *Schatten* gesehen.«

Erschrocken flog Litas Blick zu Rukar, der Tegan finster ansah.

»Ich habe sie auch gesehen. Es werden immer mehr!«, sagte er und trat vor Tegan. Die beiden maßen sich mit Blicken.

»Wie ihr meint.« Tegan zog die Schultern hoch. »Werde ich ja gleich sehen. Ich bin mit Jackson verabredet. Und sie will mit dir reden ...« Sie deutete auf die Frau im Pelzmantel, die ihnen mit unbewegter Miene zugehört hatte.

»Und wer sind Sie?« Lita wandte sich ihr zu, doch da spürte sie Rukar neben sich. Er war vorgetreten und berührte wie zufällig ihre Hand. Sein Blick war stirnrunzelnd auf die fremde Frau gerichtet.

Die schien ihn zu kennen, aber anscheinend misstraute sie ihm genau wie Tegan.

»Was wollen Sie hier im Weberinnenturm?«, fragte Lita und ging auf sie zu.

Die Frau zerrte an ihrem Mantel, schlang ihn enger um sich und fixierte Rukar.

»Sie sind Zara«, sagte er leise und betroffen. »Es tut mir leid.«

»Dir muss wohl eine Menge leidtun«, antwortete Zara. »Vermutlich hast du etwas damit zu tun, dass ich wieder unter den Lebenden bin.«

Erschrocken sog Lita die Luft ein. Natürlich, daher kannte sie das Gesicht! Die Frau war die Tote in der Sänfte, die Misano hergebracht hatte: Zara, deren Faden Lita in das Gespinst der Schicksalsfäden eingewoben hatte. Sie war von den Toten zurückgekehrt! Bei all den schrecklichen Dingen, die passiert waren, hatte Lita gar nicht mehr darüber nachgedacht, ob Zara tatsächlich wieder lebte.

Allerdings sah die Frau schrecklich aus. Offensichtlich war es keine gute Idee, Tote mithilfe ihres Totenfadens wieder zurückzuholen.

»Faine hat mich zu dir geschickt, Lita. Er sagt, du kannst mich zurückbringen.«

»Faine?« Sie war überrascht. Auch wenn nichts in Zaras Miene verriet, wie sie sich fühlte, beschlich Lita das Gefühl, dass es der Frau nicht gut ging. Faine schien zu glauben, dass Lita ihren Fehler wieder auszubügeln hatte.

»Den Kerl trifft man wohl überall«, murmelte Rukar und wandte sich grummelnd ab, dabei schien etwas am Baum seine Aufmerksamkeit zu fesseln. Er streifte erneut Litas Hand, als er langsam auf den Schicksalsbaum zuging.

Lita blieb bei Zara und beachtete ihn nicht weiter. »Was genau hat Faine gesagt?«

»Viel Erfolg«, unterbrach Tegan sie hastig. »Ich wollte gerade los, als du in mich reingerannt bist. Jackson wartet auf mich. Wir sind zum Frühstück verabredet.« Ihr Blick huschte unruhig zu Rukar, dann zu Zara. Schließlich nickte sie Lita zu und ging.

»Zähl die Schatten für mich«, meinte Lita und bereute es sofort. Sie mussten nun alle zusammen an einem Strang ziehen, aber Tegans Wut und Unruhe waren ansteckend. Vielleicht würde Jackson die junge Weberin aufheitern. Und vermutlich konnte Tegan ihr auf ihrer Mission sowieso nicht helfen.

»Besser, du bleibst, Tegan!«, rief Rukar vom Baum zu ihnen herüber.

Tegan erstarrte, wandte sich aber nicht zu ihm um.

»Was ist denn?« Ungeduldig steuerte Lita auf Rukar zu. »Kommen Sie mit. Wir unterhalten uns gleich«, meinte sie im Vorbeigehen zu Zara. »Es tut mir wirklich leid, aber … Es ist wie bei einem Stein, den man ins Wasser wirft. Ihre Auferstehung zieht immer weitere Kreise.« *Und ich habe den Stein geworfen,* dachte sie bitter.

Zara folgte ihr zurückhaltend. Offenbar war es ihr unangenehm, dass sie die Ursache für so viel Ärger war.

Als Lita sich Rukar und damit dem Baum näherte, bemerkte sie einen schrecklichen Geruch. Den Ärmel ihres Parkas über die Nase haltend, trat sie neben ihn. »Das stinkt ja wie faule Eier«, sagte sie durch den Stoff.

Rukars Blick verhieß nichts Gutes. Er stand direkt an den Stufen, die hinab zum Wasser führten.

Lita stockte der Atem. Das eigentlich kristallklare Wasser war schwarz und verklumpt, als wäre ein Öltanker darin ausgelaufen. Dicke glänzende Flocken hatten sich an den Wurzeln festgesetzt. »Was ist das?«

»Was immer es ist –« Rukar verstummte und Lita folgte seinem Blick den Stamm hinauf. Die gallertartige Masse, die an den Wurzeln klebte, schien in den Baum eingedrungen zu sein. Seine Rinde war schwarz geworden. Wie ein Geschwür kroch das Zeug den Stamm hinauf und sammelte sich bereits in den Ästen. Ein Blatt segelte herab, es war schwarz und klebrig.

»Gift«, flüsterte Lita.

Leben ist Gift, es besiegelt das Schicksal. Aleph bringt das Ende.

»Wir sind zu spät.« Rukar klang so hoffnungslos, wie

Lita sich fühlte. Ihre Knie gaben nach und sie sank auf den Boden.

»Was ist passiert?«, fragte Tegan, die wohl doch zu neugierig war, um zu gehen. Sie schob sich zwischen Lita und Zara hindurch. Voller Entsetzen schrie sie auf und schlug die Hände vors Gesicht, als sie den Baum sah.

»Das sieht nicht gut aus«, meinte Zara. »Euer Baum ist von irgendetwas befallen worden, das ihn tötet.«

Rukar ballte die Fäuste. »Ich knöpf ihn mir vor! Das kann er nicht tun!«

»Er hat es bereits getan.« Nie in ihrem Leben hatte Lita sich so ohne Hoffnung gefühlt. Es war offensichtlich, dass Jin herausgefunden hatte, wie er den Orakelspruch besiegeln konnte. Er, Aleph, hatte das Ende gebracht und das Leben – der Schicksalsbaum – verwandelte sich in etwas Stinkendes und Verwesendes.

Alles in ihr fühlte sich taub an. Im Weltenraum zerfielen die letzten noch verbliebenen Schicksalsfäden zu Asche und der Baum war dem Tod geweiht. Es gab kein Entkommen mehr.

Dies war das Ende, ganz so, wie Äon es geplant hatte.

»Ich hol Elaine«, murmelte Tegan und rannte zur Treppe.

In der Nacht musste sich Jin in den Turm geswipt und den Baum vergiftet haben. Lita verfluchte sich, dass sie nicht darauf bestanden hatte, Wachen aufzustellen. Doch was hätten ein paar Weberinnen schon ausgerichtet? Jin hätte nur mit dem Finger geschnippt und sie auf dem Mond ausgesetzt.

34
ELAINE

Der Boden des Weltenraums war mit einer dicken Ascheschicht bedeckt. Es sah genauso aus wie in den Träumen, die Elaine in den letzten Wochen heimgesucht hatten. Äon hatte sie gewarnt. Doch sie hatte nicht verstanden.

Wieder zischte ein Faden im Gespinst vor ihr auf und zerfiel zu Asche. Langsam atmete Elaine aus, während sie dabei zuschaute, wie die Asche zu Boden schwebte. Mit jedem Faden verließ eine Seele diese Welt. Elaine saß auf dem viel zu weichen Lager, das ihr Hanna im Weltenraum aufgebaut hatte. Sie wollte bei ihren Fäden wachen und jedem einzelnen zusehen, wie er verging.

»Elaine!«

Es war Tegan. Atemlos stürmte sie in den Weltenraum. Tränen rannen über ihre Wange, verwässerten ihr Mascara und zogen dunkle Spuren. Sie sah aus wie von den Toten auferstanden.

»Es ist in Ordnung, Kind«, meinte Elaine beruhigend. »Es ist Äons Wille.« Bitternis legte sich über ihr Herz. Die Weberinnen brauchten sie. Sie musste ihnen in den letzten Stunden Halt geben, aber den hatte sie selbst verloren.

»Der Baum! Er stirbt!«

Elaine sah sie einen Augenblick verständnislos an.

»Er stirbt!« Das Mädchen war völlig außer Atem.

Schneller, als es ihre Knochen und das zu weiche Bett es zuließen, fuhr Elaine hoch. Sie taumelte, stützte sich auf Tegan. »Was sagst du da? Das kann nicht sein!« Warum sollte der Baum sterben? Die Fäden lösten sich auf, das hatte Äon ihr gesagt. Doch es hatte keinen sterbenden Schicksalsbaum prophezeit.

Betroffen senkte Tegan den Blick. »Es tut mir leid.«

»Papperlapapp!« Sie schnappte sich den Gehstock, der an ihrem provisorischen Lager lehnte, und humpelte zum Ausgang.

Anscheinend hatte Hanna Elaines Bemühungen, zur Treppe zu gelangen, bemerkt, denn sie eilte aus dem Spindelwerk herbei. Elaine wusste, dass sie und etliche Weberinnen seit gestern verzweifelt versuchten, neue Fäden zu spinnen und einzufädeln. Ihre Beobachtungen im Weltenraum hatten ihr jedoch deutlich gezeigt, dass auch die Fäden der Neugeborenen nicht vor dem Zerfall geschützt waren.

»Wo willst du hin?«, fragte Hanna besorgt und versuchte, Elaine zu stützen.

Unwillig schüttelte sie die helfende Hand ihrer Tochter ab. »Lass! Ich bin sehr wohl fähig, alleine zu gehen!«

Hanna warf Tegan einen fragenden Blick zu. Die wischte sich die Tränen fort und versuchte, mit möglichst fester Stimme zu sprechen. »Der Baum stirbt. Er scheint vergiftet worden zu sein.«

»Jin!«, entfuhr es Hanna. Ohne weiter auf Elaine zu achten, rannte sie zur Treppe.

Grummelnd versuchte Elaine ebenfalls, schneller voranzukommen, was ihre Rippe mit neuerlichen Schmerzen quittierte. Kaum an der Treppe, stieg ihr ein grässlicher Geruch von Verwesung in die Nase.

Stufe für Stufe wurde der Gestank penetranter. Die Rinde an den Ästen, die die Treppe überschatteten, hatte ihren Glanz verloren. Elaine meinte, dunkle Adern unter dem Silber zu erkennen.

Am Fuß des Baums wartete eine seltsame Gesellschaft. Schweigend, wie am Grab eines geliebten Menschen, standen sie beieinander, die Blicke gesenkt. Elaine schnaubte unwillig, als sie unter ihnen das Halbblut erkannte. Und dann war da noch eine Frau. Sie war blass und als Elaine ihrem Blick begegnete, brauchte es keine erklärenden Worte. Sie konnte den Tod in ihr sehen: Sie war Misanos Zara. Aber warum war sie hier?

Elaine schob sich durch die Trauernden hindurch zur Quelle und rang nach Luft, als sie die Fäulnis sah. Es war verheerend: Vom reinen Wasser der Quelle war nichts als eine ölige, dickflüssige Brühe geblieben. Das Gift zerfraß die Wurzeln und breitete sich in den Adern des Baums aus. Elaine atmete schwer. Ihre Knie zitterten und sie war dankbar für den Stock, mit dem sie sich aufrecht hielt.

Den Schicksalsbaum so zu sehen, kam ihr vor, wie auf ihren eigenen Tod zu blicken. Er war alles Leben – und dieser Anblick fühlte sich an, als hätte Äon ein Messer direkt in Elaines Herz gerammt. Sie hatte akzeptiert, dass es die Welt beenden wollte. Es war der allmächtige Schöpfer und es war sein Recht, sein Werk jederzeit aufzulösen. Doch wieso auf diese Art und Weise? Sie hatte Lita nicht geglaubt, als sie gesagt hatte, dass Äon die Menschen in

Schatten verwandeln würde. Aber den Baum zu vergiften, das war brutal. Hinterhältig. Es war die Verachtung von allem, wofür die Weberinnen immer gelebt hatten.

»Wie kann es ... Wir waren seine Kinder. Wir haben nach seinem Wort gelebt ...«

Lita trat neben sie, den Blick auf die ölige Masse gerichtet. »Sag mir, dass es einen Weg gibt, ihn zu heilen.«

»Ich würde lügen.« Sie bemerkte, wie Lita sich verkrampfte. Nichts konnte das Leben selbst wiederherstellen. Warum genügte es Äon nicht, die Fäden auszulöschen! Die Welt endete ohnehin. Warum fügte es ihr und den Weberinnen noch diesen Schmerz zu!

»Es gibt einen Weg«, erwiderte Lita trotzig. »Ich weiß es. Denn *die Zeit springt, denn was immer war, ist nicht mehr.«*

»Oh, Lita.« Elaine seufzte. »Es ist ehrenwert, dass du bereit bist, bis zum letzten Augenblick zu kämpfen. Aber es ist sinnlos. *Denn was immer war, ist nicht mehr* – das ist das von Äon bestimmte Ende. Der Baum war ewiglich. Er war immer hier ...«

Hanna schob sich zu Lita vor und wollte sie tröstend umarmen, doch das Mädchen wich ihr aus.

»Nein!« Lita sagte es leise, aber so entschieden, dass Elaine zusammenzuckte.

Da wirbelte Lita herum und zog Tegan zu sich, die vor Schreck leichenblass wurde. »Du! Du hast mir gesagt, es gibt mehr als nur einen Baum!«

Fast erleichtert nickte Tegan. »Ja. Es sind zwölf auf der Erde. Aber ...« Ihr Blick flog zu Elaine, die nur mitleidig lächelte.

»... aber sie sind miteinander verbunden, Lita«, beendete

Elaine für Tegan den Satz. »Die Quelle entspringt in der jenseitigen Welt und nährt alle Schicksalsbäume. Sie sind nicht nur durch ihre Wurzeln verbunden, auch das Wasser teilen sie.« Elaine bemerkte, dass die Tote aufgehorcht hatte und sie interessiert musterte.

»Aber ... aber ...« Lita sprang in den stinkenden Morast, riss sich ihren Parka herunter und stopfte ihn in den Abfluss des Quellwassers. »Dann isolieren wir diesen hier. Selbst wenn der Baum in London stirbt – die anderen, die werden leben!«

In diesem Moment rannte jemand die Treppe hinunter. Es war Winnie. Sie blieb auf der Treppe stehen und sah zu ihnen herab. Die Augen vor Schreck geweitet, starrte sie den Baum an. »Beijing hat uns kontaktiert«, sagte sie und ihre Stimme zitterte. »Ihr Baum wurde von einer Seuche befallen.« Sie holte tief Luft und begann zu husten. Der Gestank des verdorbenen Wassers war kaum mehr zu ertragen. »Und auch Lima und Moskau haben sich gemeldet. Ihre Bäume sterben.«

Elaine blickte sich zu Lita um, die noch immer im vergifteten Wasser stand. »Komm da raus, Kind.«

Träge kämpfte sich Lita zurück auf die Stufen. Zäher Schleim tropfte von ihrer Jeans. Rukar ging zu ihr und nahm sie in die Arme, flüsterte ihr etwas ins Ohr, das Elaine nicht verstand.

»Es ist vorbei.« Wie um ihr Urteil zu unterstreichen, stieß sie den Stock auf die Fliesen.

Hanna ging ebenfalls zu Lita. Der Blick, den sie dem Halbblut zuwarf, kam Elaine regelrecht verschwörerisch vor. Ärgerlich schnaubte sie und wandte sich ab.

»Die jenseitige Welt …« Die Tote hatte hinter Elaine gestanden und sie sahen einander nun direkt ins Gesicht. Eine unangenehme Kälte ging von ihr aus, die Elaine an Misanos Eisgefängnis erinnerte und schaudern ließ. »Wissen Sie, wie man in die jenseitige Welt gelangt?« Die Tote fragte es höflich, fast schon emotionslos.

»Was interessiert es Sie noch! Die Welt wird enden.«

»Auch die jenseitige?« Verwundert blickte die Tote den Baum hinauf.

»Die jenseitige Welt«, hörte Elaine Lita murmeln. »Rukar … Ist es das?«

Genervt schloss Elaine die Augen. *Warum, Äon, hast du uns kein schnelles Ende zugedacht!*

Lita zog ihre verklebte Jeans aus, ohne auf Rukars Erröten zu achten. »In der jenseitigen Welt – dort steht doch der Urbaum, oder?«

»Ja«, meinte Hanna. »Alle Bäume stammen von diesem einen Baum ab. Die Menschen nannten ihn einst den Weltenbaum, er ist das Fundament von allem.« Sie blickte sich zu der Toten um. »Und dort ist auch die Heimat der Toten.«

Zara sah sie an. »Das ist gut, denn ich muss dorthin zurück.«

»Und wir brauchen einen neuen Baum«, meinte Lita und in ihrer Stimme schwang Hoffnung.

Elaine schnaubte und klopfte ein paar Mal entschieden auf den Boden. Konnte dieses Mädchen es nicht endlich sein lassen? »Das hier ist das Ende der Welt. Akzeptiert es endlich! Ihr könnt das Schicksal der Welt nicht ändern! Äon hat den Weg vorherbestimmt und er wird sich erfüllen!«

»Das mag für dich zutreffen, Oberste Weberin«, unterbrach das Halbblut sie. »Aber hier sind drei, die nicht unter Äons Einfluss stehen.«

Tegan lachte spöttisch auf und zog sofort schuldbewusst den Kopf ein, als sie Elaines missbilligender Blick traf.

Rukar reichte Lita die Hand, zog sie neben sich und wandte sich an die Tote. »Ich weiß, wo ein Zugang zur jenseitigen Welt liegt. Wir bringen Sie hin, Zara. Aber Sie müssen uns mit rübernehmen.«

»Das kommt überhaupt nicht infrage«, mischte sich plötzlich Tegan ein. Hilflos sah sie zwischen Elaine und Hanna hin und her. »Das Reich der Toten ist nicht für die Lebenden. Und ... sollten wir nicht alle hier sein? Bei unserem Baum? Außerdem ...« Sie deutete zitternd auf Rukar. »... *er* hat das Verderben in den Turm gebracht! Lita darf ihm nicht vertrauen!«

»Tegan!«, herrschte Lita sie an. »Rukar ist auf unserer Seite. Er wusste genauso wenig wie du, was passieren würde!«

Röte schoss Tegan in die Wangen und sie wich einen Schritt zurück. »Ich denke sehr wohl über Folgen meines Handelns nach, bevor ich mich zu etwas entschließe.«

»Mir ist zwar nicht das Ausmaß dieser Tragödie klar«, meldete sich die Tote zu Wort. »Aber falls es hilft: Der schwarze Fluch wird nur von den Fäden genommen ...« Sie runzelte die Stirn, als ob sie sich erinnern müsste. »... wenn ich in die jenseitige Welt zurückkehre.« Alle verstummten und starrten die Tote an.

Lita war die Erste, die ihre Stimme wiederfand. »Was haben Sie da gerade gesagt?«

»Wird der schwarze Fluch von den Fäden genommen, kehren die Menschen zurück«, erklärte Zara. »Und dies wird passieren, sobald ich zurück bei den Verstorbenen bin.«

Elaine unterdrückte ein missbilligendes Lachen. Wer hatte ihr denn diese absurde Idee eingeflüstert? »Sie wurden belogen«, sagte sie entschieden. »Nichts kann das Ende mehr aufhalten, denn es ist Äons Wille.«

»Wer hat Ihnen das gesagt?«, fragte Lita aufgeregt.

Zara war es offensichtlich unangenehm, dass alle sie anstarrten. Sie zog den flauschigen Mantel enger um sich. »Ein Kami. Er ist ein Freund von der Familie, sagte er.«

Lita lachte kurz auf und wandte sich mit leuchtenden Augen an Rukar. »Faine! Er wird uns Glück bringen, natürlich. Los, lass uns gehen!«

In dem Moment kam Winnie die Treppe hinunter auf Tegan zu. Elaine bemerkte, dass ihr Tränen in den Augen standen. »Tegan«, wisperte sie. »Spring über deinen Schatten. Begleite Rukar und Lita in die jenseitige Welt!«

Tegan kniff die Augen zusammen und musterte Winnie skeptisch. »Was? Warum sollte ich?«

Winnie aber presste nur die Lippen aufeinander und sah ihre Freundin fest an. Anscheinend begriff Tegan die versteckte Bedeutung ihrer Worte, denn sie drehte sich schließlich zögerlich zu Lita und Rukar um. »Dann sei es so. Ich begleite euch und passe auf, dass Rukar dich nicht zurücklässt, Lita.«

Verärgert schnaubte Elaine. Diese dumme Jugend! »Das ist alles Unsinn. Ihr werdet nichts an Äons Willen ändern können.« Sie wollte sich umwenden, doch ihre Beine versagten und sie strauchelte. Winnie war sofort an ihrer Seite und stützte sie, da bemerkte Elaine die Tränen, die dem Mädchen über die Wangen liefen.

»Es ist schon gut«, flüsterte Elaine tröstend. »Du brauchst keine Angst vor dem Ende zu haben.«

Winnie geleitete sie schniefend zur Treppe. Dort angekommen, blickte sie Elaine an. »Ich habe keine Angst um mich«, sagte sie leise, aber mit fester Stimme. Elaine war erstaunt, wie viel Ernst und Stärke in dem Blick dieser jungen Weberin lagen. »Ich trauere um jene, deren Schicksal ich kenne.«

ENDE BAND 3

Marion Meister

CIRCLES OF FATE

Du willst wissen, wie es weitergeht?

Das große Finale der Miniserie
erscheint im März 2022 im Arena Verlag!

Band 4: Schicksalserwachen
ISBN 978-3-401-60594-4

Marion Meister

Circles of Fate

Schicksalserwachen

Die Schicksalsfäden zerfallen zu Asche und der Schicksalsbaum ist vergiftet. Mit seinem Tod gehen die Menschen zugrunde und es braucht eine Wiedergeburt – so schnell wie möglich! Nur wenige können das Ende noch abwenden: Lita reist mit Zara, Rukar und Tegan in die jenseitige Welt. Sie müssen den Fluch brechen, der die Schicksalsfäden befallen hat, und einen neuen Schicksalsbaum pflanzen. Dabei wird Zara zu einer tödlichen Gefahr und Tegan spielt nicht mit offenen Karten, denn für sie ist das Ende der Schicksalsfäden zu verlockend. Lita ist bereit, alles für einen Neubeginn zu geben. Und als Rukar erkennt, welches Opfer sie dafür bringen wird, ist es bereits zu spät ...

Band 4 • 252 Seiten • Klappenbroschur • ISBN 978-3-401-60594-4 • www.arena-verlag.de

Arena

978-3-401-60571-5

Sydney Love

Charly will nur noch abhauen, raus aus dem goldenen Käfig ihrer Eltern. Also besorgt sie sich ein Ticket nach Australien und einen Job – kaum angekommen, stiehlt ihr ein Skater ihre Ersparnisse. Als sie sich jedoch in den Park-Musiker Josh verliebt und Will ihr zugleich eine glänzende Zukunft verspricht, merkt sie, dass Glück unterschiedliche Facetten hat.

978-3-401-60663-7

Sex Education: Der Roadtrip

Maeves Bruder steckt mal wieder in Schwierigkeiten. Sie kann ihn natürlich nicht einfach hängen lassen – auch wenn Sean das mehr als verdient hätte! Zusammen mit Otis, Aimee und Eric macht sie sich auf den Weg zu ihm und plötzlich wird aus der halsbrecherischen Rettungsaktion ein abenteuerlicher Roadtrip. Gar nicht so einfach, denn dabei kommt Unausgesprochenes zwischen Maeve und Otis ans Licht und die Beweise gegen Sean sind mehr als erdrückend …

978-3-401-60664-4

Sex Education: Das ultimative Aufklärungsbuch

Alle tun es! Irgendwie, irgendwo, irgendwann. Sex. Und irgendwie, irgendwo und irgendwann stellen sich Fragen. Viele Fragen. Sieht das bei allen so aus? Muss sich das so anfühlen? Wie genau funktioniert das? Was stimmt nicht mit mir? Ganz im Stil der erfolgreichen Netflix-Serie SEX EDUCATION gibt es hier Antworten. Ehrlich, direkt, positiv, witzig, verständlich erklärt – und dabei nie peinlich.

Jeder Band: Auch als E-Book erhältlich • www.arena-verlag.de

Katja Brandis

Die Jaguargöttin

Im Dschungelkönigreich Elámon werden Gestaltwandler wie Gottheiten verehrt. Eine von ihnen ist die junge Jaguarwandlerin Kitana, die mit ihrer Familie ein sorgloses Leben im Tempel führt. Bis zu dem Tag, als eine Intrige des Ersten Priesters Kitanas heile Welt zerstört und sie zwingt, im undurchdringlichen Urwald nach Hilfe zu suchen. Immer mehr in die Enge getrieben sucht Kitana Hilfe bei einem Clan von Panther-Wandlern. Als sie den wilden, unberechenbaren Pantherjungen Ecco trifft, ändert sich alles für sie …

480 Seiten • Gebunden
ISBN 978-3-401-60585-2

Thomas Thiemeyer

Countdown

Der letzte Widerstand

Ein Stromausfall stürzt die ganze Welt ins Chaos. Die ausweglosen Umstände von Ressourcenknappheit und überfüllten Städten bringen Lena und ihre Familie dazu, Unterschlupf in einer Aussteigersiedlung zu suchen. Dort trifft sie Ben wieder. Als die beiden herausfinden, dass der Stromausfall nur der Beginn von einem größeren Plan ist, müssen sie sich entscheiden: Wollen sie weiter in der Sicherheit bleiben oder sich auf den Weg machen, um die Menschheit vor einer Macht zu retten, von deren Existenz diese noch nicht einmal etwas ahnt?

400 Seiten • Gebunden
ISBN 978-3-401-60446-6
www.arena-verlag.de

Arena Taschenbuch

978-3-401-51203-7

Lifehack - Dein Leben gehört mir

Ada ist neu an Ellies Schule. Ellie findet es geradezu unheimlich, wie ähnlich sie sich sehen. Ada ist so cool und mutig, wie sie es selbst gern wäre ... und da beginnt Ellies Albtraum. Denn Ada ist eine Künstliche Intelligenz und sie ist gekommen, um wie Ellie zu werden – sogar besser als sie. Ada, Ellies optimierte Version, spannt ihr nicht nur ihren Schwarm Parker aus. Sie verfolgt bald nur ein einziges Ziel: Sie will fühlen, was Ellie fühlt. Sie will sein, was Ellie ist. Sie will Ellies Leben übernehmen!

978-3-401-60372-8

White Maze - Du bist längst mittendrin

Mit einem Schlag endet Vivians sorgenfreies Leben: Ihre Mutter Sofia wurde ermordet! Die erfolgreiche Game-Entwicklerin stand kurz vor dem Release eines bahnbrechenden Computerspiels. „White Maze" wird mit neuartigen Lucent-Kontaktlinsen gespielt – dank ihnen erleben die Spieler virtuelle Game-Welten mit allen Sinnen. Um den Mord an Sofia auszuklären, muss Viv selbst Lucent-Linsen einsetzen und tief in die virtuelle Welt eintauchen.

978-3-401-60581-4

Gliss - Tödliche Weite

Ajit weiß, dass er die Stadt Hope niemals verlassen wird. Denn sie ist umgeben vom GLISS, einem Boden, auf dem nichts haftet und nichts gebaut werden kann. Hinter dem GLISS gibt es keinen Ort, keine Menschenseele. Doch als eines Tages ein toter Mann über das GLISS getrieben wird, ist Ajit und seinen Freunden klar: Die Geschichte ihrer Welt ist eine Lüge. Die Wahrheit jedoch – die liegt hinter dem GLISS...

Jeder Band: Gebunden • Auch als E-Book erhältlich • www.arena-verlag.de